KB261181

식민지 근대의 내면과 매체표상

식민지 근대의 내면과 매체표상

김현숙 · 강진호 · 김영찬 · 김한식 · 이명희 · 이은주 · 이종대

이 책은 2004년도 한국학술진흥재단의 기초학문 육성지원사업 연구비에 의하여 연구되었습니다.(KRF-2004-073-AS2030)

  이 책은 식민지 근대의 내면 형성과 문화매체의 상관성에 대한 연구로서, 문화매체의 표상을 중심으로 근대적 내면의 자각과 의식화를 가능하게 한 가능성의 조건을 탐구하는 논의들을 모았다.

  근대 사회에서 개인의 내면을 생산하고 구성하는 근원은 근대의 규율권력과 제도적 장치, 그것에 의해 통제되는 일상적 삶의 체계와 습속에 있다. 근대적 주체의 내면이란 그러한 통제장치와 그것을 통해 형성된 규범적 '인간'의 형상을 내면화하고 자기화함으로써 성립된다. 그것은 다시 말하면 규율권력이 부여하는 그러한 규칙과 질서, 통제가 자기에게 필요한 것이고 따라서 스스로 선택하여 스스로 행하는 것이라는 판단이 개인 내부에서 발생하는 과정이다. 내면이란 그 통제장치들을 통해 주어진 규범적 인간의 형상에 대한 동일시와 내면화를 거침으로써 성립하는 것이다.

  그리고 이 과정에서 중요한 역할을 담당하는 것이 바로 '표상'(rep-resentation)이다. 주체의 내면은 그러한 표상들의 체계 안에서, 그런 조건 속에서 비로소 구성된다. 그 표상들의 체계는 근대적 내면의 구조를 결정하는 가능한 경험의 지평이자 일종의 선험적인 장(場)으로서 기능한다. 이전까지 개개인 속에서 독립되어 있던 여러 경험들이 표상들과 그것을 표상으로서 떠받치는 코드에 매개되어 상호 공명하면서 그 속에서 균질적인 내면의 구조가 상호주관적으로 구성되는 것이다. 그리고 그것에 결정적으로 영향을 미치는 것이 바로 근대적인 문화매체에 의해 유통되고 소비되는 문화적 표상들이다. 식민지 근대의 내면은 그런 문화매체의 표상들 속에서 작동하고 그것을 통해 유지, 확장되는 만큼, 중요한 것은 바로 그 문화매체의 표상들의 내용과 그것을 매개로 형성되는 상호주관적인 경험과 인식의 지평의 구체적인 내용, 그리고 그것들의 구체적인 작동 메커니즘을 밝히는 것이다.

특히 근대에 그러한 과정은 역사적·문화적 구성물로서 근대 민족이라는 '상상의 공동체'(imagined community)의 확립과 밀접하게 연관되어 있다. 근대적 내면은 그 상상의 공동체 속에서 공유되는 공통경험과 그 상상의 공동체를 만들어내는 제도적 장치를 매개로 해서만 비로소 성립 가능한 것이다. 베네딕트 앤더슨은 그 제도적 장치로 언어, 출판, 문화 등을 지목한 바 있다. 이 책의 논의들이 주목하는 문화적 표상은 그 제도적 장치의 중심에 놓여 있는 것으로서, 언어, 담론의 배치, 시각적 이미지 등을 포함한 광범위한 차원에 걸쳐 있는 것이다. 이 책의 논의들은 그런 문화적 표상을 경유해 형성되는 식민지 근대의 내면의 문제를 다각도로 탐색한다.

이 책은 한국학술진흥재단의 지원을 받아 이화여대 한국어문학연구소 기초학문연구의 일환으로 기획된 것이다. 문화매체의 표상을 중심으로 식민지 근대의 내면의 지형을 탐구하고 있는 이 책이 이 분야의 연구에 미력이나마 기여할 수 있기를 기대하며, 책을 꾸며준 깊은샘 출판사에 감사드린다.

저자 일동

식민지 근대의 내면과 표상

-이광수의 『무정』을 중심으로

김 영 찬(성균관대 강사)

1. 내면의 발견과 『무정』

이 연구의 일차적 출발점은 이광수의 『무정』(1917)을 경유해 식민지 조선에서 근대적 내면의 자기구성 과정을 살펴보는 것이다. '내면'이란 욕망, 기억, 지각, 사고 등과 같은 인간의 심리적 활동 일체가 이루어지는 영역이다.[1] 내면은 흔히 '외부'에 대립하는 '내부'라는 위상학적 은유로 설명되는데, 그런 설명은 내면의 정신작용이 외부와 독립하여 발생하는 내적인 심리적 현상들의 총체라는 심리학적 이해와도 긴밀한 관계를 맺고 있다. 서구 근대철학에서 자아 혹은 개인을 설명할 때 동원하는 '자기정의'(self-definition)나 '자기반성'(self-reflection)이라는 철학적 범주 또한 이런 이해의 토대 위에서 성립된 것이다. 곧 내면은 자연 인과성의 제약에서 독립하여 그것을 통제하고 의미와 법칙을 부여하는 이성적 주체의 자유와 자율(autonomy)이라는 관

---

[1] 황종연, 「내향적 인간의 진실」, 『비루한 것의 카니발』, 문학동네, 2001, 117쪽.

넘과의 관련 속에서 주권적 자아의 핵심에 있는 하나의 실체로 가정된 것이다. 그런 맥락에서 내면은 주체의 자율성을 근거 짓는 토대로 작용했다. 그렇게 볼 때 내면이란 근대에 들어와 발명된 근대의 산물일 수밖에 없다. 자기 자신의 활동과 자기를 형성하는 작용들을 의식하는 주체의 '내면적 공간'은 특수한 내면적 체험의 소산인 근대적 이성이 출현하기 이전에는 있을 수 없었다는 지적[2] 또한 이를 뒷받침한다.

알다시피 이 내면이 하나의 실체적 범주가 아니라 구성적 범주라는 사실은 이제 거의 상식이 되었다. 내면이 제도적 장치에 의해 만들어진 것이라는 가라타니 고진(柄谷行人)의 명제가 포착하고 있는 것도 바로 그 점이다.[3] 고진은 '고백이라는 제도'를 예를 들어 표현해야 할 내면이 표현에 앞서 선험적인 실체로 존재하는 것이 아니라 근대의 제도적 장치에 의해 고안되고 창안된 것이라고 주장하는데, 이때 '제도적 장치'의 범주를 우리는 포괄적으로 이해할 필요가 있다. 그것은 곧 내면의 성립을 가능하게 하고 그것의 구조를 결정하는 가능경험의 지평이자 일종의 선험적인 장(場)으로서 근대의 표상체계다. 그것은 표상을 표상으로 성립시키는 대상의 지각과 그 전달의 양태를 규정하는 코드[4]가 사회적으로 배치되고 현전하는 양태로 다시 정의할 수 있는데, 내면은 바로 그것의 '효과'(effect)로서 존재하게 되

---

2) Charles Taylor, "Inwardness and the Culture of Modernity", edited by Axel Honneth, Thomas MacCarthy, Claus Offe, and Albrecht Wellmer, translations by William Rehg, *Philosophical Interventions in the Unfinished Project of Enlightenment*, The MIT Press, Massachusetts, 1992, p. 94 참조.

3) 가라타니 고진, 박유하 옮김, 『일본 근대문학의 기원』, 민음사, 1997 참조.

4) 이효덕, 박성관 옮김, 『표상 공간의 근대』, 소명출판, 2002, 20쪽. 참고로, 이 글에서 '표상'은 '어떤 실재를 심적으로든 물리적으로든 재현전화(再現前化)한 것'이라는 의미로 사용한다.

는 것이다.

내면의 형성 과정에 표상(representation)이 그렇게 선험적 결정요인으로 개입할 수밖에 없는 것은, 무엇보다 표상이 자아와 세계의 경계를 확정하고 독립적인 자아 정체성을 구성하는 데 필수적인 역할을 담당하기 때문이다.5) 더욱이 자기의식에 대한 헤겔(G. W. F. Hegel)의 정식화가 말해주듯이 자아 존재의 정신적 실체란 근본적으로 자아 바깥의 탈중심화된 상징적 질서(혹은 기표들의 연쇄) 속에 있는 것이라는 점까지 감안한다면,6) 내면이 주체가 그의 가능경험의 지평을 규정하는 특정한 형태의 표상의 코드와 배치 속에 놓이게 되는 일련의 현실적 과정이 만들어내는 효과라고 볼 수 있는 근거는 충분하다. 그리고 내면은 그 현실적 배치 혹은 표상의 권력이 자신을 숨기면서 정신을 말하는 장소로서 꾸며내는 것을 통해 말 그대로 내면으로서 성립된다.7) 이를 통해 내면을 가능하게 하는 조건, 선험적인 장(場)과 사회적 메커니즘의 봉합선이 지워져버리고 내면의 자기현전(self-presence)이라는 자명성이 성립되는 것이다.

하지만 이것이 전부는 아니다. 내면이 상당 부분 일종의 구조의 효과로서 구성되는 것이라 해도, 그 과정에는 그것만으로는 환원되지 않는 주체의 정신작용이 필시 개입하게 마련이다. 그런 측면에서 내면이란 또다른 한편으로 주어진 표상에 반응하는 주체의 상상적 작

---

5) 이에 대해서는 더글러스 켈너·마이클 라이언, 백문임·조만영 옮김, 『카메라 폴리티카』(상), 시각과언어, 1996, 34-35쪽 참조.

6) 슬라보예 지젝, 이성민 옮김, 「왜 칸트를 위해 싸울 가치가 있는가?」, 알렌카 주판치치, 『실재의 윤리: 칸트와 라캉』 서문, 도서출판 b, 2004, 9쪽 참조.

7) 이는 외적 권력의 상실의 내면화가 내적 공간을 낳는다는 주디스 버틀러의 논의를 전용한 것이다. Judith Butler, *The Psychic Life of Power*, Stanford University Press, 1997, p. 198 참조.

용 혹은 언어의 의미생산이 만들어내는 효과이기도 하다. 주체의 내면은 현실적인 차원에서 그 두 국면이 때로 공모(共謀)하고 때로 갈등하는 상호작용 속에서 형성되는 것이다. 특히 문학의 경우 그것은 '글쓰기'라는 특정한 텍스트 실천을 매개로 하는 것이어서 더욱 복잡한 양상을 드러내리라 짐작해볼 수 있다. 그런 의미에서 내면은 발견/구성'되는' 것이기도 하지만 다른 한편으로는 발견/구성'하는' 것이기도 하다. 이런 시각에서 이광수의 『무정』이 특히 흥미롭게 보이는 것은 보통 자명함 속에 은폐되어 있게 마련인 이 과정의 객관적·주체적 기원이 투명하게 드러나고 있기 때문이다.

이 연구는 특히 그런 관점에서 이광수의 『무정』을 통해 식민지 근대 주체의 내면이 생산되는 과정을 살펴볼 것이다. 많은 연구자들의 지적대로 『무정』은 근대적 주체의 성립에 대한 서사[8]이며 동시에 '나=자기'의 구성을 기초로 한 '민족'이라는 집단적 주체의 상상적 구성에 대한 서사[9]이기도 하다. 『무정』에서 특징적인 것은 '나=자기'와 민족의 상상적 구성이 자율적인 내면의 영역과 그것의 가치를 발견하는 과정[10]에 의해 매개되고 있다는 점이다. 이 연구가 일차적으로 주목하는 것은 『무정』에서 주인공 이형식의 내면의 발견을 통한

---

8) 서영채, 「『무정』 연구」, 서울대 석사논문, 1992 참조.

9) 김현주, 「1910년대 '개인', '민족'의 구성과 감정의 정치학」, 『현대문학의 연구』 22집, 2003 참조.

10) 마이클 신 역시 이 글과는 다른 맥락에서이긴 하지만 내면의 발견이 『무정』에 이르러 완성되었다고 지적한다. 그러면서 그는 『무정』에서 '정'(情)이 내면성의 토대이며 그 내면 발견의 과정이란 곧 일본으로부터 조선으로의 번역의 과정이었다고 설명하는데, 이 글은 당연히 그와는 관점과 초점을 달리한다. Michael D. Shin, "Interior Landscapes: Yi Kwangsu's "The Heartless" and the Origin of Modern Literature", *Colonial Modernity in Korea*, edited by Gi-Wook Shin and Michael Robinson, Cambridge(Massachusetts) and London, 1999, pp. 248-287 참조.

그런 자기의 구성이 특정한 형태의 표상의 영역을 통(과)해 이루어지고 있다는 사실이다. 이 주제와 관련하여『무정』이 갖는 가치는 (차차 이야기할 테지만) 이미 주어진 물질적인 표상, 그리고 주체가 그 속에서 그에 대한 반응으로 생산하는 표상을 경유해 이루어지는 그런 내면의 자기구성의 드라마를 긴박하고도 투명하게 연출하고 있다는 데 있다.

이와 함께, 우리는『무정』에서 내면의 발견이 작가의 층위에서 보면 텍스트 실천 속에서 연출하는 수행적인(performative) 것이라는 사실도 놓쳐서는 안 된다. 이 수행성의 이면에 개재되어 작용하고 있는 것은 바로 문학(예술)이라는 제도다. 이 글은 문학(예술)이라는 제도와 그것이 만들어내는 표상영역 속에서의 상상작용이 내면의 자기구성에 어떻게 어떤 방식으로 작용하는가를 중심으로 살펴볼 것이다. 그리고 이것이, 그런 관점에서『무정』을 다시 읽고 그 문학적 의미를 새롭게 재구성해보는 작업이 되리라는 것은 말할 것도 없다.

2. 미성숙의 자각과 내면 발견의 드라마

『무정』은 일종의 성장소설이다. "낡은 시대, 자각 없는 시대에서 새 시대, 자각 있는 데로 옮아가려는 과도기(過渡期)의 청년"[11]인 주인공 이형식이 지금껏 스스로 "어른 없는 사회"의 "어린애"(346쪽)였음을 자각하고 '어른'으로 나아가는 도정을 그리고 있다는 점에서 그렇다. 그런 관점에서 이형식이 소설이 끝날 때까지 그치지 않고 보여

---

11) 이광수,『무정』, 정리·서영채, 한국소설문학대계 2, 동아출판사, 1995, 325쪽. 이후 본문의 인용은 인용문 뒤에 이 책의 쪽수만을 부기한다.

주는 유치하다싶을 만큼의 나르시시즘과 감정의 유아적 과장, 심리적 동요와 분열, 무책임과 자기기만, 조변석개하는 변덕과 세속적 욕망의 유치한 노출 등의 순환적 반복은 그 자체 줏대 없는 분열적인 인물형상의 문제라기보다는[12] 어떤 측면에서 '어른 없는' 식민지 조선 사회의 과도기 청년이 겪을 수밖에 없는 필연적인 혼란으로 재의미화할 수 있을 것이다. 따라서 오히려 중요한 것은 인물의 그런 성격과 태도가 서사의 종결에 의해 소급적으로 재의미화되는 방식이다.

그런 의미에서 우리는 이형식이 저 자신이 그동안 이 과도기적 혼란 속에 있었음을 자각하고 진정한 의미에서 '어른'으로 성장하기 위한 길을 떠나는 과정이 근대적 주체의 내면을 발견하고 그것을 궁극에는 개인을 넘어선 민족과 사회의 상상 속에서 위치 짓고 맥락화하는 과정과 맞물리고 있다는 지극히 자명한 사실에서부터 출발해야 한다. 그리고 『무정』에서 이광수는 이를, 그럴듯한 논리적 인과성을 토대로 하여 미리 예정된 의미 있는 종결(closure)로 수렴되는 하나의 일관된 드라마의 형태로 펼쳐놓는다. 『무정』에서 특히 흥미로운 것은 내면 자체와 그것의 실정적 내용이 만들어지는 내면 발견의 인과적·발생론적 메커니즘이 소설의 서사화(敍事化)에 의해 투명하게 드러나고 있다는 사실이다. 『무정』을 그 자체로 식민지 근대 주체의 내면발견의 드라마라고도 할 수 있는 것은 이 때문이다.

그렇다면 이형식은 어떻게 어떤 계기를 통해 근대적 주체로서 내면을 발견하고 그것을 의미화·맥락화하게 되는가? 그것을 살펴보기 이전에, 먼저 우리는 『무정』에서 이 내면 발견의 출발지점이 어디인가를 확인해둘 필요가 있다. 그 출발지점은 바로 자기 자신의 '미성

---

12) 이형식을 줏대 없고 변덕스런 희극배우라고 보는 김동인의 지적이 그런 평가를 대표한다. 김동인, 『춘원연구』, 신구문화사, 1956, 28-53쪽 참조.

숙'에 대한 뒤늦은 발견이다. 『무정』에서 미성숙의 발견은 소설의 전 개상 내면의 발견에 뒤이어 사후적으로 이루어지는 사건으로 나타나 지만, 그것은 동시에 내면의 영역에 실정적인(positive) 내용을 부여해 주면서 내면을 내면으로서 성립할 수 있게 하는 근거로서 작용한다. 이형식이 발견하는 그 미성숙이란 이런 것이다.

> 자기가 지금껏 '옳다' '그르다' '슬프다' '기쁘다' 하여 온 것은 결코 자기의 지의 판단(知의 判斷)과 정의 감동(情의 感動)으로 된 것이 아니 요, 온전히 전습을 따라, 사회의 습관(社會의 習慣)을 따라 하여 온 것이 었다. 예로부터 옳다 하니 자기도 옳다 하였고, 남들이 좋다 하니 자기도 좋다 하였다. 다만 그 뿐이로다. 그러나 예로부터 옳다 한 것이 자기에게 무슨 힘이 있으며, 남들이 좋다 하는 것이 자기에게 무슨 상관이 있으랴. 내게는 내 지(知)가 있고 내 의지(意志)가 있다. 내 지와 내 의지에 비추어 보아 '옳다'든가, '좋다'든가, 기쁘고 슬프다든가 하는 것이 아니면 내게 대하여 무슨 상관이 있으랴. 나는 내가 옳다 하던 것도 예로부터 그르다 하므로, 또는 남들이 옳지 않다 하므로 더 생각하지도 아니하여 보고 그 것을 내어 버렸다. 이것이 잘못이로다. 나는 나를 죽이고 나를 버린 것이 로다.(203쪽)

자기의 판단과 감정이 자기의 '지'(知)와 '의지'에 따라 이루어진 것이 아니라 "예로부터 옳다 한 것"과 "남들이 좋(옳)다 한 것"에 따 라 이루어진 것일 뿐이었다는 이 자각은 "스스로 어른인 체하던"(346 쪽) 자신이 실은 "어린애"에 불과했다는 자기인식이다. 자율적인 '자 기'의 발견은 그런 자기인식을 의식 속에 통합하는 것과 동시적인 사 건이다. 이 인용문 바로 뒤에 "자기는 이제야 자기의 생명을 깨달았 다. 자기가 있는 줄을 깨달았다"(203쪽)는 진술이 이어지는 것은 그런 맥락이다.

이 '자기'의 발견이 곧 내면의 발견을 의미하는 것임은 물론이다. 이때 '미성숙'에 대한 이형식의 자기인식은 달리 말하면 칸트적 의미에서 계몽(Aufklärung)의 토대가 되는 것이라고 할 수 있다. 칸트에 따르면 미성숙(Unmündigkeit)이란 "다른 사람의 지도 없이는 자신의 지성을 사용할 수 없는 상태"[13]다. 자기의 감정과 판단이 "전습"과 "사회의 습관(習慣)"을 따라 하여온 것이라고 이형식이 말하는 상태가 정확히 바로 그것이다. 감정과 판단이 "전습"과 "사회의 습관"에 종속되어 있을 경우 자율적인 내면이 성립할 여지란 없다. 자기의식이 그 스스로를 현실과는 독립한 자립적 존재로 직관할 수 있다는 가정이 있을 때 비로소 내면이란 성립되는 것이며, 그것은 자기의식이 보편적인 인륜적 실체(그것은 '전습'과 '사회의 습관'의 형태로 자기의식 속에 스며든다)와의 직접적 통일 상태를 벗어나는 한에서만 가능하다.[14] 이런 맥락에서 위에서 본 이형식의 자기인식은 미성숙의 상태를 탈피해 자기 자신의 모토와 계율을 만드는 자기정의적(self-definitive) 주체로서 스스로를 정립[15]할 수 있는 근거를 의식 속에 통합하는 상상작용을 연출하는 것이라 할 수 있다.

이광수가 『무정』에서 어른이 되지 못한, 미성숙 상태에 있는 인물을 설명하는 방식은 일관되게 이와 같다. 이형식이 "아내가 되었으니까 지아비를 사랑합니까, 또는 사랑하니까 아내가 됩니까"라는 자신의 물음에 어느 쪽이든 마찬가지가 아니냐는 선형의 대답에 놀라며

---

13) 이마누엘 칸트, 이한구 옮김, 「계몽이란 무엇인가에 대한 답변」, 『칸트의 역사철학』, 서광사, 1992, 13쪽.

14) G. W. F. 헤겔, 임석진 옮김, 『정신현상학』 1, 한길사, 2005, 368-377쪽 참조.

15) 이것이 칸트적 의미에서 계몽과 같은 것임은 물론이다. 미셸 푸코 외, 정일준 옮김, 「혁명이란 무엇인가」, 『자유를 향한 참을 수 없는 열망: 푸코-하버마스 논쟁 재론』, 새물결, 1999, 167쪽 참조.

"이 계집애는 아직 그런 것을 생각할 줄을 모르는구나"(299쪽)라고 탄식하는 것은 그중 한 사례다. 형식이 보고 놀라는 이러한 선형의 의식은 자율적인 의식이 감정과 판단의 근거가 되는 것이 아니라 거꾸로 이미 정해진 인륜적 관습에 대한 종속의 결과적 부산물로서 감정과 판단이 따라나오는 사례다. 이렇게 자율적인 감정과 판단의 책임을 도덕과 관습에 떠넘기고 스스로를 종속시키는 선형은 아직 "독립한 사람"(286쪽)이 아니라는 것인데, 『무정』에서 줄곧 서술되는 이러한 심적 상태가 내면의 부재를 뜻하는 것임은 말할 것도 없다. 서술자가 영채에 대해 "지금껏 영채는 독립한 사람이 아니요, 어떤 도덕률(道德律)의 한 모형(模型)에 지나지 못하였다(286쪽)고 진술하는 것도 같은 맥락이다.

『무정』에서 내면의 발견은 그런 미성숙의 발견을 통해 전통과 관습의 제약이나 현실과 타자로부터 독립된 자율적이면서도 개별적인 가치를 갖는 주체로서 스스로를 자각하는 사건을 무대에 올림으로써 이루어진다. "자기는 다른 아무러한 사람과도 꼭 같지 아니한 지와 의지와 위치와 사명과 색채(色彩)가 있음을 깨달았다"(204쪽)는 이형식의 진술은 그런 맥락에 놓이는 것이다. 그리고 『무정』에 따르면, 이때 내면의 형성이란 특히 '자기'와 대상세계와의 관계를 정립하는 것과 무관하지 않은 것이다. 예컨대 작가는 아직 '사람'이 되지 못한 선형의 상태를 묘사하면서 성경의 내용과 신문 삼면기사의 사건들에 대해 보이는 선형의 태도를 이렇게 요약한다.

그는 그 모든 것—위에 말한 그 모든 것과 자기와는 전혀 관계가 없는 것이어니 한다. 아니, 차라리 그는 그 모든 것이 자기와 관계가 있는지 없는지 생각하려고도 아니한다. 그는 아직 난 대로 있다. 화학적으로 화합

되고 생리학적으로 조직된 대로 있는, 말하자면 아직도 실지에 한 번도 써보지 아니하고 곡간에 넣어 둔 기계와 같다. 그는 아직 사람이 아니로다.(89-90쪽)

선형이 "아직 사람이 아니"라고 하는 것은, 대상세계를 자기와 관계가 있는 것으로 생각하지 못하는 선형의 무능력 때문이다. 이때 '사람'이 자율적 내면을 갖는 독립적인 주체를 의미하는 것이라면, 이를 통해 이광수는 내면이 내면으로서 성립할 수 있는 조건을 제시하는 셈이다. 그 조건이란 바로 대상세계에 대한 자기관계적인(self-relational) 사고다. 중요한 것은 그런 자기관계적인 사고가 원리적으로 표상능력과 긴밀한 관계를 가지고 있다는 사실이다. 표상이 근본적으로 주체와의 관계 속에서 포착된 세계의 대상적 국면을 뜻하는 한에서,16) 그것이 대상을 자기와의 관련 아래 포착하고 그런 조건 속에서 세계에 의미와 체계를 부여하는 사고능력과 긴밀한 내속적(內屬的) 관련을 맺고 있다는 것은 말할 것도 없다. 영채를 찾기를 포기하고 서울로 올라오는 기차 안에서 이형식이 발견하는 것이 바로 그것이다.

자기는 자기의 주위에 있는 만물을 보지도 못하였었고 거기서 나는 소리를 듣지도 못하였었다. 설혹, 만물의 빛이 자기의 눈에 들어오고 소리가 자기의 귀에 들어온다고 하더라도, 그는(그것은—인용자) 오직 에틸의 물결에 지나지 못하였었다. 자기는 그 빛과 소리에서 아무 기쁨이나 슬픔이나 아무 뜻도 찾아낼 줄을 몰랐었다.(203쪽)

이형식이 과거의 자기에 대한 이 네거티브한 진술을 통해 역으로

---

16) 이에 대한 상세한 철학적 설명은 마르틴 하이데거, 최상욱 옮김, 『세계상의 시대』, 서광사, 1995, 41-57쪽 참조.

발견하고 있는 것은 그 이전에는 '나'를 무심히 통과하는 의미 없는 외래적 기호들에 불과했던 바로 그 세계 속에서 대상과는 독립한 주관적인 감정과 의미를 생산할 수 있는 주체의 능력이다. 그리고 그것은 역설적이게도 세계를 '나'와의 관련 속에 놓을 때 비로소 가능해지는 것이다. 『무정』에서 그려지는 내면의 발견은 그런 측면에서 '나'를 세계와의 관련 속에서 또 거꾸로 세계를 '나'와의 관련 속에서 상상하면서 자기 자신의 자율적이고 주관적인 감정과 판단을 조직할 수 있는 능력의 발견이기도 하다.

　식민지 근대의 내면을 구성하는 매개가 되는 '문명'이라는 기표의 작용이 가능해지는 것은 이런 토대 위에서다. 이형식은 평양에서 영채를 찾기를 포기하고 기차를 타고 돌아와 남대문에서 내려 분주한 "도회의 소리"를 듣게 되는데, 그는 과연 "이 소리"의 "뜻을 아는 사람"이 있는가를 자문하며 그 소리에서 "문명"을 읽는다.(313-314쪽) 이렇게 아무 의미 없어 보이는 소음을 의미로 분절하고 그곳에서 '문명'이라는 추상적 기표를 유추해내는 표상능력이 기차 안에서의 '자기' 혹은 내면의 발견과 상관적이라는 것은 말할 것도 없다. 즉 그렇지 않다면 그 소리는 그저 소음에 불과할 뿐, '문명의 소리'는 결코 들을 수 없다. 그리고 그렇게 의식화된 '문명의 소리'는 이질적인 시공간을 가로질러 동질적이고 집합적인 표상을 구축함으로써17) 식민지 근대의 균질적인 공동체를 상상할 수 있는 감각적 매개가 되는 것이다. 『무정』에서 '자기' 혹은 내면의 발견이 사회와 민족의 상상으로 이어질 수 있는 근원의 인식론적 계기는 바로 여기에 있다.

---

17) 이승원, 『소리가 만들어낸 근대의 풍경』, 살림, 2005, 14쪽 참조.

3. 미적·예술적 체험이라는 은유

그렇다면 그보다 앞서 『무정』에서 내면이 발견되는 결정적인 계기는 어디에 있는가? 그 계기는 바로 문학예술[18]에 있다. 좀더 구체적으로 말하면 그것은 문학예술의 감상체험에서 촉발되는 감정에 있다. 『무정』에서 내면의 발견을 가능하게 하는 문학예술의 감상체험은 축자적인 의미에서 실제로 나타나기도 하지만, 오히려 보다 근저에서 결정적인 역할을 하는 것은 은유적인 차원에 있다.

우선 축자적인 의미에서 문학예술의 감상체험은 이형식이 김장로의 집에서 십자가에 달린 예수의 화상을 보는 장면에서 대표적으로 나타난다. 그는 그 그림을 보고 십자가에 달린 자도, 예수를 찌른 자도, 그 옆에서 구경하거나 우는 자도 모두 다 같은 사람이라고 생각하며, 그것을 "날마다 시마다 인생 세계에 일어나는 모든 희극 비극이 모두 다 같은 사람의 손으로 되는 것"(86쪽)이라는 생각으로까지 이어간다. 그리고 그것을 매개로 해서 영채와 영채를 팔아먹으려 하는 노파, 퇴학 청원을 하는 학생들과 그 빌미가 된 배학감 등에 대한 상념이 계속 이어진다. 이 대목은 한편으로는 '동정의 정치학'의 토대가 되는 것으로서 인간의 근본적인 동일성과 유사성에 대한 자각을 그리는 장면이라 할 수도 있겠으나,[19] 오히려 더 중요한 것은 여기에서 일어나는 표상작용이 내면의 발견에 얽혀 있는 문제들과 관련하여 갖는 의미다.

---

18) 이광수는 실제로 '문학예술'이라는 표현을 사용한다. 이광수, 「문학이란 何오」, 『이광수 전집』 1, 삼중당, 1966, 508-509쪽.

19) 김현주, 「문학·예술교육과 '동정(同情)'―이광수의 『무정(無情)』을 중심으로」, 『상허학보』 제12집, 2004. 2, 179-180쪽 참조.

그와 관련하여 여기에서 일단 주목해야 하는 것은 이형식이 예수 그림을 보고 생각하는 장면이 그 자체 이미 근본적으로 내면의 표상작용을 함축하고 있다는 사실이다. 이형식은 예수의 그림을 보고 그림의 본래 의도와는 달리 '모두 다 같은 사람'이라는 나름의 주관적인 깨달음을 이끌어낸다. 그곳에서 우리가 확인하는 것은 그림을 단지 '보는' 것이 아니라 그 속에서 그림 자체의 형상이 전달하는 것과는 다른, 그것으로 환원되지 않는 특수한 주관적인 의미를 생산하는 내면의 사고작용이다. 그리고 이것이 근대의 지각코드에 의해 선험적으로 규정된 근대적인 회화감상 태도의 일면이라는 것은 말할 것도 없다.[20] 이 장면이 그 자체로 근대적인 예술감상 체험의 본질을 예시적으로 극화(劇化)하는 장면이라 할 수 있는 것은 그런 근거에서다. 이때 중요한 것은 이 장면에서 이형식이 예수 그림에서 촉발된 상념을 영채와 그 주변의 인물들에 대한 생각으로 이어가면서 인생에 대한 특정한 판단을 내리고 있다는 사실이다. 그곳에서 우리가 보는 것은 근대적 예술체험이 타자와 자기가 처한 현실에 대한 사고를 촉발하는 동시에 그 타자와 현실에 대한 지각과 판단을 수정하고 재조정할 수 있는 준거를 제공해주고 있다는 점이다. 이 장면은 그것을 통해 은연중 근대적 표상체계 속에서 가능해진 근대적 방식의 예술감상 체험이 인식론적 차원에서 타자와 현실, 나아가 사회와 민족을 상상하는 매개가 되는 것을 가능하게 하는 근원적인 지점을 보여주고 있는 셈이다.

물론 여기에서 볼 수 있는 것은 예술체험의 인지적(cognitive) 차원의 효과에 국한된 것이다. 그보다 더 결정적인 것은 이 바로 뒤에 이

---

20) 이에 대해서는 이효덕, 앞의 책, 335-336쪽 참조.

어지는 장면이다. 이형식은 영어교습을 위해 선형과 순애를 마주하고 앉는데, 그 자리에서 그는 두 처녀의 육체를 관찰하게 된다. 그는 "매우 아름답게 생긴" 여성의 육체를 음미하는 가운데 "아침부터 괴로움으로 지내 오던 마음속에 일점 향기롭고 서늘한 바람이 불어들어옴"(87쪽)을 깨닫는다. 그리고 그는 생각한다.

> 이렇게 두 처녀를 보고 앉았으면 말할 수 없는 향기로운 쾌미가 전신에 미만하여 피 돌아가는 것도 극히 순하고 쾌창한 듯하다. 인생은 즐거우려면 즐거울 수가 있는 것이라, 아무 목적과 꾀도 없이 가만히 마주보고 앉았기만 하면 인생은 서로서로 사랑스럽고 즐거운 것이라, 여자의 몸이나 남자의 몸이나 내지 천지의 모든 만물이 다 가만히 보기만 하면 그 새에 친밀한 교통이 생기고 따뜻한 사랑이 생기고 달콤한 쾌미가 생기는 것이라. 쓸데없이 지혜 놀리고 입을 놀리고 손을 놀림으로 모처럼 일러 놓은 아름다운 쾌락을 말못되게 깨트리는 것이라 하였다.(88쪽)

이 장면의 진정한 의미를 확인하기 위해서는 뒤에서 이어지는 내용을 좀더 살펴보는 것이 필요하다. 김장로의 집에서 나온 이형식은 이 체험 직후 무언가 달라졌음을, "가슴속에 새 희망과 새 기쁨이 일어남"(91쪽) 깨닫는다. 그리고 "지금껏 인생의 가장 중요한 내용으로 알아오던 것 외에 무슨 새로운 내용 하나가 더 생기는 듯"하지만, 그는 아직 "그것에 이름 지을 줄을 모르고 다만 '이상하다' 하고 놀랄 뿐"(같은 곳)이다. 그리고 그는 문득 "모든 것에 강한 색채가 있고 강한 형기가 있고 깊은 뜻이"(92쪽) 있음을 깨닫는다. 내용 전개의 인과적 논리에 따르면 이 감정의 충만과 인식적 전환을 가져온 것이, 그리고 결국 "형식은 이제야 그 속에 있는 '사람'이 눈을 떴다"고 말하는 내면의 자각을 가능하게 한 결정적인 계기가 위 인용문의 장면이었음은 더할 수 없이 분명하다.

그렇다면 위 장면의 의미론적 기능은 대체 무엇인가? 이것은 바로 예술체험의 은유다.21) 무엇보다 "친밀한 교통" "따뜻한 사랑" "달콤한 쾌미" "아름다운 쾌락" 등으로 묘사하는 그 체험의 본성에서 연상되는 것은 예술이 불러일으키는 감정이다. 이 장면에서 나타나는 이형식의 감정구조는 미적·예술적 대상과의 접촉에서 생겨난다고 가정되는 감정구조를 은유적으로 재연(再演)하는 것이다. 그리고 거기에 덧붙여지는 "아무 목적과 꾀도 없이"라는 표현에서 곧 자율적인 (문학)예술의 본성을 환기하는 것도 어렵지 않은 일이다. 문학이 "인으로 하여금 美感과 快感을 發케"(「문학이란 何오」) 하는 것이라 하면서 감각적·감정적 삶의 만족과 쾌락을 강조했던 이광수의 문학론22)이 이와 의미심장한 아날로지를 형성하고 있다는 것은 말할 것도 없다. 비록 선형의 육체를 묘사하는 장면이 여성을 대상화하는 관음적(觀淫的) 시선에 의한 것이기는 해도, 중요한 것은 역설적이게도 바로 그것을 통해 선형의 육체는 "풍정"(88쪽)이 있는 '아름다운 대상'(미적 대상)으로서 은유적인 의미를 얻게 되는 것이다. 이 장면은 이로써 내면의 발견에서 (문학)예술이 담당할 수 있는 결정적인 역할

---

21) 마이클 신은 내면의 발견과 문학예술이 맺고 있는 관계라는 맥락에서 이 장면이 차지하는 중요한 은유적 의미를 간과하고 오히려 영채의 이야기를 (문학)예술의 은유로 보고 있고 이후 김현주도 이 견해를 그대로 따르고 있다. 그러나 논리적으로 볼 때 이는 과잉해석이다. 특히 그런 관점에 기초해 이형식이 영채의 이야기를 듣고 '속사람' 즉 내면의 깨임을 경험한다고 설명하는 마이클 신의 견해는 작품 자체의 논리와 실상에 비추어볼 때 이치에 닿지 않는다. 다만 그와 달리 이 글의 뒤에서 다시 자세히 이야기할 테지만 마이클 신/김현주의 지적대로 삼랑진에서의 음악회 장면이 예술의 은유라는 것만큼은 자명한 사실이다. Michael D. Shin, 앞의 글, pp. 277-284와 김현주, 앞의 글 참조.

22) 황종연, 「문학이라는 譯語」, 『동악어문논집』 제32집, 1997, 465-477쪽 참조.

을 은유적으로 연출하고 있는 것이다.

이형식은 이렇게 미적 대상에 대한 정서적 반응을 매개로 "속눈"을 뜨게 되고 그의 "속 사람"(93쪽)은 해방된다. 이때 '속눈'과 '속 사람'이 내면성과 관련된 표현임은 다시 말할 것도 없다. 특징적인 것은 이 '속눈'의 뜨임에 의해 가능해진 인식론적 충격과 전환을 묘사하는 부분이다. 앞의 체험을 하고 난 후 김장로의 집에서 나온 이형식은 불현듯 "지금껏 보지 못하던 인생의 일방면"(91쪽)이 눈앞에 펼쳐지는 것을 느낀다. 모든 것이 이전과는 달라 보인다.

> 그리고 사오 년 동안을 날마다 다니던 교동으로 내려올 때에 형식은 놀랐다. 길과 집과 그 집에 벌여 놓은 것과 그 길로 다니던 사람들과 전신대와 우뚝 선 우편통이다 여전하건마는, 형식은 그것들 속에서 전에 보지 못한 빛을 보고 내를 맡았다. 바꾸어 말하면, 모든 그것들이 새로운 빛과 새로운 뜻을 가진 것 같다. 길 가는 사람은 다만 길 가는 사람이 아니요, 그 속에 무슨 알지 못할 것이 품긴 듯하며, 두부 장수의 '두부나 비지드렁 사리아' 하고 외우는 소리에는 두부와 비지를 사라는 뜻 밖에 더 깊은 무슨 뜻이 있는 듯하였다.(92쪽)

이광수는 이형식이 이로써 모든 것을 새롭게 볼 수 있게 되고 "만물의 '속뜻'을 보게 되었다"(93쪽)고 서술한다. 세계는 눈에 보이는 것 이면의 "새로운 빛"과 "새로운 뜻"을 드러낸다. 이것은 세계가 더 이상 주체와 독립해 그 자체로 존재하는 즉자적 대상에 그치지 않고 주체의 의식적 시선 앞에 주관적인 표상으로 세워져 주체가 읽을 수 있는 일종의 텍스트로 새롭게 형성되면서 배치되어 가는 것을 보여주는 사건이다. 이 사건은 달리 말하면 세계상(Weltbildes)의 정립과 관련되는 것이라 할 수 있을 텐데, 자율적 주체로서의 내면성의 정립

이 그와 구조적으로 등가라는 것이라는 점을 감안한다면23) 이 장면
이 은유적인 차원에서 발산하는 의미는 사뭇 분명하다. 이 장면은 세
계의 의미를 자기의식 속에서 생산하고 통합할 수 있는 내면성이 탄
생하는 원초적 장면(primal scene)을 또다른 층위에서 극적으로 보여주
고 있는 것이다. 그리고 그 계기가 되는 것이 바로 미적·예술적 체
험이라는 사실은 결정적으로 중요하다.

이 지점에서 우리는 잠시 앞장의 내용으로 소급해 올라가서 이형
식이 이후 평양으로 영채를 찾으러갔다가 서울로 돌아오는 기차 안
에서 '자기'를 자각하며 기꺼워하던 장면을 다시 떠올릴 필요가 있다.
앞에서 잠시 본대로 그 역시 내면의 발견을 극화하고 있는 장면이지
만, 그 내용의 구도는 근본적으로 선형과의 대면을 통한 발견의 장면
을 다른 층위에서 똑같이 반복하고 있는 것이다. 그리고 그곳에서 선
형의 역할을 반복하는 것은 평양의 어린 기생 계향이다.24) 그리고 영
채가 자살을 하든 말든 신경도 쓰지 않고 영채에 대한 연민과 슬픔도
잊은 채 오히려 "평양서 올라올 때에 형식은 무한한 기쁨을 얻었다"
(201쪽)고 묘사되는 무책임하고 엉뚱한 맥락 없는 변덕처럼 보이는
감정의 급변도 이런 의미에서 사후적으로 재의미화할 필요가 있다.
즉 그것은 형식이 앞에서 김장로 집을 나왔을 때 느꼈던 감정과 정확
히 동일한 것이다. 어린 기생 계향이 앞에서 선형이 연출했던 미적

---

23) 마르틴 하이데거, 앞의 책, 49쪽 참조.
24) 이광수, 『무정』, 183-186쪽을 볼 것. 그런 관점에서 특히 다음 대목도 주목할 만하다.
　　"그러나 모든 그러한 즐거움 중에 지금 그 어린 기생이 주는 듯한 즐거움은 처음 본
　　다 하였다. 그리고 그 이유는 그 어린 기생의 얼굴과 태도와 마음이 아름다움과 피차
　　에 아무 욕심도 없고 아무 수단도 없고 아무 의심도 없고 서로서로의 영(靈)과 영(靈)
　　이 모든 인위적(人爲的) 껍데기를 벗어버리고 적나라(赤裸裸)하게 융합(融合)함에 있
　　다 하며, 또 이렇게 맛보는 즐거움은 하늘이 사람에게 주신 가장 거룩한 즐거움이라
　　하였다."(185쪽)

대상으로서의 은유적 역할을 반복하고 있다는 것은 계향을 보고 자 릿한 쾌락을 느끼며 떠올리는 다음과 같은 이형식의 생각에서도 결 정적으로 확인된다. "얼굴과 마음이 아름답게 생기거나, 혹 아름다운 그림을 그리고 조각(彫刻)을 하며, 시(詩)를 짓는 사람은 이 인생을 즐 겁게 하는 거룩한 천명(天命)을 가진 자라 하였다.(186쪽)

이 모든 발견의 사건을 발생시키고 그래서 "모든 서적과 인생과 세계를 온통 다시 읽어 볼 생각"(93쪽)을 불러일으키는 것이 바로 예 술적 체험이었다는 점에서, 우리는『무정』의 내면 발견의 드라마가 정확히 미적 대상 혹은 (문학)예술과의 자기관계에서 파생하는 미적 감정과 쾌락을 결정적인 매개로 하여 자신의 내적 규율과 준거를 정 립하는 감각적·주정적(主情的) 주체의 발견의 드라마임을 확인할 수 있다.『무정』의 내면 발견의 서사는 이와 같은 미적·예술적 체험을 통한 새로운 자각의 반복적 연출에 의해 뒷받침되고 있는 것이다.

4. 내면의 완성과 정치적 종결의 형식

이처럼『무정』에서 이형식의 내면의 발견과 주체 정립을 근저에서 가능하게 하는 것은 은유적인 차원에서 발생하는 미적·예술적 체험 이다. 이때 그 체험은 내밀한 정서적 충만함과 자릿한 감각의 충족, 쾌락의 감정 등과 관련되어 있는 것이다. 그것은 내면의 눈을 떠 '자 기'를 자각하게 하고 그로써 세계에 '나'를 연루시키면서 세계를 재 의미화할 수 있게 하는 결정적인 계기로 나타난다. 이형식이 구체적 으로 무엇인지는 모르지만 그것이 지금껏 중요하게 여겼던 "명예와 재산과 법률과 도덕과 학문과 성공"보다 "훨씬 중요하고 의미 있는 것"(91쪽)일지 모른다고 생각하는 것도 바로 그 때문이다.

여기서 중요한 것은 미적·예술적 체험을 통한 그런 내면의 발견이 실은 '재발견'이라는 점이다.[25] 앞에서 예수 그림을 매개로 하여 이어지는 형식의 상념이 이미 근대의 지각코드를 기초로 한 근대적 예술체험에서 발생하는 근대적 내면의 표상작용이라는 점을 지적한 바 있다. 그런 의미에서 여기에는 이미 내면의 사고활동이 있었던 셈이지만, 이때 그 효과가 인지적 차원에 국한되고 있다는 데 주목할 필요가 있다. 즉 그것은 지식과 도덕 등의 근대적 교양의 축적으로 가능해진 내면성의 활동에 의해 촉발되는 효과라고 할 수 있다. 미적·예술적 체험의 충격으로 '속 사람'이 깨이기 이전에 이미 "형식의 '속 사람'은 여문 지 오래였다"(93쪽)는 진술은 이런 맥락에서 이해할 수 있다. 그러나 이형식의 입장에서 그 내면은 아직 깨어 있지 않은 것이며 오히려 진정한 내면의 발견은 미적·예술적 체험의 충격과 그로 인한 감정의 해방 이후에야 발생하는 혁명적인 사건이다. 이미 여물었지만 갇혀 있던 '속 사람'은 그 체험을 경유하고서야 비로소 "껍질을 깨뜨리고"(같은 곳) 결정적으로 해방된다. 은유적 차원에서의 미적·예술적 체험을 통한 내면의 발견이 근본적으로는 근대적 교양을 통해 형성된 내면의 형식과 내용을 감각과 감정이 주가 되는 (문학)예술을 매개로 재코드화(re-coding)하고 발아(發芽)시키는 '내면의 재발견'이라 할 수 있는 것은 이 때문이다.

"오직 이 '속 사람'이란 것을 알고 '속 사람이 깬다'는 것을 알 이는 오직 이 '속 사람'이 깬 사람뿐이니라"(93쪽)는 진술을 가능하게 하

---

25) 맥락은 조금 다르지만 '모든 발견은 재발견'이라는 프로이트의 지적을 이 지점에서 상기해볼 수 있다. 지그문트 프로이트, 박찬부 옮김, 「부정(否定)」, 『쾌락원칙을 넘어서』, 프로이트 전집 14권, 열린책들, 1997, 200-202쪽 참조.

는 것도 바로 그것이다. 이에 따르면 무엇보다 은유적 연출을 통해『무
정』이 강조하는 미적·예술적 체험의 중요성은 그것이 메타적 차원에
서 내면의 자각을 의식화하고 맥락화하는 자기지시적인(self-referential)
반성적 능력을 해방시켜준다는 데 있는 것이다. 겉으로 확연히 드러
나지는 않지만『무정』에서 표면적인 스토리 이면의 은유적 차원을
작동시키는 이와 같은 텍스트 실천의 효과로서 구성되고 있는 것은
근본적으로 내면성을 진정한 의미에서 내면성으로 성립하는 것을 가
능하게 하는 것은 바로 (문학)예술이라는 주장이다.

그런데『무정』의 이야기 속에서 이것으로 내면의 발견은 완성된
것이라 할 수 있는가? 그렇지 않다. 무엇보다 이 체험을 겪은 이후에
도 이형식은 영채와 선형을 오가며 끊임없이 심리적 동요와 변덕, 자
기도취적 공상과 무책임한 유아적 사고를 대책 없이 반복하기 때문
이다. 예컨대 서술자가 "위험한 일이다"(257쪽)라고 말할 정도로 아무
런 책임도 "이유와 자신"도 없이 선형과의 혼인을 결정하는 과정이
나, 그 과정에서 "제 생각대로 한다는 것보다 우선의 말대로 한다는
것이 더 마음에 흡족한 듯하였다"(239쪽)고 묘사되는 이형식의 태도
도 아직까지 해결되지 않은 '미성숙'의 상황을 그대로 재연하는 것이
다. 내면의 완성을 위해서는 아직 거쳐야 할 한 단계가 남겨져 있는
것이다. 그렇다면 마저 거쳐야 할 그 한 단계란 대체 무엇인가?

그 이전에 우리는 작가가 시종 이형식과 선형을 묘사하는 특징적
인 표현에 주목할 필요가 있다. 작가는 선형을 두고 "아직도 인생이
라는 불세례를 받지 못하였다"고, 그래서 "선형은 아직 사람이 되지
못하였다"(90쪽)고 말한다. 이것은 '속 사람'의 눈이 뜨였다고 저 스
스로 생각하는 이형식이라고 해서 예외가 아니다. 작가는 이른바 '속
사람'을 발견한 이형식에 대해서도 "형식은 저 스스로 깨인 '사람'으

로 자처하거니와 그 역시 아직 인생의 불세례를 받지 못한 사람"(90
쪽―강조는 인용자)이라고 묘사하기 때문이다. 인생의 불세례를 받지
못한 이상, 『무정』의 저자에 따르면 '자기'를 발견한 이형식이라고 해
도 아직은 미성숙한 인간일 수밖에 없다. 『무정』에서 그런 이형식의
상태를 "일언이폐지하면 그는 주관적(主觀的)이요, 이상(理想)의 인(人)
이요, 실제(實際)의 인(人)은 아니외다"(217-218쪽)라고 서술하는 데서
도 분명하게 드러나듯이, 그것은 일차적으로는 실제 현실에 대한 인
식과 감각의 문제와 관련된 것이다. 따라서 이때 '인생의 불세례'란
한편으로는 말 그대로 실제 인생경험을 의미하는 것이기도 하지만,
중요한 것은 『무정』에서 그 표현이 그것만으로는 환원되지 않는 특
수한 용법을 가지고 있다는 사실이다. 그것은 가령 미성숙한 선형의
상태를 묘사하는 부분에서 특히 분명하게 드러나는데, 그 표현은 이
렇다.

> 소위 문명한 나라에 만일 선형이가 났다 하면 그는 어려서부터―칠팔
> 세부터, 혹은 사오 세부터 시와 소설과 음악과 미술과 이야기로 벌써 인
> 생의 세례를 받아 십칠팔 세가 된 금일에는 벌써 참말 인생인 한 여자가
> 되었을 것이다. 그러하나 선형은 아직 사람이 되지 못하였다.(90쪽―강조
> 는 인용자)

여기에서 특징적인 것은 '인생의 불세례'가 곧 문학과 예술의 체
험과 동일시되고 있다는 사실이다. 된다. 『무정』에서 말하는 '인생의
불세례'란 예컨대 실제 현실 속에서 부대끼며 "사랑을 배우고 질투를
배우고 분노하기와 미워하기와 슬퍼하기를 배우"(352쪽)는 것이다.
그리고 문학예술은 그런 경험을 제공해준다는 이유로 인생과 등가(等
價)로까지 설정된다. 이 인생과 등가로서의 문학예술이란 물론 현실

과의 관련 속에 존재하면서 현실을 학습하게 해주는 문학예술이다. 『무정』에 따르면 '사람'이 되는 데서 그것은 결정적인 역할을 하는 중요한 것이다. 그러나 그것을 학습한다고 해서 모든 것이 해결되는 것은 아니다. 시와 소설을 누구보다 많이 읽어왔고 게다가 감각과 감정을 깨워 불러일으키는 은유적인 미적·예술적 체험을 통해 '속눈' 까지도 뜨게 된 이형식도 마지막에 가서야 결국 "이제 보니 선형이나 자기나 다 같은 어린애다"(347쪽)라는 사실을 뒤늦게 다시 깨닫고 있기 때문이다. 우여곡절 끝에 선형과 함께 미국 유학길에 오른 형식은 그러면서 "나는 인생을 모른다. 내게 무슨 인생의 지식이 있는가. 나는 아직 나를 모른다. (……) 나는 과연 자각한 사람인가"(347쪽)라고 탄식하는데, 이것이야말로 그 모든 각성에도 불구하고 내면의 완성이 아직 종결되지 않았다는 사실을 언명하는 은유다.

논리적으로 볼 때 그 종결을 위해서는 또다른 한 단계 높은 차원의 '인생의 불세례'가 요구되는 것은 이 때문이다. 그리고 그 불세례 또한 당연히 문학예술을 통해야 할 것임은 지금까지의 작품의 논리에서도 충분히 예견되는 바다. 이전의 문학예술이 단순히 인생학습에 그치는 것이었다면, 그리고 이형식이 경험했던 미적·예술적 대상과의 충만한 감각적인 조우를 통한 내면의 (재)발견이 현실과 직접 소통하지 못하는 개인의 이상(理想)의 차원에 국한된 협소한 것이었다면, 이 종결의 불세례는 그 모든 한계를 넘어서는 것이 되어야 할 터이다. 현실과 구체적인 실천적 관련을 맺으면서 열악한 환경 속에서 고통받는 조선의 현실에 대한 공감을 매개로 형성되는 공동체를 상상하게 만드는 문학예술이 등장하게 되는 것은 이런 논리 속에서다. 그리고 그런 문학예술의 기능을 연출하는 은유적인 기능을 하는 것이 바로 삼랑진 음악회 장면이다.26)

삼랑진 음악회 장면에서 이형식 일행은 "너와 나라는 차별 없이 온통 한몸, 한마음이 된 듯"(372쪽)한 느낌을 얻는다. 예술을 매개로 하여 지금까지의 모든 갈등이 일거에 해결되고 그야말로 일체성의 가상이 형성되는 것이다. 이때 주목해야 하는 것은 언뜻 당연해 보이지만 이 예술이 "수재를 당하여 집을 잃은 불쌍한 동포"(367쪽)를 위한 것이었다는 사실이다. 그리고 그것이 특히 수동적인 감상이 아닌 현실을 매개로 현실과 소통하는 예술실천이었다는 점도 중요하다. 그것을 통해 예술은 열악한 조선의 현실과 소통하면서 그 현실의 개선에 대한 열망에 의해 구축되고 상상되는 공동체의 형성을 결정적으로 매개한다. 그 공동체란 물론 첫째는 민족이라는 상상의 공동체이며, 둘째는 그 중심에서 그것을 이끌어가는 예술가-지식인 계몽공동체다.

특히 그 공동체의 형성을 촉진하는 것이 음악회 현장에서 흘러나온 '눈물과 감동'이었다는 것은 결정적으로 중요하다. 음악회 현장에서의 그 감격스런 눈물과 감동을 매개로 관객들과 함께 이형식의 일행은 하나가 되며, 그렇게 해서 마지막에 터져나온 모두의 울음도 작품의 논리상 그 이전에 감정을 통해 감화시키는 예술의 교육적 역할이 없었으면 가능하지 않았던 것으로 그려진다. 특히 이형식의 계몽적 연설에 감화받은 후 모든 갈등을 씻어버리고 모두를 한마음으로 결속시키는 눈물과 감동[27]은 그 자체로 문학예술이 촉발하는 눈물과

---

26) 참고로, 다른 맥락에서 마이클 신은 삼랑진 음악회 장면이 모든 인물이 예술적 공동체를 형성하게 되는 장면이며 내면성이 풍경 자체에 스며들고 그 풍경을 변화시키게 되는 장면이라고 해석한다.(Michael D. Shin, 앞의 글, p. 283 참조) 김현주 역시 앞의 글에서 이를 따라 음악회가 "원망, 질투, 의심으로 흩어져 있는 개체들을 모아 일체성의 가상을 만드는 중요한 매개체"(186쪽)라고 지적한다.

27) "영채는 선형의 손을 마주 쥐며 더욱 눈물이 쏟아진다. 형식도 울었다. 병욱도 울었

감동을 은유적으로 반복하는 것이다. 삼랑진에서 벌어지는 이 마지막 장면이 눈물과 감동을 통해 인간을 감화시키고 현실을 정서적으로 지각하게 하며 그것을 매개로 공동체의 형성을 가능하게 하는 예술의 교육적 가치주장을 은유적으로 연출하고 있는 것이라 할 수 있는 것은 이 때문이다.

『무정』에서 내면을 완성시키는 것은 바로 이와 같은 특별한 '인생/예술의 불세례'다. 내면은 이 과정을 거쳐 상상의 공동체의 중심에 자기 자신을 위치시킴으로써 비로소 완성된다. 그런데 여기서 놓쳐서는 안 되는 것은 이 내면의 완성이란 한편으로는 불확실하고 비결정적이며 그래서 불편한 자기 '바깥'의 모든 것을 일관되고 통합적인 의미와 가치의 체계 속에 안정적으로 배치할 수 있는 어떤 지점을 획득하는 것과 동시적인 사건이라는 점이다.

이때 예컨대 이형식에게 그 '바깥' 중 중요한 하나는 바로 박영채다. 『무정』에서 서사가 끝날 때까지 영채는 이형식에게 끊임없이 심리적 동요와 죄책감을 유발하고 심지어는 공포를 야기하는 존재로까지 나타난다.[28] 그리고 영채라는 존재는 물론 그 존재와 결부되어 있는 감정은 '의리'라는 인륜적 가치와 연결되어 있기에 떨쳐버리기 쉽지 않은 것이다. 그런 의미에서 영채는 근대적인 가치체계를 중심으

___

다. 마침내 모두 울었다."(『무정』, 376-377쪽)

[28] 미국유학길에 오른 이형식이 기차에서 우연히 영채를 맞닥뜨린 후 보여주는 반응을 보여주는 다음 대목은 이를 분명하게 보여준다. "형식은 마치 무서운 것이나 대한 듯이 몸에 소름이 쭉 끼친다. 영채의 뒷모양이 자기를 내려누르고 위협하는 듯하다. 대동강에 빠져 죽은 영채의 넋이 지금 자기 앞에 나서서 자기를 괴롭게 하는 것이 아닌가 한다. 금시에 영채가 획 돌아서며 무서운 얼굴로 자기를 흘겨보고 입에 가득한 뜨거운 피를 자기에다가 확 뿌리며 "이 무정한 놈아, 영원히 저주를 받아라" 하고 달겨들 것 같다."(『무정』, 339쪽) 그리고 이와 방불한 묘사는 소설의 앞에서도 수시로 반복된다.

로 구성되어야 하는 통합적이고 자기완결적인 내면의 완성을 끊임없이 방해하고 위협하는 얼룩(spot)이다. 이형식의 내면이 진정한 의미에서 완성되는 것은 이 얼룩을 순화(gentrification)하여 스스로 구성한 의미화연쇄 속의 한 자리에 안정적으로 고정시킬 수 있는 어떤 지점의 위치를 차지하는 것을 통해서,29) 그리고 궁극적으로는 그런 의식적 작용의 흔적을 지우고 은폐하는 것을 통해서다. 그것은 은유적인 차원에서 보면 불편한 흔적(trace)으로서의 과거/전통을 억압하면서 근대라는 가치체계 속에서 처리하고 재전유하는 과정과 동일한 것이다. 그렇게 해서 영채에게 부여되는 자리는 물론 예술가-지식인 공동체의 일원이며, 이형식은 영채를 포함한 모든 인물의 위치를 그 속에 할당하는 '교사'로서의 주체위치30)를 얻음으로써 그 모든 드라마를 완성하게 되는 셈이다.

그리고 그것은 또한 "게으르고 힘없던"(372쪽) 조선의 민중을 상상의 공동체로 묶어내면서 그에 대해 동정(同情)이라는 정동(affect)을 생산해내고 가르치고 인도해야 할 대상으로 분류하고 배치하는 작업과 동시적인 것이다. 그렇게 하지 않는다면 저들은 "마침내 북해도의 '아이누'나 다름없는 종자가 되고 말 것 같다"(369-370쪽)는 표현에서도 증상적으로 드러나듯이,31) 그런 방식으로 완성되는 내면이란 결국 식민지적 타자를 바라보는 제국의 시선을 모방하면서 내면화하는 과

---

29) 슬라보예 지젝, 「코기토와 성적 차이」, 슬라보예 지젝 외, 김영찬 외 옮김, 『성관계는 없다: 성적 차이에 관한 라캉주의적 탐구』, 도서출판 b, 2005, 180쪽 참조.
30) 이것이 『무정』에서 나타나는 양상과 의미에 대해서는 김윤식, 『이광수와 그의 시대』 2, 한길사, 1986, 537-544쪽 참조.
31) 근대 일본에서 아이누는 국민으로서 '일본인'의 자기 정립을 위해 소화 흡수되지 않으면 안 되는 상상된 경계 내부의 타자로 지목된 바 있다. 이효덕, 앞의 책, 310-316쪽 참조.

정을 필수적인 내속적(內屬的) 조건으로 하는 것이기도 하다.

이 모든 것은 결국 세 처녀를 대상으로 한 이형식의 감동적인 문답식 연설로 마무리된다. 그리고 그런 종결의 형식은 중요하다. 이 교육적 연설은 이형식이 공공적(公共的)이고 상호주관적 상황 속에서의 언술을 통해 식민지 조선의 민족이라는 상상의 공동체 속에서 예술가-지식인 계몽공동체의 주체적 의미와 그 의미를 할당하는 자기 자신의 주체위치를 의식적으로 발화하고 실현하는 장면이다. 바로 이 장면의 한가운데서 이형식은 자기 자신을 정치적 주체로서 생산하며,32) 내면의 완성이 사회정치적 맥락 속에 배치되면서 의미화되는 것은 바로 그와 같은 종결(closure)을 통해서다. 그리고 이 모든 것의 중심에 그 과정을 촉발하고 고양시키며 완성하는 문학예술이 있었다는 것을 마지막으로 다시 강조할 필요가 있다. 『무정』은 그것을 통해 문학예술을 경유하는(경유해야만 비로소 가능한) 그런 내면의 자기구성의 드라마를 은유적·실제적 차원에서 의식적으로 연출하고 있었던 것이다.

5. 수행적 자기반영의 문학적 의미와 식민지적 이성의 운명

이광수의 『무정』이 근본적으로 소설로 쓴 문학론이라고 할 수 있는 것은 정확히 이런 이유 때문이다. 앞서 설명한 바로 그런 의미에서 『무정』에서 내면의 발견은 곧 문학(예술)의 발견이다. 이광수는

---

32) 근대에 '연설'이라는 미디어가 새로운 정치적 주체를 생산하는 언설의 장치로 기능한다는 점에 대해서는 코모리 요이치, 정선태 옮김, 『일본어의 근대: 근대 국민국가와 '국어'의 발견』, 소명출판, 2003, 50쪽 참조.

『무정』에서 그 문학(예술)의 발견을 문학이라는 제도적 장치 속에서 연출하고 있었던 것이다. 특히『무정』에서 두드러지는바 문학예술이 발휘하는 정서적·발견적·교육적 기능을 하위이야기(hypodiegetic) 층위에서 은유적으로 연출하는 텍스트 실천방식이 갖는 의미는 특별히 강조할 만하다. 그것은 흔히『무정』의 글쓰기를 '계몽(주의)적 글쓰기'로 요약해 이해하는 상식과 자명성에 의해 은폐되고 간과되어온 측면이다. 특히『무정』에서 그런 형태로 문학적 언표가 그 언표작용 자체의 의미와 가치를 연출하는 수행적(performative) 표현이 되고 있다는 사실은『무정』의 근대성을 측량하는 중요한 지표가 될 수 있다. 즉『무정』이 보여주는 미학적 근대성의 중요한 국면 중 하나는, 그런 텍스트 실천을 통해 문학이라는 제도적 장치의 장(場) 안에서 그 장치의 효과로써 다시 문학을 (재)발견하는 이 수행적 자기반영에서 찾을 수 있는 것이다.

『무정』에서 내면의 발견은 그렇게 완성되었다. 이광수가『무정』에서 발견한 이 식민지 근대 주체의 내면성이 이후 역사상황 속에서 구체적으로 어떤 굴곡을 겪게 되는가에 대해서는 익히 알고 있는 바다. 하지만 그 이전에 우리가 기본적인 차원에서 확인해야 하는 것은 식민지 근대의 조건 속에서 출현한 근대적 계몽의 호명에 의해 구성된 내면성 자체가 근원에서 안고 있을 수밖에 없는 구조적인 한계다. 그리고 따져보면 그것은 비단 식민지 근대의 상황적 조건이 아니더라도 근대적 내면성이 그 자체로 안고 있는 한계와도 무관하지 않다.

그 한계란 근대적 내면을 구성하는 결정적인 계기로서 칸트적 의미에서의 '계몽'의 틈새와 관련되어 있는 것으로, 이성의 공적 사용과 사적 사용의 분열이 바로 그것이다. 칸트가 주장하는 것은 예컨대 공중(公衆) 앞에서 한 사람의 학자로서 이성을 사용하는 경우(이성의 공적인 사용)에는 자유롭게 따지고 발언할 수 있지만 공동체라는 사회적 기계의 구성원으로서 사회적 지위와 역할 속에서 이성을 사용하는 경우(이성의 사적인 사용)에는 권위에 복종해야 한다는 것이다.[33] 이광수의 내면의 발견은 구조적으로 그와 같은 근대적 이성의 분열의 잠재성을 식민지적 상황으로 옮겨와 재연(再演)하면서 특수한 방식으로 실현하고 있는 것이다. '민족'이라는 상상의 공동체의 호명에 응답함으로써 구성되는 식민지 근대 주체의 내면은 근본적으로 식민주의의 비이성적인 정치문화 권력과의 통합적인 공모 속에 존재하는 문명 혹은 '근대'(the modern)라는 지배기표의 '법'과 규칙을 추호도 의심하지 않는 근대주의적 복종을 조건으로 해서만 가능한 것이었던 까닭이다. 이광수에게서 특징적으로 나타나는 것으로서 식민지 근대 주체가 겪는 내면성의 운명은 바로 그런 식민지적 이성의 내재적인 분열 속에서 작동했던 것이다.

---

33) "너희들이 하고자 하는 일에 관해 너희들이 원하는 만큼 따져보라. 그러나 복종하라!"라는 칸트의 명제는 그런 맥락에서 나오는 것이다.(이마누엘 칸트, 앞의 글 참조) 이는 비단 칸트의 '계몽'뿐만이 아니라 데카르트의 코기토(cogito) 명제 또한 안고 있는 필연적인 이면이기도 한데, 그 점에 대해서는 슬라보예 지젝, 이수련 옮김, 『이데올로기라는 숭고한 대상』, 인간사랑, 2002, 143-151쪽 참조.

근대체험의 내면화와 새로운 글쓰기

이 은 주(이화여대 강사)

1. 문제제기

한국 근대문학 연구에서 새로운 글쓰기는 근대 문화 전반을 관류하는 문제들과 연관되면서 그 의미가 진단되고 있다. 근대적 주체형성, 개인과 내면의 발견, 고백체의 등장, 언문일치 등의 근대문학 연구 주제들은 근원적으로 근대의 새로운 글쓰기와의 역학관계 속에서 '근대적'이라는 것의 메커니즘을 보여주었다.

특히 서구적 근대 문학의 개념에 접근한, 개인의 감정과 내면 표현이 가치 있는 영역으로 공론화되기 시작한 1910년대 중반 이후의 글쓰기 방식은 세계를 재편하는 인간(개인) 중심의 글쓰기 기원을 밝혀주는 것으로 이해[1]되어 왔다. 실제로 이를 뒷받침해 왔던 서간체,

---

1) 권보드래, 『근대소설의 기원』, 소명, 2000; 김동식, 「한국의 근대적 문학 개념 형성 과정 연구」, 서울대 박사논문, 1999; 김홍규, 「부서진 세계 안의 자유와 절망」, 『전환기의 동아시아 문학』, 창작과비평사, 1985; 우정권, 『한국 근대 고백소설의 형성과 서사양식』, 소명, 2004; 이은주, 「한국 근대 단편소설의 '양식'연구」, 이화여대 박사논문, 2004; 한기형, 「1910년대 단편소설과 낭만성」, 『한국근대소설사의 시각』, 소명, 1999. 등 참조.

일기체 등의 고백체 글쓰기 형식은 장르 구분 없이[2] 1910년대 중반 이후부터 1920년대 전반을 걸쳐 매체를 지배적으로 압도하고 있었던 글쓰기 현상이었고, 그것은 사적 개인의 등장, 개인적 자아의 발견 등으로 의미화되고 있다.

본 연구의 문제제기는 여기에서 시작된다. 선행 연구가 부여한, 개인을 드러내는 새로운 글쓰기로서의 역사적 의미를 부인하지는 않지만, 수많은 고백형식(일기, 편지 등)의 글들이 명시하고 있는 '수많은 개인 저자들'은 왜 천편일률적인 한 사람의 목소리처럼 기억되는 것인가. 개인의 감정이라고 표현되는 것의 내용과 글쓰기 방식이 대부분 매우 유사한 양상으로 존재하고 있다는 점에 주목해 볼 필요가 있다.

1920년대를 전후한 시기, 정(情)과 생명을 모토로 기획된 개인적 글쓰기는 매체를 통해 유사한 내용과 형식으로 모방, 재생산된다. 아케이드에 진열된 대량 생산품과 같던 그 텍스트들은 이 글쓰기가 지향했던 '공감'보다 오히려 위압감을 느끼게 하지는 않는가, 개인 감정과 자기를 강조하고 있지만 정작 개인보다는 그런 류의 글쓰기 방식을 표나게 앞세우고 있는 혹은 앞세울 수 있는 집단(지식인층)의 힘이 더 지배적이지는 않는가, 정말 개인이 혹은 개인의 감정이 거기에 있는가 본 논문은 이러한 의문들을 구체화하면서 그와 비교될 수 있는 텍스트를 제시할 것이다. 이것은 근대 개인의 글쓰기와 관련하여 새로운 연구 가능성을 f보여줄 수 있을 것이다.

---

2) 이 논문에서 장르논의는 따로 하지 않는다. 이 시기 장르에 관해서는, 장르에 대한 인식을 하면서 각 개념에 관심을 가지기 시작한 단계로 보는 관점을 따른다. 김윤식과 김예림이 그러한 관점을 취하면서 '장르미결정 상태'라는 용어를 사용하고 있다. (김윤식, 『한국 근대문학 양식 논고』, 아세아문화사, 1980, 38쪽; 김예림, 「1920년대 초반 문학의 상황과 의미」, 『1920년대 동인지 문학과 근대성 연구』, 깊은샘, 2000, 189쪽)

2. 근대 주체와 내면의 형성

　한국 근대 문화 형성 과정에서 매체에 의해 유포되던 문화적 표상의 생산과 수용은 근대인의 경험을 구성하고, 그 경험은 상호 주관적으로 공유되면서 한국의 근대는 구체적인 모습을 갖추게 된다. 공유를 가능하게 했던 것은 장(場, champ)[3]이라는 특수한 사회적 관계의 공간 속에서였다는 점에서 매체의 역할과 기능이 진단될 수 있을 것이다. 이미 임화의 「신문학사」에서부터 근대문화는 유학생 파견과 매체와의 관계 속에서 논의되어 왔거니와, 출판법(1909), 신문지법(1907), 사립학교령(1908) 등이 제정되면서 문화계에 대한 억압[4]이 전반적으로 강화되던 1910년대 이후는 매체들의 기능과 역할이 중요해진 만큼 유학생들의 역할과 영향력도 커졌다고 할 수 있다.

　당대 매체가 「日本留學生史」[5]를 통해 일본 유학의 유래부터 1910년대 중반까지의 유학 현황을 보여주고 있는 것도 이와 같은 이유에서 일 것이다. 「日本留學生史」는 그 전까지의 일본 유학생에 대한 시각이 매우 좋지 않았음을 비판적으로 다룸으로써 1910년대 이후 일본 유학생의 역할과 영향력의 중요성을 간접적으로 증명해 주고 있다. 유학생 파견이 조선의 국책으로 제도화되었던 만큼 일본 유학생은 양적으로 팽창하였는데, 팽창된 양은 그들의 면학 태도나 사상 면에서 유학생에게 기대되는 질을 담보하지 못한다는 것이 비판의 요

---

3) Pierre Bourdieu, 하태환 역, 『예술의 규칙』, 동문선, 1999.

4) 강명관, 「근대 계몽기 출판운동과 그 역사적 의의」, 『민족문학사연구』 14, 1999; 이
　현식, 「한국 근대문학 형성의 사회사적 조건」, 『민족문학과 근대성』, 문학과지성사,
　1995; 한기형, 「1910년대 신소설에 미친 출판, 유통 환경의 영향」, 『한국학보』 84, 1996.
　가을, 참조.

5) 「日本留學生史」, 『학지광』 6호, 1915. 7.

점이다. 이 비판은 풍문이나 유학생에 대한 뒷이야기에 근거하지 않
고, 연도 별 입학 졸업생 수 대비, 성적, 학비조달방법 등의 자료에
의해 체계적으로 이루어지고 있다. 더구나 근대 문화 공유의 장에서
그러한 비판이 이루어지고 있다는 것은 그것이 단순한 세태비판이
아니었다는 얘기가 된다. 근대문화를 추동하는 주체로서의 역할을 기
대하는 당대적 의미가 내포되어 있다고 봐도 좋을 것이다. 前代 유학
생들과 달리 새로운 시대에 맞게 전진하며 미래 유학생들에게 좋은
본보기가 될 것을 당부하고 있는 「今日留學生은 何如」[6]에서도 같은
맥락의 이야기가 전개되고 있다.

따라서 1910년대 이후 일본 유학생들의 근대 체험 관련 글들은 공
동체에서 떨어진 한 개인의 새로운 문명, 도회 체험을 전해 주는 것
이상의 의미를 지니게 된다. 그들의 글은 근대 문화에 눈뜨고 있는
조선의 청년들에게 또 다른 근대 경험 통로였고, 자신과 조선을 돌아
보게 하는 내면 발견의 계기 제공원(提供原)이었을 것이기 때문이다.
이 논문에서 주목하고자 하는 근대문화 체험기 「동경유학생 생활」은
근대성의 경험을 구성하는 새로운 인식, 발견, 충격과 긴밀하게 연
관[7]되면서 바로 그와 같은 기능을 수행하고 있다는 점에서 중요하다.

동경생활을 해 본 사람이 몇 백 몇 천이라 자신의 동경유학 생활
경험담이 별 다르게 들리지 않을 것 같다는 서두로 시작되는 「동경유
학생 생활」[8]에는 유학생이 자각하고 있던 당대 유학생들의 위치가
잘 드러나고 있다. 친목 도모를 위해 만나는 동경 유학생 모임을 소
개하는 항목에서 그러한데, 구성원을 소개하는 부분을 보면 조선의

---

6) 안확, 「今日留學生은 何如」, 『학지광』 4호, 1915. 2.
7) 황종연, 「낭만적 주체성의 소설」, 『김동인 문학의 재조명』, 새미, 2001, 78쪽.
8) 현상윤, 「동경유학생 생활」, 『청춘』 2호, 1914. 11.

각지에서 유학을 왔고 공부하는 분야도 정치학, 법학, 예술, 의학, 농공상업 가릴 것 없이 다양하게 지식사회를 형성하고 있으며, 그들이 조선에서는 재산가의 자손들이라 어느 점으로 보든지 조선 청년의 중축(中軸)이라는 것을 자각하고 있음을 보여주고 있다. 실제로 이들이 앞으로의 조선의 근대화를 이끌어 갈 사람들이었을 것이며, 당대 조선에서 요구되는 혁명아, 천재로 불리우는 청년들이었을 것이다. 그들이 매체를 통해 보여주고 있는 공통 관심사가 이를 뒷받침해 준다.

'자아를 살리고, 시대의 문을 개방'하는 것이 당대 청년들의 공통 관심사였음을 보여주고 있는 「情感적 생활의 요구」9)는 '나의 갱생(更生)'이라는 부제를 통해 정감을 드러내는 것으로써 비로소 근대인으로서의 자기가 새롭게 태어날 수 있다(갱생)는 것을 역설하고 있다. 자기 정체성을 두고 그 누구보다 고민이 컸을 일본 유학생들은 그 문제에 집중하고 표현하는, 즉 자기 내면에 충실한 정감적 생활을 통해, 자기확립과 감정에 충실할 것을 강조하던 계몽적 일깨움이 일상과 분리되는 일이 아니라는 것을 경험적으로 깨닫고 있었을 것이다.

자기 확립으로서의 자기 更生은 더 나아가 혁명10)으로까지 이야기된다. 개체의 감정과 사상을 지배하는 것은 自我라고 하는 것인데, 그것을 내세우기 위해서는 먼저 구해야 하고, 그 구하는 과정, 즉 자각하고 실감하며 스스로 창조하는 삶, 그것이 근대라는 공간에서 새롭게 요구되는 개인적 혁명(revolutionize of individuality)이었던 것이다. 옛 것을 비판하며 새로운 것이 만들어져 가던 시기, 새로운 전범과 기준을 만들어야 하는 간절함이 혁명으로 이야기되던 당대적 비장함은 근대적 주체 만들기에 대한 기대와 요구로 그 정신적 풍경을 드러

---

9) 최승구, 「정감적 생활의 요구」, 『학지광』 3호, 1914. 12. 3.
10) 최승구, 「너를 혁명하라!」, 『학지광』 5호, 1915. 5. 2.

내고 있는 것이다.

그런데 개인의 혁명과 更生의 삶은 예술적인 삶과 동떨어진 것이 아니었다. 개인이 중심이 되어 자기(감정)의 삶에서 생명력을 실감할 수 있는 생활은 바로 예술적 생활과 일치[11]하는 것으로 여겨졌기 때문이다. 예술의 意味는 생명을 全肯定함에 있으므로 불완전한 현재를 향상시키고, 창조시키고 발전시켜 완전한 곳으로 이끄는 힘을 지닌 예술적 생활은 眞生命의 自己滿足生活이 되며 또한 眞生命의 自己滿足生活이 될만한 것도 예술적 생활에 있게 된다.

우리가 주목해야 할 것은 眞生命의 自己滿足이라는 것이 자기 감정에 충실할 것을 이야기하는 글들과 같은 맥락에서 이해될 수 있다는 점이다. 생명을 전적으로 긍정한다는 것, 즉 자기 자신에 충실하기 위해서라도 자기를 更生하고자 하는 사람은 자기를 자각해야 했으며, 그것은 무엇보다도 그동안 발견되지 못했던 자기감정을 들여다보는 일에 집중될 수밖에 없었을 것이다. 자기 감정에 충실한 독립된 개체로서의 인간을 깨닫기 시작하면서 그러한 변화들에 대한 바람은 이광수의 「천재야! 천재야!」나 백일생의 「문단의 혁명아야」[12]처럼 더 강렬한 메시지를 전하게 된다.

두 글은 모두 새로운 것이 건설되어야 할 근대라는 공간에서 모범(지표)이 될 만한 전문가(인재)를 희구하는 간절함을 드러내고 있다. 그 전문가를 이광수는 '천재'로, 백일생은 '혁명아'[13] '문단의 勇士'로

---

11) 김억, 「예술적 생활」, 『학지광』 6호, 1915. 7. 23.
12) 이광수, 「천재야! 천재야!」, 『학지광』 12호, 1917. 4. 19.
   백일생, 「문단의 혁명아야」, 『학지광』 14호, 1917. 11. 20.
   서상일, 「「문단의 혁명아야」를 讀하고」(『학지광』 15호, 1918. 3. 25)는 위의 백일생의 예시와 부분 부분 맥락 상의 오류들, 관점의 차이들을 비판하고 있다.
13) 백일생은 이 글에서, 당대적 혁명아로 춘원, 육당, 소성(현상윤)을 거론한다.

부르고 있는데, 새로운 시대를 이끌어갈 이들에게 당대적 압박이나 도덕, 풍속적 조건을 두려워하지 말 것을 언표화한 것으로 해석할 수 있다. 이러한 요청은 당대적 시대감각을 보여주는 것으로 비단 문단에서만의 일은 아니었다. 이들의 희구는 문학계는 물론 사회 전반을 향해 있었기 때문이다. 따라서 새로운 문학(예술)을 통해 당대가 요구하고 강조하는 내용은 곧 근대적 삶과 사회 전반, 그리고 청년으로 표상되는 근대 주체들에게 요구되는 내용과 밀접하게 연결되고 있다고 볼 수 있다. 근대 주체의 새로운 글쓰기에 주목하고 있는 본 논문이 당대에서 논의되던 문학담론에 관심을 가져야 하는 이유가 여기에 있다.

3. 새로운 문학제도와 時문체

한국에서 문학이라는 말이 1910년대 초반까지는 광범위한 글쓰기 일반을 통칭하였다면, 1915년 이후[14] 문학성을 판단하는 미적 판단의 원리가 '情과 생명'에 관련된 것으로 새롭게 규정되고 대체되면서 근대적인 문학개념이 제도화되기 시작한다. 근대 담론 공간에서, 문학은 미감상(美感想), 정, 감수성, 자율적, 독립적으로 존재하는 대상으로 인정해야 한다는 생각을 접할 수 있는 가장 대표적인 논의가 이광수의「문학이란 何오」[15]일 것인데, 그에 앞서 1914년에 만들어진『청춘』『학지광』을 비롯하여 그 이후『태서문예신보』『반도시론』『新文界』등의 잡지에서 문학의 독립성과 자율성을 의식한 문학에 대한 개

---

14) 권보드래, 앞의 글; 김동식, 앞의 글; 이은주, 「한국 근대 단편소설의 양식 연구」, 이화여대 박사논문, 2004.
15) 이광수, 권영민 엮음, 「문학이란 하오」, 『한국의 문학비평』, 민음사, 1995.

넘이 활발하게 논의[16]되기 시작했다.

최두선은 「문학의 意義에 관하야」[17]에서, 문학은 형식이나 내용으로 규정되는 것이 아니고 문학이 문학되는 이유는 생명력을 지녔기 때문인데, 그 생명은 인간의 심적 상태가 만족함(쾌감)을 얻는 것이라고 설명한다. 이 만족은 인간이 지닌 知, 情, 意에서 情意와 관계되는 부분이며, 글을 읽고 情意의 경험에 感觸되고 자극이 생기는 것을 두고 바로 생명이 있다고 말한다. '情意'가 구분되고 있지는 않지만, 개인의 경험을 감촉하고 자극하는 데서 생성되는 것을 '글 가운데서 주요 부분'이라고 설명하는 것은 「문학이란 하오」에서 만날 수 있는 '情'을 충분히 인식했다고 할 수 있다. 양건식 또한 「춘원의 소설을

---

16) 김기진, 「무정 122회를 讀하다가」, 『매일신보』, 1917. 6. 17.

  김　억, 「예술적 생활」, 『학지광』 6호, 1915. 7. 23.

  백대진, 「문학에 대한 신연구」, 『신문계』 4권 3호, 1916. 3.

  백대진, 「최근의 태서문단」, 『태서문예신보』, 1918. 11. 30.

  백대진, 「최남선 군을 논하고 동시에 조선의 저술계를 一瞥함」, 『반도시론』 1권 2호, 1917. 5.

  안　확, 「조선의 문학」, 『학지광』 6호, 1915. 7. 23.

  양건식, 「춘원의 소설을 환영하노라」, 『매일신보』, 1916. 12. 28~12. 29.

  이광수, 「懸賞小說考選餘言」, 『청춘』 12호, 1918. 3.

  一中學生, 「「뎡부원」을 보고」, 『매일신보』, 1915. 4. 23; 5. 21.

  이광수, 「천재야! 천재야!」, 『학지광』 12호, 1917. 4. 19.

  백일생, 「문단의 혁명아야」, 『학지광』 14호, 1917. 11. 20.

  서상일, 「「문단의 혁명아야」를 讀하고」, 『학지광』 15호, 1918. 3. 25.

  작자미상, 「예술가와 자각」, 「태서문예신보」, 1918. 10. 26.

  주요한, 「「무정」을 닑고」, 『매일신보』, 1918. 8. 7~8. 18.

  최두선, 「문학의 意義에 관하야」, 『학지광』 3호, 1914. 12. 3.

  최승구, 「너를 혁명하라!」, 『학지광』 5호, 1915. 5. 2.

  최승구, 「정감적 생활의 요구」, 『학지광』 3호, 1914. 12. 3.

  한쇠생원, 「새문학과 옛문학의 비교」, 『반도시론』 1권 6호, 1917. 9.

17) 최두선, 「문학의 意義에 관하야」, 『학지광』 3호, 1914. 12. 3.

환영하노라」[18]에서 위와 같은 맥락의 지, 정, 의를 이야기하면서, 동시에 구시대의 소설이 권선징악이라는 목적을 위한 이야기책에 불과했다면, 새로운 소설은 인생의 모든 현상과 인정의 機微 그리고 세태의 변환을 구할 수 있게 해야 하고, 그것은 읽는 이에게 美的快感을 불러일으킬 수 있어야 한다고 말한다.

이 시기 '情'과 함께 문학을 논하는 키워드로 자리했던 '生命'에 관해서는 백대진의 「문학에 대한 신연구」[19]를 주목할 수 있다. 그는 '문장에 活한 정의적 생명이 있는 것이 문학이고, 생명이 있다는 것은 동감의 정의적 느낌을 불러일으켜, 하나의 인상을 주어 감정을 起케 하는 것'이라고 말한다. 즉 '지적만족을 얻게 하는 문장이 생명 있는 것이 아니며, 문장의 情意가 독자의 심중을 자극하여 興할 수 있는 것'이 문학이 된다. 따라서 백대진에게서는 '다만 나의 공상만 기록하여 생겨난 것, 개인 생활에 대한 일반사실, 言論을 주장하여 기록하는 것, 역사적 사실기록'은 문학이 될 수 없었다.

아울러 이 논의에서는 그전에는 볼 수 없었던 새로운 견해를 접할 수 있는데, 문학가를 하나의 직업으로 인정[20]하고 있는 부분이 그것이다. 이는 여가시간에 즐기는 것으로서의 과거의 문학관을 비판하던 시각에서도 한 걸음 더 나아간 것으로, 근대문학 일반을 이야기할 때 등장하는 전문화된 영역으로서의 문학에 대한 인식을 알 수 있게 해준다. 합리화 특히 세계의 탈주술화를 특징으로 하는 근대에서, 학문은 전문적으로 행해지는 직업이지 구원과 계시를 주는, 예언자로부터

---

18) 양건식, 「춘원의 소설을 환영하노라」, 『매일신보』, 1916. 12. 28〜12. 29.

19) 백대진, 「문학에 대한 신연구」, 『신문계』 4권 3호, 1916. 3.

20) 백대진은 직업으로서의 문학생애를 '남자가 가히 취할 사업이며 또한 이상이 되리로다'라고 말하고 있다.(백대진, 앞의 글)

받는 선물이 아니며 세계의 의미에 대한 현인과 철학자의 반성의 일
부분이 아니[21]라고 말해지듯이, 통합되었던 문학과 학문은 각각의 영
역으로 독립하여 전문화 단계에 들어선다. 학문이 직업으로 이야기될
수 있는 것처럼 문학도 직업으로 이야기되는 시대가 근대였던 것이
다. 이러한 당대의 문학에 대한 인식의 변화는 현상응모나 신춘문예
제도로 새로운 문학 장을 형성하게 된다.

현상 문예의 시작은 각종 학회지나 잡지, 신문 등의 문예란에서부
터 찾을 있다. 1910년대 이전에도 대부분의 신문과 잡지에는 '문예란'
이 있어 문단의 저변확대와 문학 기층형성에 활력소가 되었었는데,
이때는 한시를 문예란에서 다루고 국문시가는 잡보란에 싣는 등 아
직 文에 대한 포괄적인 개념에서 벗어나지 못한, 근대문학에 대한 인
식은 미흡한 상태였다. 1908년『소년』에서의 독자투고 형식은 '진실
을 일티말일, 簡要를 주장할 일, 短文으로 할 일' 등의 기준이 제시되
긴 했으나 목적이 문학을 주장하는 데 있지 않았고, 여러 분야의 글
쓰기를 통해 문장을 훈련하고 문화계몽을 위한 교양훈련에 그 목적
이 있었다. 초기 단계의 현상문예는 본격적인 문학 행위에서보다는
時문체에 대한 이해 등에서 그 의의를 찾을 수[22] 있을 것이다. 본격
적으로 현상문예가 자리잡은 것은 「매일신보」의 현상문예제로 볼 수
있다. 매일신보는 1910년 12월에 '신시현상모집'을 시작하여 1919년

---

21) Weber M., 이상률 역,『직업으로서의 학문』, 문예출판사, 1994, 51쪽.
22) 1920년대 초반까지도 문학과 문학이 아닌 글이 명확하게 구분되는 것은 아니었다.
    현상문예 모집 광고에서도 보통 산문을 모집했으며 그 기준은 단편소설과 크게 다르
    지 않다. 당선작 역시 단편소설과 큰 차이를 보이지 않는다. 문학 내에서도 장르 구
    분은 명확하지 않아 단편소설, 기행문, 감상 등의 구분은 미결정 상태였다고 볼 수
    있다. 관련 논의는 김윤식, 김예림의 앞의 글과 우정권의『한국근대 고백소설의 형성
    과 서사양식』(소명, 2004) 참조.

'매신문단'까지 각종 현상문예제를 실시하였는데, '신년문예 모집(1915. 1. 1)'은 현재의 신춘문예의 전신[23])으로 볼 수 있다.『청춘』은 1917년 6월에 처음 현상광고[24])를 냈는데, 자기의 감상과 경험한 것을 情趣있는 필치로 묘사할 것, 순한문을 피할 것, 특히 단편소설에서는 敍說體, 記述體, 書翰體 등으로 제한한다는 조건이 붙어 있다.

응모작 기준을 비롯하여 새로운 문학에 대한 제도적 정착은 현상문예 당선작의 소개와 평에서 가장 직접적으로 드러난다. 이광수의 「懸賞小說考選餘言」[25])은 가장 많이 언급되어 온 선발기준이며, 당선작[26])에 대해 평자들이 이야기하고 있는, 사람의 마음을 움직이는 힘, 한자를 과용하지 말 것, 묘사의 중요성, 언어를 명확하게 사용할 것 등은 이 시대가 글쓰기 일반에서 강조하고 있는 時문체의 요소임을 알 수 있다. 이러한 제도화의 과정들은 당선작들에서 직접적으로 드러나게 된다. 당선작들은 자기규정(자기확립), 남녀평등, 교육, 여성의 역할과 위상 등을 문제적으로 다루어 문단에서 요구하는 신시대에

---

23) 김영철, 「신문학 초기의 현상 및 신춘문예제의 정착과정」,『국어국문학』98, 1987, 참조.

24) 「懸賞文藝爭先應募하시오」,『청춘』8, 9호, 1917.

25) 현상소설 심사 기준의 한 예를 보면, 순수한 時문체를 사용할 것—어문법 지키고, 본문과 회화를 구분할 것/ 정성으로 쓸 것—여가활동으로 여기지 말 것, 신성한 사업 (일)으로 여길 것(전문성 요구)/ 예술성을 갖출 것—구소설의 傳襲적, 교훈적 요소를 벗어날 것/ 現實的일 것—고대문학의 '理想的' 요소를 탈피할 것/ 新時代에 맞는 新思想을 보일 것.

　이광수, 「懸賞小說考選餘言」,『청춘』12. 1918. 3; 이광수, 「懸賞小說考選餘言」,『청춘』12. 1918. 3.

26) 최남선, 「특별현상문예」 중 選者評, 수상작 1등: 이상춘, 「岐路」(選者: 이광수), 2등: 주낙양, 「마을집」, 3등: 김명순, 「의심의 소녀」,『청춘』11호, 1917. 7.

　「매일신보」 수상작 1등: 醉夢生, 「동요」, 2등: 孤帆生, 「고독에 우는 모녀」, 3등: 주요섭, 「임의떠난 어린벗」, 「매일신보」, 1920. 1. 3.

맞는 신사상, 현실적이고 사실적인 소재들이 어떤 것이었는지 알 수 있게 해준다. 무엇보다 근대 계몽담론을 통해 낯익은 이 소재들을 '서술(敍述)도 있고 품평(品評)도 잇스며 感慨와 興嗟가 있'는 문장으로 다루어 '時文의 고수'27)의 모범을 보여 줄 수 있었다는 것이 중요하다. 당대의 관심사를 평가하고 자기의 感慨, 興嗟를 표현하기 위해서는 글의 내용(신사상) 못지않게 글쓰기의 구심력으로서의 자기확립이 필요했는데, 그것을 제도적으로 권장하고 강화하는 것이 매체를 통해 홍보되는 새로운 글(당선작)이었기 때문이다.

당대가 담론화했던 時文에서 다시 한번 강조되어야 할 것은 '새로운 시대에 맞는'이라는 말과 '생명'이다. 그것은 현실적인 문화경험을 전달하는 소재적 범주의 논의를 넘어 개인의 경험이 또 다른 개인의 경험에 자극을 주어 인생에 있어 세태의 변환까지도 고려할 수 있는 글쓰기와 글읽기의 역동성을 함의하고 있다. 이 요건은, 자기의 현실경험을 내면화하고 그것을 통해 공감 가능한 개인이 탄생함으로써 충족될 수 있는 것이었다. 이것이 時문체의 본질이라고 할 수 있다.

그러나 자기를 드러내기를 요구하는 時문체에의 당대적 요구는, 정작 개인의 특성과 진정성을 드러내는 글을 탄생시키기보다 모든 글에 '나, 자기, 자신, 스스로, 感情, 고통스럽다, 아프다, 괴롭다, 슬프다' 등의 어휘를 직접적으로 노출시키고 과용하게 만든다.

> 아아! 掩襲이 모라드러 오! 常綠樹나 人間들은 恐怖로하야, 사시나무 떨듯떠오. 混雜이요. 毒霧가자욱허고, 天地가 暗黑이요. 나는 瞬間에 非常히 兄을 抱擁허고십소! K, S兄! 나는무릅쓰고 집으로가기위하야, 붓더지고雨裝허오

---

27) 최남선, 「특별현상문예」 중 選者評, 『청춘』 11호, 1917. 7, 28쪽.

무엇이라고 썼으면 지금 나의 이 심정을 가장 천명히 형에게 전할 수 있을까! 큰 경이가 있은 뒤에는 큰 공포와 큰 침통과 큰 애수가 있다 할 지경이면 지금 나의 조자(調子)를 잃은 심장의 간헐적 고통은 반드시 그것이 아니면 아닐 것이고…… 인생의 진실된 일면을 추켜들고 거침없이 육박하여 올 때 전령(全靈)을 에워싸는 것은 경악의 전율이요, 그리고 한없는 고민이요, 샘솟는 연민의 눈물이요, 가슴이 저린 애수요…… 그 다음에 남는 것은 미치게 기쁜 통쾌요……[28]

매체에 범람했던 위와 같은 유형의 時文들은 제도화의 작업과 함께 그대로 강제성을 띠면서 유사한 양식의 텍스트들을 대량으로 생산, 유통시키는 순환을 거듭하게 된다. 세계를 내면화하고 그것을 다시 객관화시키는 것으로써 자기를 보여주게 되는 글쓰기 방식을 아직 수립하지 못했던 당대의 매체들은 직접적인 어휘를 범람케 하는 것으로 자기(감정)를 표현했다고 하는 수준에 있었기 때문이라고 짐작할 수 있다.

주체적 지각과 내면적 경험의 정체를 보여준다고 평가되는, 세계(자연)를 풍경화하는 순간을 보여주는 텍스트들조차도 그 표현 방식과 내용의 유사성 때문에 '발견된 사적 개인'들은 정작 그 개인성을 쉽게 발견할 수 없게 만드는 문제점을 노출시키게 된다. 단적인 예로 '풍경이라는 객체화된 사물에 대하여 상관적인, 주체적 지각의 자리를 차지함과 동시에 실제 생활의 세계로부터 초연하게 떨어져 나온

---

28) 두 인용문은 특정 텍스트가 아니라 1920년대를 전후한 시기 매체에서 쉽게 볼 수 있는 텍스트로 보아도 무리가 없다. 특히 고백형식(일기, 편지 등)의 글들은 장르와 맥락을 불문하고 텍스트의 구분이 어려울 정도로 유사한 존재양상을 보여준다. 인용문 중 위의 텍스트는 최승구의 「정감적 생활의 요구」(『학지광』 3호, 1914, 18쪽), 아래 텍스트는 염상섭의 「표본실의 청개구리(1921)」(『염상섭전집 9』, 민음사, 1987, 47쪽)이다.

자신을 발견'[29]하는 장면으로 언급되는 부분을 보자.

> K는 슬펐다…… 넓으나 넓은 세계의 억만 인구가 한 순간에 모두 소멸하고, 물로 씻은 듯한 세계에 다만 혼자 외로이 남은 슬픔 그것을, 그는 깨달았다[30]

문제는 이러한 슬픔과 외로움의 토로가 1910년대 중반 이후 매체에 등장하는 고백형식의 글들에서 반복적으로 발견되는, 너무나 전형적인 감정 표현이었다는 것이다. 물론 이러한 글쓰기 현상이 문학사적으로 획기적인 변화의 징후들을 내포하고 있는 것은 사실이며, 그것은 앞서 살핀 인식의 변화를 증거하기도 한다. 그래서 그에 대한 해석과 의미부여를 부정하지는 않지만, 실상 그 글 뒤에 있는 사적 개인의 존재를 인정하는 것은 쉽지 않다. 이러한 당대적 환경에서 「동경유학생 생활」은 (근대)세계를 내면화한 개인이 자기를 구심력이자 원심력으로 하는 근대적 글쓰기의 가능성을 보여준다.

4. 체험의 내면화와 새로운 글쓰기

> 생활의 취미도 자연히 전보다 달라 아침나죄에 늣기는 感懷의 종류도 또한 넷것이 안이로다…… 몸소 딴 생활을 하여보니 참말 이상한것도 만

---

29) 황종연, 앞의 글, 78쪽.

30) 황종연이 앞의 글에서 인용한 부분이다. 작품은 김동인의 「마음이 옅은자여」중 일부분이다. 이것은 황종연이라는 특정 연구자의 대표성을 부각시키는 것은 아니다. 이러한 텍스트 해석은 김동인 작품을 포함하여, 1910년대 중반 이후와 1920년대 문학연구의 일반적 경향이다.

히 잇고 놀랄만한일도 만히 잇는 중 가슴에 뻑뻑이 밀려나오는 생각을
한아한아 그려보고 십흔적이 만핫으나 오늘날 조선안에는 이만한 생활은
몸소 해본이가 몟百 몟千이라 별로 신기하게 들리지도 안흐리라하여 이
대도록 용기가 업섯다……31)

인용문은 현상윤의 「동경유학생 생활」의 서두이다. 글의 내용은
새로운 생활에서 느낀 이상하고 놀랄만한 일을 전하게 될 것임을 짐
작하게 한다. 그런데 동경생활을 전하면서도 글을 쓰는 목적이 옛 것
이 아닌 '감회의 종류'와 이상하고 놀랄만한 많은 일 중 '가슴에 뻑뻑
이 밀려나오는 생각을 하나하나 그려보고 싶은' 데 있다고 밝히고 있
어, 개인의 사적 글쓰기를 표방하면서도 새로운 문명(문화)을 전하고
가르치려는 의도가 농후한 동시대의 근대 담론과 차별화된다.

동경 여행이라는 같은 동기로 쓰여진 다음 글을 보자. 편지 형식
의 개인적 글쓰기 양식을 따르면서도 그 글쓰기가 개인의 내면적 특
성보다 시대적 요구를 강조하던 계몽적 글쓰기의 존재방식과 더 닮
아 있다는 것이 쉽게 드러난다.

東京 속에 있어서는 봄이 가는지 여름이 오는지 몰랐더니, 밖에 나와
보니 벌써 열름이 무르녹았다. 너도 틈틈이 교외에 놀러 나가서 大自然
과 자주 접하도록 하여라. 대자연을 접하면 자연히 胸襟이 爽快豁達하여
지고, 塵世의 齷齪하던 것을 잊어 버리게 되며, 아울러 생명의 기쁨을 절
실하게 깨닫는다. 모두 살았구나, 모두 생장하는구나, 모두 繁昌 하는구
나, 모두 활동하는구나, 개인도 이러할 것이요, 一民族도 마땅히 이러해
야 할 것이란 생각이 굳세게 일어난다. 동생아, 부디 활력이 많고 희망이
많고 활동 많아라 ……(중략)…… 해가 뜨니 초라한 조선의 꼬락서니가

---

31) 현상윤, 「동경유학생 생활」, 『청춘』 2호.

분명히 눈에 띄운다. 저 빨가벗은 산을 보아라. 저 바짝 마른 개천을 보아라. 풀이며 나무까지도 오랜 가뭄에 투습이 들어서 계모의 손에 자라나는 계집애 모양으로 차마 볼 수가 없게 가엾게 되었다……[32]

개인의 체험으로 시작되는 인용문은 어떠한 매개나 여과 장치 없이, 당대를 지배하던 새로운 글쓰기의 양적 범람만큼 거대한 목소리(힘)로 독자를 일깨우려는 태도를 취하면서 마루리되고 있다. 마지막 부분의 개인의 감정 역시 앞서 슬픔과 외로움을 토로하던 K의 전형적인 감정표현처럼, 자신을 초라하게 만드는 과정에서 유발되는 감정과잉을 극대화하고 있다. 과잉된 감정은 공감보다는 위압감을, 진정성보다는 포우즈라는 인상을 남긴다. 이로써 이 텍스트는 일기체라는 형식을 선택하여 개인의 글쓰기를 천명하면서도 개인성을 위치시켜야 할 곳에 계용적 태도를 고수하던, 당대 범람했던 時文들의 숨은 속성을 고스란히 드러내게 된다. 이런 성격의 글들이 광범위하게 소통되면서 근대 경험을 재구성하는 개인의 글쓰기로 정식화되고 있는 것은 당대나 지금이나 크게 다르지 않다는 점에서 다시 생각해 볼 문제는 충분히 남겨지는 셈이다.

현상윤의 「동경유학생 생활」은 개인의 감회(감정)를 기반으로 서술한다고 하면서도 직접적인 감정노출의 언표를 사용하지 않고 있으며, 그래서 당대 새로운 문학적 글쓰기라는 범주에서 탄생한 낭만화된 감정과잉의 산문들과 구별된다. 자기감정에 기반을 두고 쓰여진 글이지만 정형화된 사변적 느낌을 나열하는 데 주력하지 않고, 계몽

---

32) 이광수, 「동경에서 경성까지」, 『이광수전집』 18, 삼중당, 1963, 214-220쪽.(『청춘』 9
   호, 1917. 7) 인용된 부분은 현상윤의 텍스트에서 자연을 감각하는 개인을 보여주는
   '산책' 부분과도 비교될 수 있다.

적인 글과도 구별되는 객관성과 사실성(현실성)을 확보하고 있기 때문에 이 시기 문단에서 제도화하고자 했던 時문체의 방향을 제대로 보여주고 있는 글이라고 할 수 있다.

'거처와 식사, 학교와 수업, 산보와 소요, 복습과 독서, 반가운 일요일, 목욕가는 니약이, 방문과 친목, 잇는 취미와 부러운 일, 듯고 보는 여러 가지 일'로 항목화되어 있는 「동경유학생 생활」 크게 '교육과 독서', '일상과 여가'에의 관심으로 구분해 볼 수 있다. 관심 범주를 세목화하고 있는 여러 제목은 지속되는 일상의 영역으로부터 얻어진 것으로, 일상성(quotidiennetè) 속에서 (근대)세계를 사유하는 것이 가능해진 근대인의 모습을 발견하게 한다. 신교육과 독서라는 같은 소재로 당대 조선의 매체가 생산해 내던 다른 글들과 비교해 보면 이 의미가 쉽게 이해된다. 시기적으로 일제의 식민지 통치체제가 구조화되던 1910년대 초반, 언론 통제와 억압이 심해지면서 애국 계몽의 담론을 생산하던 정치적, 민족적 성격의 출판물들이 폐간되거나 압수되고, 열악해진 그 자리가 구서적과 저급한 통속물로 채워지게 된다. 이 시점에서 풍속을 걱정하고, 풍속을 해치는 신소설의 천박성을 비판하는 글들이 매체33)를 통해 생산되면서 올바른 독서와 교육

---

33) 검심(劍心, 신채호), 「근일 소설가의 趨勢를 觀하건데」, 『대한매일신보』, 1909. 12. 2.
논설, 「小說과 戱臺가 風俗에 有關」, 『대한매일신보』, 1910. 7. 20.
사설, 「문장학을 不可全廢」, 『매일신보』, 1911. 2. 26.
사설, 「서적계에 대하야」, 『매일신보』, 1911. 4. 16.
논설, 「詩歌와 風化」, 『매일신보』, 1911. 6. 21.
논설, 「문학사상의 쇠퇴」, 『매일신보』, 1911. 7. 7.
논설, 「시학의 쇠퇴」, 『매일신보』, 1911. 8. 11.
외배, 「독서를 권함」, 『청춘』 5호, 1915. 1.
작자미상, 「고상한 쾌락」, 『청춘』 6호, 1915. 2.
「독서의 취미」, 『매일신보』, 1916. 1. 29.

에 대한 당대적 요구가 공론화되기 시작한다.

당대 풍속을 해치던 글들의 천박성에 대응하기 위해 강조된 것으로 보이는 '고상한 쾌락'[34]은 당시 신지식인들만 향유할 수 있는 정신활동으로 언급되는 것이 아니라, 쾌락은 선택할 수 있는 취미의 영역이고 취미의 고급화는 교육에 의해 성취될 수 있는 것이라고 말해진다. 특히 이 취미의 양성을 위해 조선 청년 학생에게 요구하는 다음과 같은 대목을 주목해 보자.

知德의 양성에 독서의 필요함은 말할 것도 업거니와 只今 우리 청년은 독서력이 缺乏하야 독서의 미를 깨닷지 못하나니 이것이 취미의 비천한 第一因이라 청년의 好伴侶가 되어만 서적으로는 조선어로 된 것이 업고 일본서적을 외오랴니 어학의 힘이 업고 또는 父老나 선배의 독서를 관장하는 이가 업스며 혹 조선문으로 된 서적이 잇다 하더라도 一瞥의 가치가 잇는 것이 업스니 나는 추하고 꼴 되지 아니한 보기부터 천하고 더럽은 소위 신소설이라는 것에 눈을 더럽히기 보다 옥루몽 슈호지 셔유기 삼국지 가튼 고문학을 닑음이 어문의 발달과 취미의 향상에 썩 有助할줄 밋노라[35]

독서를 권장하는 이 글에서, 독서력의 결핍의 원인으로 어학의 힘이 부족함과 독서의 중요성을 일깨우는 사람이 없다는 것을 지적하고 조선문으로 된 신소설의 함량 미달을 비판하고 있어 조선 청년에게 기대했던 교양을 갖춘 근대인으로서의 기준을 가늠해 볼 수 있게 한다. 이와 같은 어조의 글은 이 시기 담론에서 어렵지 않게 발견된다.

「청년과 독서」, 『신문계』 4권 3호, 1916. 3.

「우리난 읽어야 하고 읽을 줄을 아러야 한다」, 『태서문예신보』 2호, 1918. 10. 13.

34) 작자미상, 「고상한 쾌락」, 『청춘』 6호, 1915. 2.

35) 「고상한 쾌락」, 앞의 책, 62쪽.

   글은 만히 볼사록 맛이나고 글을 짓고자 할진데 글을 만히 보지안이함
이 불가하니…… 소동파의 부친 소로천의 글은 문장은 아름답지만은 언
론이 부족하야 보난 사람으로 하야곰 맛이 없난듯한 생각이 나니 글은
문장과 언론이 아름다운 것을 아울너야만 비로소 보난 사람의 재미를 이
르킬만한 것이라36)

   좋은 글을 선별할 수 있는 안목의 요구되는 대목인데, 그 안목은
다독(多讀)에서 형성됨을 전제하고 있다. 좋은 글을 통해 문장이 좋아
지는 것은 물론 글을 짓는 사람의 명확한 의도(언론) 역시 다독으로
분명해질 수 있음을 의미하고 있고, 당대 미덕으로서의 독서의 위상
을 짐작할 수 있다.

   독서가 사람의 삶 전반에 영향을 미치므로 독자는 각자의 역할에
충실할 것, 그 역할을 제대로 수행하기 위해서는 많이 읽어주어야 할
책과 읽지 말아야 할 책을 구분할 수 있는 안목을 지녀야 한다는 취
지는 당대의 문화적 변화를 주도하는 힘이 상당 부분 독자에게 돌려
지고 있다는 점에서 주목해야 할 부분이다. 독자는 단순히 계몽의 대
상이 아니라 매체가 만들고 있는 공론장에서 공동의 경험과 제도를
만들어 가는 주체로 자리매김하는 순간이기 때문이다.

   그러나, 그럼에도 불구하고 이러한 글들은 독서를 인지의 대상으
로만 다루면서 그것을 일깨우려는 시대적 당위가 지배적 목소리로
작용하고 있어 독자의 공감을 얻을 수 있는 글의 논리를 특화시키지
못하고 있다. 이 글들이 개인의 감정과 내면 드러내기를 목적으로 하
는 글쓰기와 성격을 달리하지만 현상윤은 같은 소재로 다른 방식의
글쓰기가 가능함을 보여주고 있기 때문에 비교될 필요가 있다. 개인

---

36) 「독서의 취미」, 『매일신보』, 1916. 1. 29.

내면을 보여주는 글쓰기라는 것은 고백형식(편지, 일기 등)과 고백내용(사랑, 연애, 고통, 괴로움, 고독 등)만의 문제는 아니었는데 오히려 그러한 점이 과도하게 집중 조명되면서 개인의 발견을 가능하게 한 글쓰기가 낭만화된 감정 토로를 보여주는 텍스트와 동일시되는 편향성이 없지 않기 때문이다.

「동경 유학생 생활」은 근대 교육과 독서의 필요성을 재고하게 하는 데 있어 위에서 살펴 본 계몽적인 글보다 오히려 효과적이었다고 볼 수 있다. 이미 매체를 통한 독서가 공동체적 읽기와 달리 개인 영역의 경험[37]이 되던 시기이므로 개인 대 개인으로 소통하는 환상을 충족시키는 묵독을 통한 공감은 개인을 충동하는 힘이 되었을 것이기 때문이다. 현상윤은 개인 내면을 보여주는 방식으로 독자의 내면을 자극하는 생명 있는 글로서의 時文의 가능성을 보여주고 있다. 이 글이 실려 있던 잡지『청춘』의 독자들은 이것을 읽고 근대문화를 간접적으로 경험했을 것이며, 그들이 생산하게 될 글쓰기를 포함한 근대 문화도 그러한 경험들에 영향 받지 않을 수 없었을 것이다. 근대적 개인의 글쓰기에서 강조되던 情과 생명에 관련되는 공감과 심동(心動)은 이러한 글쓰기와 글읽기를 통해 성취되었을 것임을 어렵지 않게 짐작할 수 있다.

현상윤이 학교를 언급하는 데서 눈여겨보아야 할 것은, 남녀학생들이 함께 친구로서 등교를 하는 분주한 아침의 풍경을 강조한다는 사실이다.

上午여덟시 쯤하야 당일배울 책자이삼권과 점심할 벤도갑을 꾸려들고

---

37) 공동체적 독서/음독과 개인적 독서/묵독과 근대성에 관해서는 천정환의『근대의 책 읽기』(푸른역사, 2003, 115-127쪽) 참조.

制服制帽에 구쓰를 눌러신고 학교를 향하야 네거리로 썩나서니 이곳저곳 전반사회가 一日준비에 奔忙하는데 골목골목으로 모여가고 모여오는 남여학생들은 친구차자 同謀지여 억개겻고 발거름 마초아 제각기 자기학교로 차자가는 것은 넓은길이 좁다하게 압과뒤에 들어다핫는데 東京은 學生東京이란 말도 잇거니와 과연 장하기도 하다 이나라의 오늘날잇는 것이 우연치 안타는 생각을 하면서 한가지로 녑혜 끼어 교문을 들어서니 七八千名 동서로 모여드는 광경 구경도 할만하다38)

현상윤은 동경의 아침 풍경을 전해주면서 등교하는 그 학생의 수가 적지 않아 동경이 학생의 도시일 수 있다는 것, 그리고 바로 이런 학생들 때문에 오늘의 일본이 있을 수 있다고 생각하는 과정을 자연스럽게 글 속에 배치하고 있다. 그는 지속되는 일상 속에서 그 밑에 숨겨진 의미를 드러내는39) 일을 하고 있었던 것이다. 독자는 낯선 동경의 아침 풍경을 상상하며 글쓴이의 내면에 공감하다 보면, 신교육이 중요하다는 것, 학교를 많이 세워야 한다는 것, 남녀 모두 교육을 받아야 한다는 것을 직접적으로 문자로 대면하지 않으면서도 그 모든 것을 환기하게 되는 효과를 경험하게 된다.

수업시간에 老博士들이 보여주는 안목과 서슬은 착실하고 진지한 실사회의 살아 있는 교훈으로 '가슴은 비록 좁으나 늣겨 니러 나는 생각은 막을 수 없고 누를 수 없'는 그 무엇으로 이야기되고 있다. 그런데 이러한 서술이 단순히 그 박식함만을 이야기하는 것이 아니라는 것을 老博士의 수업을 수식하고 있는 '뜨고 부인 소리가 아니라'는 말에서 읽어 낼 수 있다. 가르치는 老博士의 역할과 위치가 조선

---

38) 현상윤, 「동경유학생 생활」, 『청춘』 2호, 1914. 11, 111-112쪽.

39) Henri Lefebvre, 박정자 역, 『현대세계의 일상성(La vie quotidienne dans le monde moderne)』, 기파랑, 2005(세계일보, 1991), 95쪽.

의 구세대들과 비교되었을 것이다. 또한 조선에서는 신교육이 아직은 신구교육의 대립 속에서 갈등의 요소로 이야기되는 수준임에 비추어 볼 때, 그러한 환경 속에서 '뜨고 부인 소리'가 없지 않을 조선 신교육에 대한 안타까움, 노박사의 연륜에서 오는 전문성에의 동경까지 짐작할 수 있게 한다.

집에 돌아와 하게 되는 독서와 복습은 이미 문학과 논문의 경중이 없으며, 그것이 삶 속에서 生의 요구이자 취미로 자리 잡은 동경 사람들의 모습은 우리가 본받고 따라잡아야 할 거대 담론으로서의 근대문명이 아니라 한 개인의 부러운 시선 아래 놓여 있는 일상이 된다. 빈민층, 노동자, 여자, 소학생 등 소외된 부류로 볼 수 있는 사람들은 그들에게 적합한 서적과 잡지가 있고, 또한 그들은 독서를 취미로 하고 있어 그것을 구경하는 것만으로도 이 유학 생활은 '부러움 섞인 재미로운' 것으로 서술되고 있는 것이다. 특히 신교육이 강조되면서도 여성의 교육에 대해 시선이 곱지 못한 조선의 현실[40]과 비교해 볼 때, 여성해방을 주제로 하는 책과 연설이 공론장으로 나오고, 여학생의 평등교육이 제도화될 수 있다는 것을 보는 것은 조선으로 돌아간 유학생들의 역할을 새롭게 깨닫게 하는 시간이기도 했을 것이다. 또한, 노동자들도 자신의 권리(스트라이크)를 이야기하는 것을 보면서 그 모든 것이 동경의 자녀 교육 풍조와 자기 힘으로 먹고 살아야 한다는 습속에서 비롯된다고 사유하는 과정은, 동경의 독서와 교육이 '가장 깊히 느끼고 크게 자극되는 感慨'였다고 말하는 현상윤의 말처럼 독자의 심중을 자극하게 된다.

---

40) 1910~1920년대 초반 한국 단편소설 중 신교육을 받고 있는 여학생들의 모습이 주로 괴팍하고 신경질적인 성격, 연애와 화장에만 신경 쓰고, 고집이 세고 말이 많은 모습 등으로 캐릭터화되는 것이 이러한 짐작을 가능하게 한다.

여가와 일상을 다루는 방식도 이와 다르지 않다. 본 논문의 2항에서 살펴보았듯이 문학이 하나의 직업으로 인정되어야 한다는 바람[41]이나 신춘문예 심사기준에서 문학을 여가활동으로 여기지 말고 신성한 사업(일)으로 여길 전문성을 요구한다는 것은 앞서 살핀 교육, 독서활동과 구분되는 것으로서의 여가활동과 일상생활을 의식하고 있었음을 보여주는 대목이라 할 수 있다. 조선에서는 여가라는 것이 활동사진관, 연극장 구경, 음악회관람 등의 이야기로 등장한다. 그런데 공교롭게도 그러한 소재들은 해야 할 것을 제대로 하지 않고 시간을 보내는 혹은 사건을 만드는 부정적 공간 의미[42]를 만들고 있다는 점에서 여가의 본의미를 드러내지 못했다고 할 수 있다. 여가라는 것이 철저히 시간관리(제도)에 의해 탄생한, 근대의 시간개념이라는 점에 비추어 볼 때 당시 조선의 노동시간 관리와 교육제도 등은 근대적 의미로 여가를 이야기할 수 있는 여건[43]은 아니었다.

따라서 동경 유학에서 경험하는 여가라는 것은 조선에서 이야기되던 '무슨무슨 구경'과 '문화생활'로 집약되던 '뜨고 부인 소리'는 아닌 것이 된다. '종일 일하기에 분망하였던 몸을 쉬기 위한 산보', '엿새 동안 책상에 달나부터서 머리가 뜨겁도록 애쓰다가' 맞이하는 '반가운 일요일'의 산보와 운동은 제도화된 시간 속에서만 경험할 수 있는 유학생의 여가 체험이었던 셈이다. 풍속이라는 문화적 차이를 차

---

41) 백대진, 「문학에 대한 신연구」, 『신문계』 4권 3호, 1916. 3.

42) 『청춘』 현상문예 1등 수상작 「기로」에서도 해야 할 공부를 하지 않고 밖으로만 도는 학생들이 기웃거리는 곳으로 극장(활동사진관)이나 연극장을 언급하고 있다. 이 시기 단편소설의 연애공간이 이러한 공간이고, 연애가 긍정적 시선으로 처리되지 않고 있다는 것도 이러한 논의를 가능하게 한다.

43) 「근대교육의 제도화 실태와 현황」「공장체제와 노동규율」은 『근대 주체와 식민지 규율 권력』(김진균, 정근식 편, 문화과학사, 1997) 참조.

치하고서도 '목욕가는 니약이'가 한 항목을 만들 정도로 특이한 경험이 되고 있는 것은, 조선에서는 낯선 문화인 목욕이 동경 유학생의 여가시간에 반복적으로 행해지면서 일상으로 자리 잡아 가는 것 자체가 신기했기 때문일 것이다. 이렇게 개인적 체험을 공적 영역에서 요구하는 형식에 맞게 글로 쓸 수 있게 되었다는 것이, 개인의 일상을 통해 인간과 (근대)세계를 사유는 것이 가능해진 근대적 글쓰기의 특징을 대변한다.

1910년대, 급하고 버겁게 근대화 담론들을 확대 재생해 내던 매체들 속에서 현상윤의 「동경 유학생 생활」은 다양한 방식의 검토가 필요한 글이다. 새시대가 요청하는 내용을 時문체의 특성에 부합시키는 방식으로 시대적 요구와 감각을 모두 만족시키고 있지만, 당대의 수많은 개인 발전의 글쓰기와는 다른 방식으로 존재하고 있어 기존 연구의 지평확장이 필요함을 제기하기 때문이다. 이 글의 개성은, 동경 체험을 감회 속에서 서술하면서도 조선 현실의 뒤떨어짐을 한탄하고 비판하는 패배적 정서나 근대문화에 순진하게 감탄만 하는 낭만적 분위기에 빠져 있지 않다는 데에서, 그리고 세계를 인지의 대상으로만 다루는 몰개성의 계몽적 글을 만들지도 않는다는 데에서 발견할 수 있다.

이것은 일상 체험을 내면화하고, 내면화된 것이 사실적으로 언표화될 수 있도록 하는 時문체가 제도적으로 뒷받침되었기 때문에 가능한 일이었다. 또한 인지 대상인 현실 세계에 감성세계를 중첩시키면서 일상세계를 전유44)할 수 있는 주체성이 담보되었기에 가능한 것이었다. 근대적 글쓰기로서의 자기를 표현한다는 것, 그리고 그것

---

44) Henri Lefebvre, 앞의 책, 61쪽.

의 힘을 문장을 통해 직접 경험한다는 것은 당대 독자들에게는 또 다른 근대 체험이었을 것이다. 현상윤은 「동경유학생 생활」을 통해 수백 수천이 경험했을 동경 근대 문명 생활을 전해주면서, 그 누구도 하지 못했던 자기(개인)가 중심에 있는 글쓰기 방식을 당대의 독자들에게 보여주고 있었던 것이다.

5. 맺음말

한국 근대문학 연구에서 근대 주체의 성립, 개인 내면의 발견에 대한 논의가 가능했던 것은 그것을 가능하게 한 새로운 글쓰기가 제도화되면서부터였다는 것을 부인할 수는 없다. 그러나 그러한 새로운 글쓰기 방식으로 등장한 고백형식의 감정 토로가 그와 다른 방식으로 매체를 지배했던 계몽적 글쓰기와 꼭 같은 방식으로 매체를 장악하고 있었다는 사실도 간과해서는 안 된다. '감정을 드러내라'라는 시대적 요구는 내밀한 개인을 보여주기보다는 개인의 목소리라는 제스츄어로 당대(의 대중)를 가르치고 일깨우는 거대한 시대의 소리로 존재하고 있다는 혐의를 지울 수 없기 때문이다. 실제로 당대 텍스트가 보여주는 '나는 괴롭다, 나는 느낀다' 등의 언표는 개인감정의 진정성보다는 그렇게 표현할 수 있는 투정계층의 우월함을 더 강하게 전달하고 있다.

이와 같은 이유에서 이 글은 개인을 발견하게 했다는 글쓰기가 왜 개인을 보여주지 않는가를 문제 삼았고, 다음과 같은 소결에 이르렀다. 그 내밀하지 않은 개인적 글쓰기는 글쓰는 사람의 정체성을 확립시키는 글쓰기임에는 틀림이 없었던 것 같다. 그런데 여기에서의 정체성은 근대 개인으로서의 자각, 확립이었다기보다 근대문화를 이끌고, 계몽시키고, 선취해야 하는 조선 근대 문화의 추동자로서의 주체, 즉 집단적 주체에 대한 자각에 가까웠다고 볼 수 있다. 그 집단 주체는 매체에서 청년으로 표상되는 근대 주체로 신교육을 받은 지식인(유학생)이 역할 모델이 되었을 것임을 어렵지 않게 짐작할 수 있다. 그들은 매체를 통해 독서와 글쓰기를 자유자재로 할 수 있었던 집단으로 근대 문화를 이끌었던 사람들이다.

그들은 새로운 글쓰기라는 계기를 상호 모방, 재생산, 반복의 메커니즘으로 특권화 시키면서 조선의 근대 주체로서의 자기 정체성을 확인하였다고 볼 수 있다. 자기 감정을 드러내는 언표 사용조차도 특권적 글쓰기가 될 수밖에 없는 것은, 당대의 독서와 글쓰기가 아무리 대중화되었다고 해도 매체를 통해 그것을 실천하고 주도할 수 있는 계층은 역시 신지식인들이었기 때문이다. 그들의 개인 내면을 드러내는 글쓰기가 ‘낭만화된 계몽’이든 ‘계몽적 낭만’이든 유사한 양식으로 존재하면서, 계몽적 글쓰기와 동일한 방식으로 한 시대를 지배하고 있었다는 것은 흥미로운 현상이다.

이러한 맥락에서 현상윤의 「동경유학생 생활」은 독특한 위치에 놓이게 된다. 이 텍스트는 특권화된 제스츄어가 소거된 근대 개인의 글쓰기가 무엇인지를 보여주고 있기 때문이다. 당대 이광수, 최남선과 함께 ‘시대의 혁명아’로 불리었음에도 불구하고, 지식인의 집단 정체성을 지속적으로 확인시켜주었던 이광수, 최남선, 그리고 이광수의 맞은 편에서 같은 역할을 했던 김동인에 비해 현상윤의 문학사적 위치가 상대적으로 불분명한 것은 그 전후 맥락을 재고해 보아야 한다는 과제를 남긴다. 한국문학사에서 논의될 수 있는 ‘근대 개인’의 정체와 역사적 의미가 다시 문제가 되는 셈이다.

근대매체를 통해본 '가정'과 '아동' 인식의
변화와 내면형성

김 현 숙(이화여대 교수)

1. 서론

우리나라의 1900년대는 정치적, 사회적 격동기였다. 따라서 그 속에 살고 있던 사람들도 자의적이건 타의적이건 변화를 요구당하며 살 수밖에 없었을 것이다. 일본의 식민화와 관련된 일련의 사건들, 나라의 개국과 더불어 일어난 불란서, 영국, 러시아와의 일들은 국내 정치에 많은 영향을 미쳤고, 외교 관계 일이나, 마찰들은 국내의 여러 가지 새로운 정황들을 만들어냈다. 그 사회적인 변화 중 하나가 인쇄매체 발간의 보급화이다.

신문과 잡지들은 일본 식민화를 돕기 위한 목적이나 개인의 경제적 능력을 바탕으로 출판되었지만 이들은 부정적이든 긍정적이든 국민들의 눈과 귀를 열어주는 작용을 했다는 장점은 있다. 매체가 국민들에게 지식과 정보를 전하는 데 주도적인 역할을 한다는 사실과, 신문 잡지의 독자들이 지식인 계층이었다는 사실을 생각한다면, 당시 신문이나 잡지는 매체의 역할을 넘어서서 독자들의 계몽화를 돕고, 교양을 쌓게 하는 데에 필수적 도구였음을 알 수 있다.

당시 출간된 일간지로는 『대한매일신문』, 『동아일보』, 『조선일보』가 있었고, 잡지로는 『신여성』, 『개벽』, 『청년』, 『신가정』, 『삼천리』, 『근우』, 『가뎡잡지』, 『조광』, 『도교회월보』, 『어린이』, 『신동아』, 『여자계』, 『동명』 등이 있었다.

출판자체가 자유롭지 못한 상황에서 여러 가지 제약을 받고 발간되었지만 이 당시 매체들의 주도적인 역할은 우리사회가 안고 있었던 여러 문제점들 지적과 함께 조선이 근대화를 이루고 문명국이 되기 위해 변해야하는 것들을 지속적으로 알려주어 독자들의 인식에 변화를 주는 것이었음을 확인할 수 있다.

이와 관련된 의문점으로는 '당시 정치와 맞물린 사회의 변화에 각 개인들은 무엇을 생각했을까. 유학을 하면서 보고 온 서구의 문물과 일본의 문명, 문화적 차이에 대해 그들은 무엇을 느꼈을까. 새 문화에 대해 그들은 어떻게 생각하며 대처했을까. 빼앗겨가는 조국의 앞날을 그들은 어떻게 판단하며 살았는가. 이럴 때 신문들은 어떻게 그러한 문제들을 표상화했는가.' 등이 있다.

신문 잡지를 통해 드러나는 변화의 담론들이 단시간 안에 개인의 내면에 영향을 미치지는 않았을 것이다. 하지만 독자는 반복적인 출판물 속에 포함되어 있는 내용들에 대한 담론화 과정을 숙지하고 교양으로서 받아들인 후 내면화했을 것이다.

이 시대를 연구한 글들 중 가정의 변화와 관련된 연구[1]들은 주로

---

1) 관련 연구물로는 다음의 업적들이 있다.
　김준관, 『한국근대 민중생활사 읽기』, 하우, 2003.
　김진균, 정근식 편, 『근대주체와 식민지 규율 권력』, 문학과학사, 1997.

가족의 변모 상황을 다루고 있는 것이거나, 페미니즘의 시각에서 여성의 사회적, 가정적 위치 등을 다루고 있는 논문들이 주를 이루고 있다. 또한 한국 개화기와 더불어 변해가는 가족의 변화에 대한 연구로서 특히 이를 활용한 문학의 경우는 여성 담론 연구 및 연애에 관한 연구들이 활발하게 이루어지고 있다. 그에 비해 아동에 관한 연구[2]로는 가정에서 어린이들의 교육, 학교 교육으로서의 초등교육의 문제, 육아의 문제에 국한되어 있으며 때문에 주체로서의 어린이의 용어 정립과 내면화의 시기 등은 앞으로 더욱 활발하게 연구해야 할

이재경, 『가족의 이름으로: 한국 근대 가족과 페미니즘』, 또 하나의 문화, 2003.

전미경, 『근대계몽기 가족론과 국민생산 프로젝트』, 소명, 2005.

조 은, 『근대 가족의 변모와 여성문제』, 서울대출판부, 1997.

김혜경, 「가사노동 담론과 한국근대가족: 1920, 30년대」, 『한국여성학』 15권 1호, 1999.

김혜경, 「일제하 '어린이기'의 형성과 가족변화에 관한 연구」, 이화여대 박사논문, 1997.

김혜경, 「핵가족 논의와 식민지적 근대성, 식민지 시기 새로운 가족개념의 도입과 변형」, 『한국사회학』 35집 4호, 1999.

서봉연, 「전통적 생활세계와 아동생활」, 『전통적 생활양식의 연구』, 정신문화연구원, 1982.

신수진, 「한국의 가족주의 전통과 그 변화」, 이화여대 박사논문, 1998.

조선일보, 『한국 가정관리연합회지』 30권 4호, 1999.

양이재경, 「여성의 경험을 통해 본 한국 가족의 근대적 변형」, 『한국여성학』 15권 2호, 1999.

문 식, 「개화기 후 가정교육의 사적고찰: 1900~1945」, 『대한가정학회지』 11권 1호, 1973.

2) 이기훈, 「1920년대 어린이 형성과 동화」, 『역사문제연구』 8호, 2002.

오성철, 『식민지 초등교육의 형성』, 교육과학사, 2000.

신양재, 김연주, 「한국의 주요일간지에 실린 육아에 관한 기사 연구」, 『동아일보』, 1920. 30.

김혜경, 「일제하 '어린이기'의 형성과 가족변화에 관한 연구」, 이화여대 박사논문, 1997.

영역이라 생각된다.

따라서 본 연구는 매체를 통해 드러나는 담론이 일반화되고 개인적으로 내면화되는 과정에서 나타나는 변화의 양상들을 보고자 한다. 이를 위해 1920년대를 전후해서 출간된 매체에서 가정과 아동의 반복적인 게재 내용과 투고의 양상을 분석하려 한다. 당시 잡지 신문 등의 매체를 연구의 대상으로 삼은 것은 이들이 지니는 사회적 위상이 충분히 독자들에게 영향력을 지니고 있기 때문이며 또한 정보의 발신자로서 수신자인 독자들에게 권유, 계몽이상의 역할을 했을 것이기 때문이다.

본 연구가 '가정'과 '아동'의 문제를 연구 대상으로 삼은 것은 이 문제가 근대 변화의 가장 큰 요구를 받았기 때문이다. 가정의 문제는 일간지가 계몽의 성격을 띠고 먼저 시작을 했고, 아동의 문제는 학교 교육과 관련해서 주로 월간지와 잡지들이 아동의 인격문제를 표면화하면서 시작되었다. 이러한 변화의 요구는 시간이 흐르면서 내면화되는 모습을 보여주고 있다. 따라서 일간지에 표현 변화 되어가는 '가정'의 변화에 대한 문제를 중심적으로 다루고, 어른들의 세계와 분리되어 있지도 않으면서 인격체로 인정받는 것도 아닌 아동에 대한 인식의 변화를 살펴보고자 했다. 연구는 1920년대를 중심으로 발간된 일간지와 잡지들을 자료 대상으로 삼았다.

2. '가족'에서 '가정'으로의 패러다임 변화

근대매체를 통해 드러나는 용어 중 '가정'이라는 용어는 매체 발간 초기에는 '가족'[3]과 동의어로 기능하고 가족 구성원들을 위한 장소의 개념으로 쓰였다. 사회변화의식은 가정에 대해서도 변화를 요구하게 되었지만 처음부터 그랬던 것은 아니었는데 일례로 초창기 『대한매일신보』에서는 전통적 개념으로서의 가정을 말하고 있음을 다음의 내용을 통해 알 수 있다.

> 무릇 一人이 바르면 一家가 바르고, 一家가 바르면 一里가 바르고, 一里가 바르면 一郡이 바르고 一郡이 바르면 一國이 바른 법이니, 一人一家는 매우 중요한 것이다.
> 우리 동양의 가족 구제도를 살펴보면, 孝友같은 것이 천성에 배어들어 조금이라도 윤리에 어긋나는 것은 죽어도 행하지 않으므로, 가족 간 서로 사랑하고 존경하는 정의를 잃지 않아 현재 한 집안의 형제부부는 물론하고 수 십세 백세가 지날지라도 친척의 계약을 서로 지켜…4)

위의 글에 나타난 家는 身, 家, 國家의 개념으로 확장되는 유교 사상에 바탕을 둔 家 의 개념이다.

이후 '家庭'이라는 용어는 『동아일보』 1920년 6월 26일 기사의 제목으로 처음 등장한다.5) 그 이후에도 1920년 7월 13일 동경유학생학우회 강연단이 김해에서 강연회를 할 때 徐椿이 '家庭敎育'이라는 제목으로 연설을 했다는 것이 보도되며, 같은 해 7월 17일에 청주, 공주, 대구, 함안, 진주, 거창, 통영 등지에서 강연회가 있었다는 것이

---

3) 克齋 鄭雲復, 家庭은 社會에 縮圖라. 故로 社會의 在혼 事는 家庭의 無一不具혼 즉 兒童에게 實로 好敎場이라 可謂홀지니 家庭은 卽 兒童이 他日 社會에 出ᄒ야 萬般 執事에 諸種準備를 給與ᄒ는 處ㅣ 니라. 「家庭敎育」, 『대자강회월보』 제1호, 1906. 7. 31.

4) 「家族制度의 改善」, 『매일신보』, 1911. 1. 14, 1쪽.

5) 기사 제목은 '왕십리청년회에서 토론회: 人格을 養成함에는 學校敎育이냐? 家庭敎育이냐?'라는 것으로 모임란에 간단하게 수록되었다.

보도되고 있다. 이때까지 쓰인 '가정'이란 어휘는 전통적인 집을 나타내는 의미만을 가질 뿐이다.

7월 30일에는 개성여자교육회 주최 강연회에서 '朝鮮家庭의 裡面을 新鮮케 할 急務'라는 제목으로 崔奉玉이, 8월 6일에는 永一청년회 주최로 '家庭의 改造'라는 제목으로 金馬利亞가 연설을 했고, 8월 12일에는 사리원 勉勵청년회 토론회에서 '學校敎育과 家庭敎育이란 問題'로 토론이 이루어졌다. 이는 1920년대 초반 청년회를 중심으로 사회의 제반 문제와 더불어 가정 또는 가정교육의 문제가 중요한 주제로 다루어졌음을 알려주고 있다.

이후 1920년대 중반이 지나는 시점까지도 가정교육의 문제가 강연, 토론되었음은 간단한 보도 기사들을 통해 매우 빈번하게 볼 수 있다. 주로 학교교육보다 가정교육의 중요성을 역설하는 내용들이 많았는데, 1920년 9월 8일의 '西湖靑年會主催 討論會開催: 家庭敎育이 勝於學校敎育'과 9월 21일의 '天安俱樂部討論會: 人材養成에는 家庭敎育勝於社會敎育' 등의 기사들을 통해 이러한 사실을 알 수 있다.

이 당시만 해도 『동아일보』는 '가정'의 변화를 시도하는 '가정개량'에 대한 글을 전파하려 한 것이 아니라 그저 이러한 일들이 있었다는 것을 보도하려는 정도였던 것 같다.

『동아일보』에서 '가정생활의 개조'라는 표제 하에 본격적인 시리즈물을 연재한 것은 1921년 4월 1일 '家庭生活의 改造(一): 生活費를 節約하고 저축을 힘써 실행하라(漢銀 營業部長 張弘植氏談)'부터이다.

4월 3일에는 두 번째로 '家庭生活의 改造(二): 緊急한 衛生問題, 먼저 행랑을 뒤로 보내고 수채를 개량함이 좃켓다(濟衆院醫師 洪錫厚氏談)'가,

4월 4일에는 세 번째로 '家庭生活의 改造(三): 飮食은 改良보다

復興, 세계에서 자랑할만한 조선요리의 맛가로운 방법을 다시 사용하라(李王職 膳務室主任 趙東源氏談)'가 수록이 되었다.

4월 5일에는 네 번째로 '家庭生活의 改造(四): 內的生活을 充實히, 진선미 세 가지를 근본삼아 가덩에서도 수양을 힘쓰라(中央學校學監 玄相允氏談)'가,

4월 6일에는 다섯 번째로 '家庭生活의 改造(五): 育兒法의 改良에 對하여, 젖을 시간 맛치어 먹이고 몸을 정결히 씻기어주라(醫師 金容琛氏談)' 가 수록되었으며,

4월 9일에는 여섯 번째로 '家庭生活의 改造(六): 娛樂은 和平의 根本, 음악회와 독서 외에 여러 가지로 오락을 하야 머리를 쉬히게 하라(梨花學堂敎師 金活蘭孃談)'가 수록되어 있다.

4월 10일에는 일곱 번째로 '家? 兜琰응?改造(七): 衣服制度改良은 먼저 부인의 가슴을 매지 안토록 주의하여 개량함이 좋을듯(舞護士 朴勝彬氏談)', 이, 마지막인 여덟 번째로는 4월 13일에 '家庭生活의 改造(八) 單調와 寂寞을 除去, 참 사름다운 사름을 하랴면 모든 일에 취미를 양성하라(醫師 金基英氏談')'가 수록되었다. 이 연재 기사는 동아일보로서는 '가정 개량' 혹은 '가정개조'에 대한 첫 번째 연재 기사로 사회의 저명인사인 현상윤, 김활란 등의 의견을 통해 담론의 권위를 확보하려는 것인 동시에 가정이 가족들의 휴식처인 기능에서 문화의 실을 요구하는 기능으로 확장되는 것을 보여수는 것이라 할 수 있다.

그 이후 조선여자교육회 순회강연단이 전국 각지를 돌며 강연한 소식이 1921년 7월 12일을 시작으로 근 두 달에 걸쳐 보도되었는데 이를 통해 가정의 문화적인 관심이 시작되었다. 특히 김미리사(金美理士)가 '家庭은 人生의 樂園'이라는 제목 아래 강연을 했음이 지속

적으로 보도되었고, 역시 1921년 7월 30일을 시작으로 학생대회 巡講團이 강연회를 개최하여 '改造와 家庭'이라는 제목 아래 강연을 했다는 사실도 지속적으로 보도되고 있다.

이후에도 비슷한 보도가 이어지다가 1923년 5월 4일, 『동아일보』가 일천호 기념으로 상금 천원을 내걸고 대 현상 투고모집을 실시하는데, 여기에 논문, 단편소설, 각본, 동화, 한시, 시조, 신시, 동요, 감상문 등의 장르별 모집과 더불어 '家庭改良'이라는 제목의 글을 모집하고 있다. 『동아일보』는 이를 대대적으로 광고한 후 실제로 당선자를 선출하여

1923년 5월 26일에 실제로 그 글을 신문에 실어 주었다.

이렇게 볼 때 '가정'이라는 용어는 신문 발간 초창기인 1920년까지는 충효의 개념인 家族의 쓰임과 동일하였지만 1920년대 중반 이후에 강연회, 토론회를 알리는 기사나 '가정교육의 역할'을 요구하는 기사는 점차 사라지고 '가정개량'에 대한 기사가 수록되면서 그 내용도 문화적인 생활의 변화를 의미하는 용어로서 자리잡게 되었다.

『조선일보』의 경우도 창간(1920년 3월 5일) 2개월 후인 1920년 5월 20일부터 매일은 아니나 '家政과 實生活'이라는 제목으로 3면에 '가정'에 대한 기사를 지속적으로 싣고 있다. 5회째부터는 표제가 '家庭'으로 바뀌었는데, 조혼의 문제점을 다룬 기사나 청년회 강연/연설에 대한 기사에서 '가정' 관련 이야기가 산발적으로 나오고 있다. 특징적인 것은 매회 독자의 투고를 수록했다는 점이며 필자는 의사, 학생, 무기명씨 등 다양한 사람들로 구성되어 있다. 당시만 해도 가정의 여러 요소들 중 고쳐져야 하거나 사회적으로 문제가 되는 것들은 독자들의 투고문을 통해서 단편적으로 알려주는 정도였다.

두 일간지가 '가정개량'에 대한 기사를 다루던 비슷한 시기에 잡

지들도 같은 주제를 다루고 있다. 잡지가 다룬 '가정개량'의 기사도 가정 변화의 필요성을 다루고 있는데 최남선은 1923년 잡지『동명』에 본격적인 '가정 개량' 난을 두어 가정의 문화적 질의 변화를 요구하는 기사를 게재한다.6)『동명』은 첫 호에 "우리나라의 가정은 양복 입고, 망건 쓴 신사"로 표현하고 있다.

> 우리나라 사회에 부족한 일, 시급히 고처나가야 할 일은 결코 한 두가지가 아니지만, 그 중에도 가장 근본되고 가장 중대한 것은 우리들의 오늘날의 가뎡 생활을 고처나가는 것이라 하겟습니다. 세상의 백만사물은 나날히 변하야 가고 개량되어가서 요사이는 각방면으로 文化的이라는 말, 文化運動이라는 말이 정신뎍으로나 쪼는 물질뎍으로 널리 부르즈지게 되엇슬 뿐만 아니라, 사실 생활의 모든 방법을 새롭은 시대에 뎍합하도록 문화뎍으로 인도하여야 하겟습니다.
> 그러하나 오늘날 우리나라의 가뎡이란 것은 이 시대나 사회와는 아조 련락이 끈이여서 모든 결뎜과 폐단이 녯날 모양대로 족음도 변함업는 것은 사실입니다. 다시 말하면 지금 우리들의 가뎡생활이라는 것은 신식 양복을 입고 구두를 신은 사람이 이마에는 망건을 알토란가티 쓴 것이나 다름이 업다 할 수 잇습니다.7)

모든 것이 변해야 하는 시대에 가정도 '변화해야한다' 는 명제는 이제 가정이 단순한 가족들의 휴식 공간 기능을 넘어서 문화적 단위로의 변화를 시도해야 한다는 의도를 보여수는 것이라 할 수 있다.

---

6)『동명』은 최남선이 주필, 진학문이 편집했고 '가정 개량' 연재 기사를 1922년 9월부터 1923년 2월 4일까지 16회에 걸쳐 싣는다. 이 잡지는 시사적 성격을 지니고 있으며, '가정 개량'의 경우 부인 계층을 위한 교육란으로 설정된 것으로 보인다.
7)「가뎡은 어쩌케 개량할가 [1]: 양복입고 망근 쓴 신사, 이것이 오늘의 조선가정」,『동명』, 1923. 2. 3, 16쪽.

실상 지금 우리가 자긔집 대문밧게 한거름만 내여드듸면 모든 행동거
지며 교제하는 법이며 쏘는 옷 입는 것까지 훌늉한 시테신사이지만은, 사
회에 나와서는 악수로 인사를 하고 양복을 입고 교의에 안저서 가장 새
롭은 사상을 담론하든 사람이, 한번 집안에 드러오면 생각부터 이삼백년
전 사람의 묵은 사상을 그대로 가지고 모든 거처범절과 의복, 음식까지
전체가 일변할 뿐만 아니라 몃천몃백년 전부터 저저나려온 생활방법 그
대로를 취합니다. 이와 가튼 것은 물론 일조일석에 급작스러히 고처나갈
수는 업지만, 그러면 한업시 변하야 나가는 세대와 반대로 나가며 자긔의
속생각이나 사회에 나가서 하는 행동과는 아조 모순되는 생활을 하지 안
으면 아니되는 오늘날 가뎡이라는 것은 어쩌하게 조직된 것이며, 쏘 어쩌
하게 개량하여야 할 것인지 실로 큰 문뎨이며, 쏘한 두고두고 연구하여야
할 일입니다.[8]

이 글은 가정도 사회의 큰 변화와 발맞추어 변화하지 않을 수 없
지만 지금의 급작한 상황은 쉽게 변할 수 있는 것이 아님을 언급하고
있다. 그래서 두고두고 연구해야하는 명제이면서 동시에 모두가 관심
가져야하는 것임을 말하고 있는 것이다. 이러한 주장은 『동명』의 주
간인 최남선만의 생각은 아니다. 이 시대를 살아가는 이들에게 가정
의 변화는 비문명에서 문명으로, 비문화에서 문화로 변화해야하는 시
대의 절대 필요 요구이며 '가정'의 용어개념의 재정립을 의미하는 것
이라 할 수 있다.

가족의 개념이 통시적이며, 역사적인 개념이라면 가정은 공간적이
며 수평적 개념이다. 가족이 혈연중심의 닫쳐진 의미라면, 가정은 사
회와 소통하며, 사회로부터 규율화되는 단위이다. 하지만 이 시대 가
정의 의미는 여기에서 한발 더 앞서 질적 변화가 필요한 문화적 단위

---

8) 앞의 책.

여야 한다는 요구를 받고 있는 것이다.

이렇게 '가정'이라는 용어는 우리나라의 근대를 선도하면서 서서히 내면화의 흐름을 주도하고 담론화한다. 또한 이것이 '가정개량'의 주제인데, 이는 '가정'이 개인의 주체성과 함께 식민지 시대 교양 또는 내면화의 주제로 새롭게 발견, 호명된 곳으로 근대 사회와 근대 주체 형성에 있어서 중요한 역할을 할 것을 요구받는 곳이기 때문이다. 이 시대 지식인들에게는 대가족이 어우러져 사는 것이 개인의 영역 침해로 나라의 장래마저 저해할 수 있는, 개량해야 할 악습이었던 셈이다.

이제 가정은 가족들이 쉴 수 있는 기능에서 나아가 '가정개량'이라는 명제를 수행해야하는 '문화의 단위'가 된다. 가정개량이라는 논의는 어느 한 개인만의 의견이 아니라 이 당시 매체에 글을 기고하던 필자들이 모두 공감하는 논의이다. 여기에서 새로운 개념의 '가정'이 보편화되면서 활용된다. 이렇게 한국의 근대문화를 주도하고 있는 환경적 요인과 교육 등으로 인해 가족 단위의 변화가 일어나고 있는 것이다.

일본과 서구의 문물이 들어오면서 제일 먼저 변화의 바람을 맞은 곳이 가정이다. 일본에서 유학을 했거나 신식 교육을 받은 사람들이 제일 먼저 관심을 가진 것이 서구와 다른 구조의 가정이었다. 이들은 그 다름을 폐해로 보았고, 폐해 때문에 행복한 가정으로 발전할 수 없음을 해소하기 위해서는 모든 것을 개량(改良)해야 한다고 생각했다. 당시 매체들을 통해 보여주고 있는 '가정개량'[9]의 문제에는 가정

---

9) 「가뎡은 어쩌케 개량할가 [1] 양복입고 망근 쓴 신사, 이것이 오늘의 조선가정」, 『동명』, 1923. 9. 24.
　0. '시간은 금전이라'하나 금전보다 귀한 것은 시간

을 중심으로 일어나고 있는 일상사들의 문제들 즉, 시간, 의복, 음식, 육아, 여성해방 등 문명화 되어야 할 모든 것들이다. 이렇게 볼 때 '가정'이란 용어는 가부장적 대가족제도하에서 쓰이던 용어의 개념이 아니라, 근대화의 한 표현체로 성립 내면화되어 활용된 표현이라 하겠다.

3. '아동'에서 '어린이'로 인식의 진화

'아동'담론은 자녀 양육과 교육에 대한 관심으로 표상되는데, 개화기 시작부터 그랬던 것은 아니지만 결혼, 가족 이데올로기의 변화, 가옥 구조, 여자의 역할, 여성교육 등과 같이 당시 '가정개량'이라는 문

0. 생은 유희가 아니지만 어찌하야 오래 살랴는가
0. 이십사시간을 어쩌케 분배해 쓰나
0. 십팔시간은 이러케 리용, 그전보다 귀한 시간의 리용책
0. 점심 뒤의 시간이 제일 긴요, 금전보다 귀한 시간의 리용책
0. 한시간만 게으르면 이천여년이 느저진다
0. 금전보다 귀한 시간 리용책
0. 여자해방은 음식에서부터, 먹기 위해 사나 살기 위해 먹나
0. 의식에서 해방됨은 여자도 '사람'이 되려는 로력
0. 여러분은 지금 자긔 직분의 가장 적은 일에 일생을 바치십니다
0. 나 한 몸이 편하자고 집안사람을 괴롭게 마라, 가장부터 실행할 일
0. 실지에 당하신 여러분이 스스로 연구해 고칠 일, 음식문뎨의 결론
0. 색채와 경제상으로 본 조선 사람의 흰 의복어찌하야 흰옷을 입는가, 색채에 대한 취미를 알라
0. 무명에 물들여 입을 일다듬쩨 안코 대려입도록 해
0. 옷감은 우리나라 것으로, 부인이 먼저 실행해야 할 일
0. 비단옷을 구구하게 입으랴나
0. 가뎡을 세우자, 민주주의 가뎡을 세우자
0. 아이들로 하여금 자률뎍 정신을 길우게 하라

화적 맥락 속에서 이해해야 하는 부분이다.

가부장 사회에서 자녀들은 가족공동체에서 중요한 위치에 놓일 수 없었다. 아이들은 서당에서 훈장의 지도로 글자교육과 인성교육을 받았고 일반적으로 교육은 가문과 가부장제도의 법도 익히기라는 명분 하에 씨족사회 제도 하에서 이루어졌다. 그리고 여성들은 아동교육에 직접 관여하지도 않았다. 여성들은 아이들을 교육시킬만한 능력도 지니지 못했고, 사회적으로 허용되지도 않았다.

그러나 근대 개화기를 지나면서 공기관인 학교가 아이들의 교육을 맡기도 하지만, 사회화에 대한 짐을 일부 '가정교육'이라는 명분에 가정의 역할로 돌리게 되었다. 한편 교육받은 여성들이 늘어나면서 여성의 역할이 확장되었다고도 볼 수 있다.

> 자녀에게 모범이 되어야 할 자는 아비나 선생보다도 어머니이다. 어머니는 아동의 거울이라 하였으니, 동서고금을 살펴보아도 아비는 악하나 자식은 현명한 경우가 있을지언정 어미가 악한데 자식이 현명한 경우는 거의 없다. 그러므로 여자의 교육이 남자의 교육보다 한층 급하다. 여자가 상식이 없다하면 자녀를 기르는 중대책임을 부담할 수 없는 것이다. 자녀가 있는 자는, 특히 어머니 된 자는 이를 명심하여 자녀를 양성해야 할 것이다.[10]

그러나 이런 문제는 당시 사회의 보편적인 사항일 수는 없고 이런 역할을 할 수 있는 여성들은 극히 일부분에 해당된다. 하지만 일간지와 잡지들은 가정교육의 필요성을 계몽적 차원에서 게재하면서 아동들 교육의 필요성, 아동 정체성 규명 등을 함께 다루었다. 당시 식민지 시기『매일신보』는 발간초기에 가정교육을 강조하는 것은 아동을

---

10)「子女教養의 必究」,『매일신보』, 1910. 11. 19, 1쪽.

충성스러운 식민지 국민으로 길러내야 하는 역할을 가정에 맡기려는
데 기인하고 있음을 다음을 보면 알 수 있다.

> 동경여자고등사범학교장 中川謙二郎씨가 時事新聞 기자에게 말하길,
> 조선인의 교육방침은 조선인이 독립국민으로 교육하던 때와 일본국민이
> 된 지금은 가정교육에 있어 그 형식과 정신을 변경해야만 할 터인데 이
> 에 대해서는 각 방면의 의견을 참작해야 한다. 조선은 원래 교육수준이
> 열등하고 빈천하였지만 십수년 이래로 신풍조의 도입으로 학교가 점점
> 진흥해 나가나 가정교육은 없던 인민이다. 그러므로 일조일석에 기질을
> 변화해 나가기는 어려울 것이다. 먼저 교육받은 사람이 교육이 없는 사람
> 을 교육해 나가면 장래에 그 효과가 발휘될 것이며 천황폐하의 인민으로
> 세계 강대한 국민으로 성장할 수 있을 것이다.[11]

이렇듯 초기의 아동에 관한 생각은 황국신민으로 만들기 위한 가
정교육을 강조하는 데서 시작한다. 그와 같은 기사를 다룬 매체의 내
용은 다음과 같다.

○ 「가정교육」, 『대한자강회 월보』 1 · 2, 1906. 7. 31, 1906. 8. 25.
○ 「가정교육법」, 『태극학보』 16호-2, 1907. 12. 24.
○ 「가정교육법」, 『대한흥학보』(전 『태극학보』), 1909. 3. 20.
○ 「가정교육의 특질」, 1909. 6. 1.
○ 「가정의 교육」, 『매일신보』, 1909. 8. 12.
○ 「가정교육의 필요」, 『 대동학회 월보』 20호, 1909. 9. 25.

아이들은 주체이기보다는 대상적인 존재들로 사회 안에서 또 다른
타자들이다. 이들은 양육의 대상이고 목표를 위한 교육의 대상일 뿐

---

11) 「家庭敎育의 必要」, 『매일신보』, 1910. 9. 16, 1쪽.

이다. 이들을 지칭하는 호칭도 아동, 자녀, 소아 소년 등이다. 이들에 대한 관심도 '가정개량'12)과 더불어 시작되었다고 해도 과언이 아니다. 잡지『동명』에서는 아이들의 자율성을 인정하면서 키워야 자립할 수 있는 사람이 됨을 강조하는 아동 주체의 인정이 시작된다. 그 후 처음 어린이들에 대한 관심은 교육방법의 변화에서 시작한다. 이때 매체들은 영국과 불란서, 미국13)의 교육이론과 교육방법을 도입해서 알려주다가 좀더 본격적인 아동문제에 접근해서 구체화된 교육내용을 제시해 준다.

아동들에 대한 관심이 커지고 어린이의 문제가 담론화 되면서 개벽잡지사가 아이들의 생각을 설문조사한 기사를 실었다. 이 설문내용에 대해 편집자는「말끗마다 異常한 情調를 먹음은 우리 朝鮮 어린이들의 所願」이라는 제목을 달았다.

① 나의 所願은 自作하는 農夫이외다

나의 소원은 지식이나 좀 엇어 남의 편지나 좀 보고 또 남의 빗도 안 지고 회사밧 안붓치고 私土만 붓치고 농사를 지으면 조켓슴니다. 나의 소원은 自作하는 농부이외다…

② 혈혈單身외로운 몸이 되야 작구작구─도라다니고 십슴니다

나의 소원 말슴이야요? 글세요. 도모지 貴치 안은 세상이닛가 나는 그저 혈혈 단신 외로운 몸이 되야 아라사로 獨逸로 英國으로 米國으로 작

---

12)「가뎡은 어쩌케 개량할가 [16] 아이들로 하여금 자율적 정신을 기르게 하라」,『동명』제2권 제6호, 1923. 2. 4, 16쪽.

13) 윤치민,「영국교육제도와 인격양성」,『청년』2호, 1921. 4.
　　윤치민,「佛國人의 자녀양성방침」,『청년』3호, 1921. 5.
　　「최근구미 각국의 어린아이 교육, 자녀가 가정의 중심이 된다」,『동아일보』, 1928.
　　　10. 17.

구작구 도라단니고 십습니다. 이러케 말하면 엇덜넌지 모르겟습니다만은 엇던지 우리 朝鮮은 답답하고 옹색한 것 갓태요…

잡지의 기자들조차도 아이들의 생활과 생각이 어른들의 세계와 분리되지 않고 있음에 대해 '말끗마다 異常한 情調를' 나타내고 있는 아이들이라고 말하고 있다. 아이들의 삶의 양태와 생각은 어른들과 같지만 이들을 대하는 어른들의 태도는 아이들의 주체성이나 어린이의 인격을 인정하는 것이라 할 수 없다. 여기에서 일간지, 잡지, 어린이 관련 운동모임에서는 구체화된 아동교육을 제시하기 위해 아동들을 인격적으로 대하기를 먼저 요구하고 있다. 그 전제가 아이들을 기를 때 "아이들은 부모의 놀이감으로 여기지 말아야 하며, 타고난 대로만 길러야 하고, 남녀노소의 차별을 적게 하고, 잘한 줄 잘못한 줄을 알게 하고, 무책임과 낭비가 없도록 키워야 하며, 귀여워만 하지말고 주체성 있게 길러야함을 강조하고 있다. 이것은 당시 아이들을 대하는 어른들의 의식을 보여주는 것이다. 또한 어른을 예의로서 대하면서 아이들은 마치 고양이나 물건처럼 여기지 말라고 하는 것은 아이들은 인간이하의 존재로 여기는 당시 사회적 습관을 말하는 것이라 할 수 있다.

아이들이 죽었을 때 사랑하는 아들 딸을 차마 고양이나 강아지 파묻듯 할 수 있는가.
아이들의 머리는 寫眞 乾板과 같다. 어릴 때 보고 듣는 바가 일생을 좌우한다. 그러므로 우리는 아이들을 대할 때 더욱 경건하고 조심하는 태도로 하여야 할 것이다. 즉, 아이들의 인격을 존중하여 마치 어른 대하듯이 해야 한다14)

____

14) 『이광수전집』 10, 289쪽.(『여자계』 제3호, 1918년 9월)

우리의 전통적인 삶에서 전래적인 훈장의 가르침이나 대가족 속에서 가정교육을 받는 존재일 때의 아이들은 수직 관계 속의 가장 하찮은 존재이다. 하지만 근대 개화기 아이들을 어린이로 호칭되면서부터 아이들은 가족관계보다 더 넓은 사회적 존재로 인정받는 것이며, 어른들과 똑같은 문화를 향유할 수 있는 존재가 됨을 보여주는 것이라 할 수 있다.

아동들에 대한 인식의 변화는 주로 잡지를 통해 보여주고 있다. 일간지가 학교교육과 가정교육의 관계를 알려준다면 잡지들은 좀더 아이들의 시선에서 어린이 인식의 변화를 알려주고 있는 셈이다. 그러던 중 1923년 소파 방정환을 중심으로 잡지 「어린이」가 창간된다. 「어린이」의 창간은 좀더 아동들에 관한 교육의 내용이 구체적으로 표현된다. 이시기를 중심으로 좀더 아이들의 시점에 맞추어진 교육의 내용을 제시하는 글들은 다음과 같은 것들이 있다.

- ○ 「어린이 가뎡교육, 어린 아들, 딸을 이렇게 기르시오」, 『동아일보』 1924. 4. 24.
- ○ 「아동의 입학에 제하야: 학교에서 가뎡에 주문은 무엇, 가뎡에서 학교에 부탁은 무엇」, 『동아일보』, 1921. 4. 8.
- ○ 「(질문과 대담의 형태)이 다음 조선의 주인 어린이 기르는 길(1, 2)」, 1925. 4. 23~24.
- ○ 「어머니의 무릎을 떠난 도련님과 아가씨를 어떻게 하면 좋은 사람 만들까」, 『동아일보』, 1924. 5.

구체적인 호칭에서 어린이의 용어들을 좀더 많이 쓰고 있음을 보여주고 있다. 그러한 현상은 서양교육제도나, 일본식의 교육방식의 도입만으로 이루어진 것은 아니다. 그동안 일간지와 잡지에서 아이들의 문제를 꾸준히 다루었고, 학교교육과 가정교육의 문제가 맞물려 아이들에 관한 인식의 변화를 제시하고 사회를 구성하고 있는 지식인층의 의식과 생각의 변화가 함께 했기 때문이다. 그리고 이러한 아동들에 대한 인식 변화의 실현으로 얻게 된 것이 〈어린이날〉의 제정[15]이다.

이날에 대한 의는 "'어린이 날'은 어린이 자신이 볼 때는 자긔네들의 잘 놀고 잘 즐겨하는 유일한 명절날"인 동시에 "소년운동의 긔세와 위력을 일반에게 보여 왜 이날이 필요한가를 알려야 한다는 데 목적이 있음"이라고 말하고 있다. 이 '어린이날'을 제정하려고 노력하던 방정환에게 사람들은 '않될 일을 헛꿈꾸지 말라'고 했지만, '꽃과 같이 곱고, 비둘기 같이 착하고 예쁜 그들을 어떻게 지도해야할지 어려운데, 판에 박은 학교교육도, 부모의 소유물로도 길러져서는 않된다'는 그의 의지가 어린이날을 제정하도록 이끌어 왔음은 말할 것도 없다.[16] 어린이날의 제정이 모든 아이들의 속박을 풀어주는 것은 아니었다. 하지만 당시 사회가 지향해 가야하야 하는 근대의 목표에서 아이들에 대한 교육의 정도와 인식은 분명히 바뀌어야 했고, 그 요구의 시작이라고 볼 수 있다. 아이들을 동물과 같이 취급하던 행동에서 하나의 사회 구성원으로 인정해야하는 전환의 기점이 된 것이다. 이

---

15) 어린이날의 제정은 천도교를 중심으로 모인 45인의 색동회회원들과 재경 소년 단체 관계자이 협의 후 매년 5월 1을 어린이 날로 정했다. 그러나 어린이에 대한 사회적인 관심을 가진 소년운동지도자와 소년 잡지 관계자, 신문사 관계자들이 모여 소년 운동 협회라는 비상설 기구를 조직하고, 어린이 날을 행사를 성대히 한다. 1924년에는 소년 지도자들의 회합인 '五月會'가 상설되어 '少年運動協會'가 양쪽에서 어린이날 행사를 치르는 일이 발생했다. 이 모임의 후인 1927년에는 어린이날 행사를 하고난 후에 몇 사람의 발의와 타협으로 全朝鮮少年 聯合會 창립준비회를 발기하고 협의하여 단합된 〈朝鮮少年 聯合會〉를 창립한다.

16) 「小波, 少年의 指導에 關하야」, 『천도교회 월보』, 1923. 3.

러한 점에서 아동이나, 소년 등의 용어로 불리던 아이들을 '어린이'로 부르게 됐으며. 비로소 아이들을 주체성 있는 존재로 보아야함을 확인시켜주는 계기가 된 것이다. 이제 아동들의 존재는 인격을 지닌 사회적 존재가 될 수 있는 계기를 갖게 되었다.

1924년에는 신문들과 잡지들이 아동들의 문제가 구체화되고 있음을 보여준다. 춘원이 중심이 된『개벽』은 가부장 제도의 가족 공동체에서 중요한 덕목인 삼강오륜(三綱五倫) 중 장유유서(長幼有序)에 대해 그 폐혜를 지적하면서 '유년 남녀(幼年 男女)의 해방(解放)을 제창(提唱)함'17)이라는 글로 어린아이들의 인격을 존중해 주어야 함을 강조하고 있다. 아이답게 키우기와 가정구성원으로서의 아동들의 위상 정립에 대한 논의에서 시작된다.

이러한 사고의 진화를 유도한 가장 중요한 역할을 한 것이 당시 발행되던 매체이다. 매체의 성격이 오늘날에는 일어난 사건, 사고의 정보 전달에 중점을 두고 있다면, 1920년을 전후한 시대의 매체의 성격은 지식의 전달, 변화의 요구였다. 어린이들의 존재에 인식의 변화를 보여주는 데 역할을 한 것은 분명 당시의 매체들임은 확실하다. 이러한 요구가 전 국민의 지지를 얻었기보다는 공감의 시작이며, 비로소 내면화의 단계로 가는 것이라 할 수 있다. 어린이라는 개체를 인격을 가진 주체로 보기를 요구하기 시작하는 내면화의 한 단계로 볼 수 있겠다.

---

17) 김소춘(金小春),「장유유서의 말폐 (長幼有序 末弊) 유년 남녀(幼年 男女)의 해방(解放)을 제창(提唱)함」,『개벽』, 1920. 7. 20.

4. 결론

지금까지 1920년대 발행되던 매체를 통해 격변기의 사회에서 가정과 아동 담론 사회변화와 맞물려 형성되고 있음을 보여주고 있다. 가정은 문화 단위로서 구성하고 있는 내용의 변혁을 요구받고 있으며, 매체는 이를 독자들에게 알리고 있다. 이 변화는 가족이라는 거대 가족 집단으로부터 가정으로 지칭되는 핵가족 단위의 단순한 변화가 아니라 모든 개인의 사회화와 사회 권력의 규율화 속에 개인이 놓여지는 것을 보여주고 있다. 또한 개인의 중요한 주체화의 내면에 한국의 근대화가 어떻게 형성되어 갔는가를 보여주는 지점이며, 한국의 모든 것들의 변화의 지점이다. 또한 어린이 담론도 어린이를 가족 속의 의존적 존재에서 주체성 있는 인격체로 인정하기를 제시하고 있다.

우리의 개화기는 일본의 식민지 시대였으며 문화적으로는 서구 모델지향의 시기였다. 이 복합적인 시대에 존재하던 지식인들의 역할도 복합적이었다. 그들이 생각한 당시 사회가 안고 있었던 문제는 모든 것을 변화시켜야하는 '개량'의 필요성을 국민들에게 알리고 변화시키는 것이다. 이러한 것을 도와준 것이 매체이다. 매체들은 지속적인 출판과 게재를 통해 서구화되는 것이 문명화되는 것이며 우리 민족이 지향해 가야하는 점이라 언급함으로서 독자들이 이를 내면화시킬 수 있도록 설득 하였다고 본다. 당시 가정의 문화적 변화가 주는 장점은 삶의 환경을 좀더 실용적으로, 그리고 과학적으로 살기 편하게 한 점이다.

그러나, '가정개량'이 안고 있는 문제는 우리의 전통적 삶이 폐습이어서 이것을 고쳐야 자립국이 될 수 있다는 생각으로 서구의 것을 닮으려는 급급함 때문에 나라가 처한 정치적 상황을 간과한 점이다.

또한 우리의 모든 것은 버리고 외국의 것만 따르려는 사고는 과거와 연결될 수 있는 모든 고리를 끊어버리는 우를 범한 셈이다. 우리의 삶의 조건이 열악하다는 것이 정치적 힘의 약함과 지나치게 동일시 한 것은 아니였는가 생각하게 한다.

또 한편 가정개량의 명제를 내세우고 목적을 달성하고자 한 의도가 일제 식민지 시대와 맞물려 있어 우리의 서구화된 문화 발달이 마치 일본에 의해 이루어진 것으로 오해하게 했다고 생각한다. 하지만 가정개량이 목표로 삼았던 것은 단순이 일본의 모방이 아니라 서구화되고 과학화 된 세상이었다는 점임을 생각한다면 당시 문화적 가정과 주체성 있는 어린이 교육을 내세운 민족 지향점의 인식을 매체들은 하고 있었음을 볼 수 있다.

앞으로도 이 연구를 바탕으로 동일한 시기의 자료들을 조사해서 가정의 여러 요소들, 주택 의료, 여성, 연애, 결혼 등의 문제들을 매체들이 어떻게 담론화하고 내면화하는가는 연구되어야 할 점이라 생각한다.

잡지 만화와 만평으로 본 여성

-작가 의식을 통한 식민지적 근대를 중심으로

이 명 희(건국대학교 인문과학연구소 연구원)

1. 만화, 만평, 여성

식민지적 근대는 서구적 근대와 대비되지만, 실상을 들여다보면 서구적 근대에 기대면서 그것과 끊임없이 경쟁을 하는 복합성을 지닌다. 이런 동력이 생생하게 드러나는 것이 바로 문화매체들이다. 우리가 근대역사를 살필 때 일상세계를 점유한 미디어의 표상들, 근대의 이미지와 기표들, 근대적 물건들과 상품들에 주목해야 하는 것은 근대화를 경험하고 욕망하는 상상의 영역에 직접적으로 영향을 주면서 그것이 규율화되는 공적 영역과 전통의 구속을 받는 사적 영역의 충돌을 자극[1]하기 때문이다. 사실 사회 구성원들은 그들의 의지와 관계없이 문화매체를 접하면서 근대적 제도의 재생산에 개입하지만, 동시에 그 과정은 식민지적 근대 주체를 형성해 나가는 일이기도 하다.

---

[1] 유선영, 「육체의 근대화: 할리우드 모더니티의 각인」, 『문화과학』 24호, 2000. 겨울, 233-235쪽 참조

이런 의미에서 식민지에는 권력규율이 작동하지만, 식민 지배를 통해 사람들이 식민지적 근대 주체로 서기 때문에, 결국 '식민지 근대성'도 근대성의 한 모델로 볼 수[2] 있는 것이다.

이때 근대적 매체와 매체가 담고 있는 표상[3]들은 상당히 효율적인 지배양식을 취한다. 대표적으로 1920년대 문화통치가 그렇다. 그러나 구체적인 생존을 위한 교섭이 진행될 수밖에 없는 실제 민중의 삶의 공간, 즉 회색지대[4]에서는 지배양식과 맞아 떨어지지 않는 식민지적 주체의 공간이 존재한다. 이를 통해 사회 구성원들은 끊임없이 자신을 재규정하면서 식민지적 근대인으로 재탄생된다.

근대로 재편되는 과정 속에서 근대여성상은 기존의 전통적 습속 또는 이념과 충돌하면서 독특한 여성상으로 창출된다. 이 독특한 여성상이 바로 '회색지대'에서 창출된, 그리고 '식민지 근대성'에 기초

---

2) 강내희, 「한국의 식민지 근대성과 충격의 번역」, 『문화과학』 31호, 2002. 가을, 참조. 근대성을 단일한 체계가 아닌 복잡성의 관점에서 이해하고 식민지배를 통해 사회구성원들이 근대적 주체로 형성되기 때문에 '식민지근대성'도 근대성의 한 모델로 본다. 김진균·정근식 편저, 『근대주체와 식민지 규율권력』, 『문화과학사』, 2003, 참조. 식민권력은 식민지의 피지배민을 통치 대상으로 인식함과 동시에 피지배민이 식민지적 질서를 유지 재생산하는 주체로 서고자 하는 것을 용인할 수밖에 없는 이율배반 속에 있다고 본다.

3) 표상이란 어떤 실재를 심적으로든 물리적으로든 재현전화(再現前化)한 것을 의미한다. 이때 뭔가를 마음 속에 떠올리는 심적인 조작에 관련되는 면과 어떤 것의 대체물을 구체적으로 제시하는 물질적인 행위에 관련되는 면 모두를 포함한다. 여기서 무엇보다 중요한 것은 재현전화된 것으로서의 표상이 받아들여지는 시대와 사회 그리고 문화에 따라 그 표상작용을 달리 한다는 것이다. 李孝德, 박성관 옮김, 『표상공간의 근대』, 소명출판, 2002, 참조.

4) 윤해동, 「식민지 인식의 '회색지대': 일제하 '공공성'과 규율권력」, 『당대비평』 13호, 2000. 겨울, 참조. 한국의 피지배 민중들은 끊임없이 동요하면서 협력하고 저항하는 양면적인 모습을 보이고 있고 이 지점에서 식민지 인식의 회색지대가 발원한다고 보고 있다.

한 여성이다. 이런 식민지적 근대여성상은 서구 외양을 그대로 답습한 것도 아니고 그렇다고 전통의 여성상이 전적으로 표출된 것도 아니다. 왜냐하면 서구의 외피를 그대로 답습할 경우 천박의 수준으로 몰아세우거나, 전통의 굴레에서 벗어나지 못할 경우 뒤떨어진 인식으로 바라보는 이중성을 보이고 있기 때문이다. 단적으로 말하자면 서구적 근대가 내면화의 과정을 통해 균열을 보일 뿐만 아니라, 이런 균열 속에서 독특한 혹은 굴절된 여성상은 만들어진다.

따라서 서구적 근대가 여성 표상을 통해서 어떻게 식민지적 근대를 형성해 갔는가를 본 연구는 잡지5)에 나타난 만화나 만평6)을 통해 살펴보고자 한다. 이 점을 밝히기 위해 본 글은 작가가 사회적 인식을 포착하는데 있어서 만화나 만평을 통해 여성의 표상을 어떻게 표현하고 있는가에 초점을 맞춤으로써 작가의 의식7)을 중심으로 살펴볼 것이다. 따라서 작가의 의식은 사회 구성원들의 의식을 정확하게 포착한 작가 혹은 편집자의 표현이자 선택에 의해 드러난다. 이때 만평은 글 내용이나 기사의 이해를 돕는 것과는 무관8)하다. 만화9)와 만

---

5) 본 연구에서는 『개벽』, 『신여성』, 『사해공론』, 『별건곤』을 중심으로 논지를 전개하지만, 그 외에 『조선문단』, 『신가정』, 『삼천리』, 『동광』, 『부인』도 살펴보았다.

6) 만화란 대상의 성격을 과장하고 생략하여 익살스럽고 간명하게 인생이나 사회를 풍자·비판하는 그림의 한 형식을 말한다. 또한 만평이란 글 내용이나 기사의 이해를 돕는 것과는 무관하게 인물이나 사회를 비판하는 그림을 뜻하고 그림에 따르는 작가의 논평이 실린다.

7) 만화와 만평은 시대의 정신을 표상하며 첨예한 시사 내지 사회적 관심을 반영하기 때문에, 이때 작가의 의식은 사회가 인식하고 있는 수준이라고 보아도 무방하다. 따라서 본 글에서는 작가의 의식이 사회적 의식, 달리 말하자면 사회적 시선 혹은 당대 남성들의 시선으로 확대될 것이다.

8) 이때 글 내용이나 기사의 이해를 돕는 그림은 삽화로 일컬어진다. 특히 1920·30년대 잡지의 경우, 만화와 만평의 구분이 명확하게 이루어지고 있는 것은 아니다. 이때 만평과 만화를 다 싸잡아 만문만화(『모던뽀이 경성을 거닐다』)로 보기도 한다. 그러

평에 주목하는 것은 우선 기존의 연구가 지나치게 문학작품 내지 텍스트 중심이었다는 데에[10] 있다. 다른 한편 서구적 근대가 여성 표상을 통해 어떻게 굴절되고 있는지를 만화와 만평은 생생하게 드러내고 있기 때문이기도 하다.

본 연구는 카툰, 캐리커처, 코믹스를 만화의 범주에 넣고 살펴볼 것이며, 이중 캐리커처에 해당되지만, 서평이 들어간 것을 만평이라 하여 갈래를 달리할 것이다. 만화와 만평의 가장 중요한 특징 중의 하나는 바로 한 시대의 정신을 표상하며 첨예한 시사 내지 사회적 관심을 반영한다는 데 있다. 이런 점을 염두에 둔다면, 만화와 만평은 당대 시대정신을 읽을 수 있을 뿐만 아니라 그를 통해 근대가 여성 표상을 통해 어떻게 식민지적 근대성을 획득해 나갔는지를 보여줄 것이다.

나 '만화란'이라 명시한 것까지 모두 만문만화로 보는 것은 문제가 있다. 종종 만화에는 말그대로 말풍선 만을 단 만화도 있기 때문이다.

9) 만화는 크게 카툰(cartoon), 캐리커처(caricature), 코믹스(comics)와 새롭게 부상하는 애니메이션(animation) 정도로 나눌 수 있다. 카툰은 위트와 유머를 중심으로 가급적 언어를 절제하고 그림만으로 메시지를 전달하는 한 컷 내지 두 컷짜리 만화를 일컫는다. 캐리커처는 특정 인물을 과장, 왜곡하여 희화화하는 특징을 가지고 있는데, 단순한 형태 속에 강력한 메시지 전달력과 시사성을 생명으로 한다. 코믹스는 네 컷 이상의 연속된 만화를 이르는 말로 일정한 한 편의 줄거리를 전개하는 만화의 양식이다. 마지막으로 애니메이션은 일종의 만화영화를 말한다. 본 연구는 잡지를 중심으로 보기 때문에 카툰, 캐리커처, 코믹스를 중심으로 살펴볼 것이다.

10) 만화, 이미지 혹은 영상에 대한 사회적 의미 연구는 사회과학 분야에서 이미 활발하게 이루어져 왔다. 그래서 최근에는 텍스트 중심의 인문학과 사회과학의 접목을 통해 문화적 현상을 고찰하고자 하는 연구가 시도되고 있다. 권보드래의 『연애의 시대─1920년대 초반의 문화와 유행』가 여기에 속한다.

〈그림 1〉

2. 규율 권력과 식민지적 근대

만화와 만평은 규율 권력과 그 규율 속에서도 식민지적 근대[11]를 세우고자 한 지점을 작가의 표현을 통해 압축적으로 제시해준다. 『개벽』(1922. 8)에 그려진 그림은 근대 규율과 식민지적 근대 형성이라는 상관관계를 잘 보여주고 있는 만평이다. 첫 번째 만평 〈그림 1〉은 우리의 사상 변화가 자연스럽게 다가온 것이 아니라 일제가 '밑에서 못질을 하야' 강제적으로 이루어진 것임을 포착하고 있다. 그래서 억지

---

11) 본 글에서 쓰고 있는 '식민지적 근대'는 피식민 주체의 양면성과 내면의 모순성이 존재하는 공간 내지 지점을 뜻한다. 만평에서 보이는 것처럼 일제의 식민화는 규율권력이 제도적 장치에 의해 통제되는 과정을 밟는다. 그럼에도 이것을 모두 협력과 순응의 과정으로만 볼 수는 없다. 일제에 의해 이루어진 근대화, 즉 근대 규율과 권력에 맞아 떨어지지 않는 지점, 균열의 지점이 있는 것이다. 이처럼 협력하면서도 동요하고 소극적 혹은 심리적 거부를 보이는 잉여의 지점을 본 연구는 '식민지적 근대'로 지칭한다.

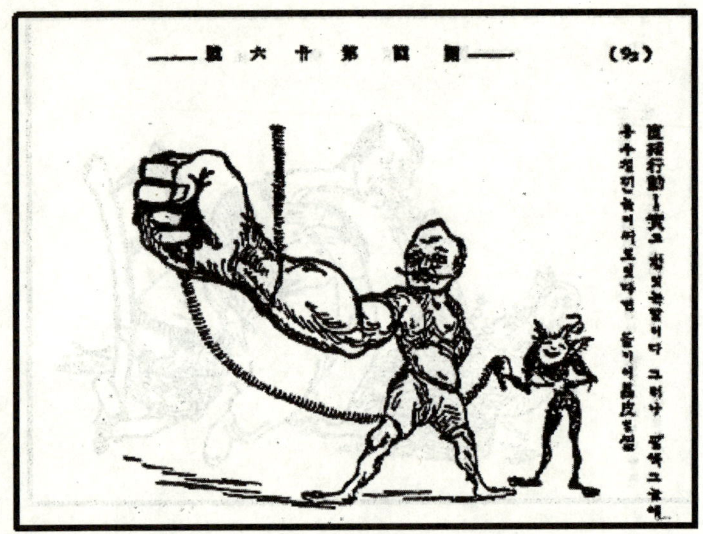

〈그림 2〉

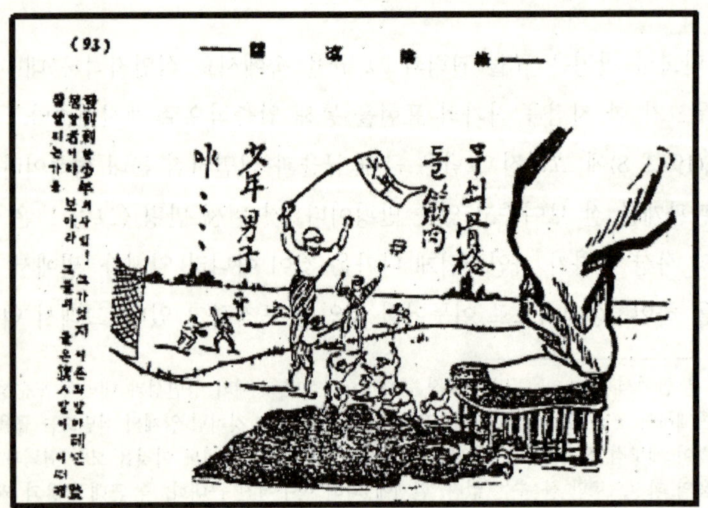

〈그림 3〉

로 구사상을 버릴 수밖에 없는 조선인을 목울대가 기형적으로 늘어나 있는 기괴한 형상으로 표현하고 있다. 또한 구사상이 엉뚱하게 취급당하기도 하는 사태를 구사상이 기이한 상자에 담기고 있는 모습으로 그려내고 있어, 규율 권력이 억압적이었음을 보여준다. 다음 만평 〈그림 2〉에서는 비록 주체의 자율적 행동이라도 그 행동은 뒤에서 조종하는 또 다른 규율체계에 묶여 있음을 노골적으로 드러낸다. 그럼에도 마지막 만평 〈그림 3〉은 무장한 침략자에 의해 짓밟히는 군중 뒤로 힘을 기르고 있는 소년들과 그들의 기상이 그려져 있어, 피식민으로서의 삶이 어떤 방향으로 가야 하는지를 제시한다.

위 세 개의 만평은 일제의 규율 권력 양상을 잘 간파하고 있을 뿐만 아니라 일제의 침략정책에 맞서야 하는 힘이 어디서 나와야 하는지를 보여주고 있어, 규율 권력과 식민지적 근대의 형성이라는 역학관계를 잘 그려내고 있다. 이것을 작가에 맞춰 설명하자면, 만평에는 식민지가 착취의 근대성에 의해 구조화되는 상황 속에서도 식민지 지식인으로서 자신의 상상력에 의해 근대성을 구축하는[12] 작가의 의식이 작용한 것이다. 사실 이런 작가의 세계는 당대 사회적 인식과 시선을 포착해 낸 것으로, 사회적 의식으로 보아도 무방할 것이다. 이처럼 규율 권력 속에서도 단지 규율에 전적으로 구속되지 않는 사회적 인식을 포착한 작가의 세계가 존재한다.

「産兒制度對反對대모」(신여성, 1933. 6)라는 제목으로 실린 이 만화 〈그림 4〉는 제도적 규율이 보이는 육체의 통제와 이에 따르는 여성의식의 단면을 보여준다. '만화란'이라는 설정 아래 모음집처럼 여러 만화와 함께 있는 만화[13]이지만, 사회구성원은 남녀노소 구분 없

---

12) 강내희, 「한국의 식민지 근대성과 충격의 번역」, 『문화과학』 31호, 2002. 가을, 83쪽 참조.

〈그림 4〉

이 나와 데모를 하고 있다. 그들은 '산아제한 대반대', '사내자식을 낳자', '자식을 낳거든 계집애를' 이라는 표어를 적은 깃발을 들고 있다. 이 만화는 일제의 출산정책에 숨어 있는 통제체제와 그 틈새 속에서도 개진된 여성의식의 현주소를 확인시켜 준다.

사실 1930년대 출산증가책이나 유아사망률을 저하시키기 위한 일제의 아동애호정책은 몸의 통제를 통한 전시동원이나 국민교화사업의 일환14)이었다. 그러는 가운데 중년 남성이 '사내자식을 낳자'를, 여성이 '자식을 낳거든 계집애를'이라는 깃발을 들고 있어, 작가는 출산에 대해 여성의 담론이 사회의 장에서 설득력을 지니게 되었음도 함께 드러낸다. 바꿔 말하면 출산에 대한 인식이 설령 다르더라도 남성과 함께 동등하게 인식의 지점을 확보해 나가고 있었다는 것이다. 특히 '자식을 낳거든 계집애를'이란 문구에서는 '사내자식을 낳자'와는 다르게 '자식을 낳거든'에 주목할 필요가 있는데, '안 나면 상관없지만 낳는다면 꼭 계집애를 낳아야 한다는' 설명이 가능해진다. 따라서 1930년대 출산정책에 대한 사회적 인식을 그리고 있는 이 그림은 일제의 국민교화사업이라는 제도 규율의 일면을 보여주기도 하지만,

---

13) 이 만화는 위트와 유머를 중심으로 가급적 언어를 절제하고 그림만으로 메시지를 전달하는 한 컷 내지 두 컷짜리 만화, 즉 카툰에 해당된다.

14) 김진균・정근식 편저, 『근대주체와 식민지 규율권력』, 문화과학사, 2003, 222-271쪽 참조.

다른 한편에서는 여성의 담론이 사회의 장에서 통용되고 있는 현장을 생생하게 전달하고 있다.

　서구 문화와 전통적인 인식이 한 자리에서 만나 식민지적 근대를 가장 잘 보여주고 있는 것이 「美展所見」(별건곤, 1927. 7) 〈그림 5〉이라는 제목을 달고 있는 두 컷 짜리 만화이다. 서양화를 바라보고 있는 조선인의 시선은 근엄하고 자못 진지하기까지 하다. 더군다나 그들이 입고 있는 조선 옷은 갖출 것을 다 갖춘, 그래서 꿀릴 것이 하나도 없는

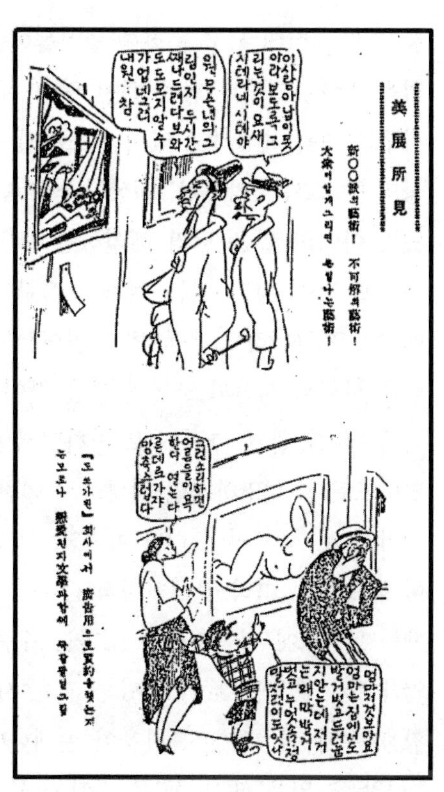

〈그림 5〉

위품 그 자체다. 그 곳에는 서구 문명, 즉 서양화를 한번 좀 보자라는 벼름이 자리 잡고 있다. 한 어르신이 "남이 못 알아보도록 그리는 것이 요즘 시태"라고 그림 평을 하자, 다른 어르신이 뭔 그림인지 "두 시간째나 드려다 보와도 도모지 알 수가" 없다라는 말로 받아친다. 아무리 들여다보아도 무슨 그림인지 알 수 없는 그림이 무슨 그림이냐는 답변일 것이다. 그들의 풍자는 "新○○派의 藝術! 不可解의 藝術! 大衆이 알게 그리면 큰일나는 藝術!"이라고 말한 작가의 평으로 이어지면서 절정에 다란다. 美展과 그림은 서구 문화이자 일종의 상

품이다. 그런데 서구 문화를 받아들이는 사회적 인식을 작가는 알 수 없음, 당혹, 대중과 함께 하지 않는 예술로 응축시키고 있다. 강요된 서구 문화를 체험하고 있지만 도저히 이해할 수 없는 그 지점에서 여성의 누드화는 '망측한' 대상이 되고 만다. "저런이도 잇나"라고 묻고 있는 아이의 말은 달리 해석하면 '저런 사람이 없잖아'이다. 그러니 저렇게 벌어 벗고 있는 여자는 사람이 아닌 것이다. 그것이 아무리 예술이라 하더라도 옷을 벗고 있어서는 안 된다. 이때 작가의 빈정거림은 사회적 시선의 조롱과 맥을 같이 한다. 작가는 '연애편지문학과 함께 꼭 잘 팔닐 그림'으로 평하면서 예술작품을 볼품없는 상품으로 떨어뜨린다. 설명하자면 서양화로 대변되는 서구적 근대는 '추상적인 이미지'와 '육체의 드러남'이지만, 그것을 받아들이기에는 아직 시간이 필요하다. 따라서 식민지적 근대는 예술이라면 '명확'해야 하고 육체는 '감춤'에 아름다움이 있다는 수준에 있다. 특히 여성의 나체에 알레르기 반응을 보이고 있는 것은 사회적 의식이 아직 노출보다는 감춤 속에 여성의 아름다움이 존재한다고 여기고 있기 때문이다.

'알 수 없음'과 '나체'로 다가온 서구적 근대를 작가는 '민망과 해괴망측'으로 여과시키면서 그것이 '우리 것'이 아님을 확인한다. 동시에 작가는 만화와 만평을 통해 식민지적 근대가 '우리 것이면서도 서구적'인 근대로 형성해 나가고 있는 지점을 정확하게 표현하고 있다. 따라서 억압체제에 굴하지 않는 소년의 기상, 일제의 출산정책의 규율 속에서도 중년 여성이 든 '자식을 낳거든 계집애를'이라고 씌어진 깃발, 서구문화를 체험함에 있어 여성의 아름다움이 드러냄보다는 감춤으로 대체되는 그 지점은 규율 권력과 서구적 근대에 전적으로 함몰되지 않으면서 식민지적 근대를 확보하는 자리인 것이다.

3. 전근대와 근대의 아니러니

만화와 만평에 나타난 근대적 여성상은 일단 서양의 외피를 두르고 있다. 시대에 따라 머리 모양과 옷의 맵시만 다를 뿐이지 서양적 이미지를 추종하고 있기는 마찬가지라는 뜻에서 그러하다. 만화와 만평에서 서구적 근대를 표상하는 것은 단발머리와 뾰족구두, 그리고 짧은 치마15)이다. 「유선형시대」(사해공론, 1935. 10)라는 만화는 네 컷 이상의 연속된 줄거리가 있는 코믹스로, 여성의 몸 관리와 유행에 주목함으로써 근대여성의 표상을 만들어간다. 그런데 육체는 유선형으로 바뀌었지만 그것을 받아들이는 삶의 방식은 여전히 부적응의 상태에 있다. 이런 부조화의 상태를 보여주고 있는 이 만화의 작가는 유행하고 있는 육체적 미인의 상을 '유선형'으로 못 박음으로써, 사회적 인식이 이미 한복에 가려진 육체에서 '유선형'으로 드러나거나 변화하고 있음을 보여준다.

그런데 이때 옷은 양장일 수도 있지만 한복일 수도 있다. 이런 외양을 통해서 작가가 짚어내고자 하는 것은 여성들을 바라보는 당대 사회적 인식이 이중적이라는 것이다. 마찬가지로 외양뿐만 아니라 의식에 있어서도 아이러니적이다. 따라서 외피든 의식이든 이 지점에서 어설픔은 만들어진다. 한복과 양화가 어설프게 어우러진 모습이라거나, 겉으로는 한복을 입고 쪽찐 전통적인 여성상을 하고 있지만, 여성상위시대를 남편에게 지도하는 여성상의 부조화는 이를 단적으로 보여준다. 만화와 만평에서 나타난 여성들은 외양에서뿐만 아니라 의식에 있어서도 어설픔과 부조화의 상태, 다시 말하면 전근대와 근대가

---

15) 「신춘만화걸작집」(신여성, 1933. 1)에 있는 두 컷짜리 만화 참조.

마구 뒤섞인 형상으로 표현된다.

근대적 여성을 표상하는 인식의 척도로 우리는 자유연애와 여성상위시대를 들 수 있을 것이다. 『신여성』(1932. 8)에 실린 「신여성 지상 납량 해외 만화 팔엽」에는 여덟 편의 만화가 실려 있다. 해외 만화 중에서도 여덟 편의 만화가 꼽혀『신여성』에 실린 이유는 당대 문화적 코드를 지니고 있었기 때문일 것이다. 그 중 아홉 컷짜리 만화「情死未遂」〈그림 6〉는 자유연애지상주의라는 당대 문화적 코드를 잘 표현하고 있어 편집자에 의해 선택된 것으로 보인다.

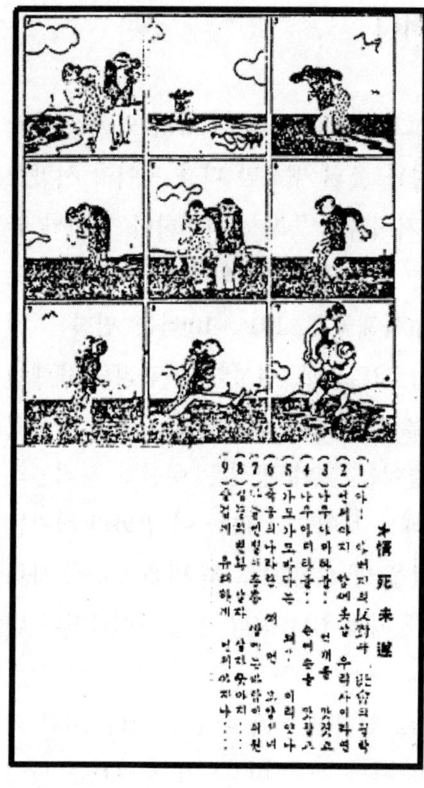

〈그림 6〉

(1) 아! 아버지의 반대와 사회의 핍박 (2) 언제까지 함께 못살 우리사이라면 (3) 나무아미타불! 어깨를 맞겯고(?) (4) 나무아미타불! 손에 손을 맞잡고 (5) 가도가도 바다는 왜? 이리 얇나 (6) 죽음의 나라란 꽤 먼 모양이네 (7) 하늘엔 별이 총총 땅에는 바람이 시원 (8) 심경의 변화 살자 살자 끝까지…… (9) 즐겁게 유쾌하게 언제까지나

위 인용은 만화에 대한 설명 부분이다. 이들 연애가 축복받지 못

한 이유가 '아버지의 반대와 사회의 핍박'에 있다. 여기서 '사회의 핍박'은 예사롭지 않다. 이때의 '사회의 핍박'은 사회가 인정하지 않는 연인이나 남녀 관계에서 오는 부메랑일 것이다. 그렇다면 추측하건대 유부남과 신여성의 자유연애임을 어렵지 않게 도출해낼 수 있다. 언제까지나 함께 할 수 없다면 죽음을 택하는 것이 낫지만 그들이 죽기에 세상은 너무 아름답고 청청하다. 이들은 '아버지의 반대'를 설득할 방도도 없으며 '사회적 핍박'을 외면할 도리도 없다. 그래서 그들은 사회적 통념과 무관하게 즐겁고 유쾌하게 살자고 맹세한다. 단지 정신승리법이라 할 수 있는 타협만이 있을 뿐이다. 여기서 '사회적 핍박'은 서구적 근대라 할 수 있는 자유연애사상이 사회구성원들의 부정적 시선에 의해 걸러지는 지점이고 '정신승리법'은 자유연애를 실천하는 자들이 동요하는 지점이다. 동요는 따가운 사회적 시선을 벗어나기도 어렵거니와 그렇다고 삶에서 그들의 정당성을 펼 수 없는 지점에서 일어난다.

『신여성』(신여성, 1933. 1)에 있는 코믹스 「살사리와 뚱뚱이」〈그림 7〉에 나타난 여성의 상은 아주 복잡하고 양면적이다. 「살사리와 뚱뚱이」[16]에 나오는 부인은 여성상위를 누린다는 근대적 이미지와 한복에 쪽진 머리를 하고 있는 전근대 이미지가 묘하게 중첩되어 나타난다. 이 만화는 남편의 우스꽝스러운 언행을 통해 가정이 여성중심으로 재빠르게 재편되는 과정을 보여준다. 그런데 이때 작가의 시선은 여성 상위시대로 재편되고 있는 가족의 시대적 흐름을 읽고 있지만, 그런 여성에서 점수를 후하게 주고 있지는 않다. 여성우위의 가

______

16) 이 만화는 연재만화 형식을 취하고 있는데, 총 11컷으로 13면부터 시작하여 36면까지 군데군데 컷이 들어가 있다. 이 코믹스는 면수를 달리함으로써, 연재만화가 노리고 있는 궁금증과 기대감을 충분히 살리고 있다.

<그림 7>

족제도 재편 과정에서 당당해진 아내는 뚱뚱한 몸매에 쪽진 머리형, 그리고 한복을 입고 나온다. 결국 구식 외형이 드세고 우악스럽게 표현되고 있는 것은 작가가 여성우위를 누리고 있는 여성을 못마땅하게 여기고 있는 사회적 인식을 가감 없이 보여준 것에 지나지 않는다.

반면 부인의 시선을 벗어나 남편이 눈을 파는 여성은 양 갈래 머리 묶음과 짧은 치마, 그리고 양산을 들고 있는 형상을 하고 있다. 그렇다고 미인의 상이 서구적 이미지를 전적으로 추종하고 있는 것도 아니다. 미인으로 인식되고 있는 이 여성은 한복과 양장이 어설프게 어우러졌다. 외양과 의식의 부조화 혹은 외모의 어설픔은 근대와 전근대가 섞여 있는 지점이기도 하지만, 여성에 대한 인식이 균열을 보이고 있는 곳이기도 하다.

한복을 입고 있지만 우악스럽고 거칠 것 없는 아내, 분명 서구적 이미지를 지니고 있음에도 어딘지 모르게 한국적인 여성상을 지울 수 없는 '미인'은 당대 근대적 여성 이미지를 규정지어 나가는 과정에서 파생한 여성상들이다. 따라서 여성상은"서구 여성과는 분명히 달리 민족 전통의 특징들을 드러내야 했지만 동시에 근대적"[17]이어야 하는 아이러니의 지점에 놓여 있다. 당대 사회적 인식이 지니고 있었던 여성과 미인은 일제의 규율 권력 속에서 이루어지고 있는 서구적 혹은 근대적이라는 것이 전통적 이미지와 인식이라는 여과장치를 거치면서 내면화된 근대 여성인 셈이다.

이제 한복을 입고 있으면서 다소곳한 여성상은 당대 코드에 맞지 않을뿐더러 다른 한편으로 서구적인 여성상을 전적으로 미인으로 추켜세울 수도 없는 것이다. 그만큼 사회는 전통적인 여성상을 그리기에는 너무 멀리 왔고 서구적인 여성상을 그리기에는 아직 어설프다. 그러니까 만화와 만평에 나타난 여성상은 외양이든 의식이든 서구적인 근대의 상을 지녀야 하지만 여전히 전근대적인 여성상을 포기하고 있지 않는 수준에 있다.

---

17) 강내희, 「한국의 식민지 근대성과 충격의 번역」, 『문화과학』 31호, 2002. 가을, 87쪽.

4. 신여성의 희화화

근대적 여성 이념인 자유연애는 여성성의 희화화가 가장 잘 일어나고 있는 부분이다. 자유연애에 대한 여성의 집요함에 독자로 하여금 야유를 보내게 하는 만화와 만평은 여성에 대한 인식의 지점을 정확하게 보여준다. 「만화 ① 煙突女」(신여성, 1931. 11)라는 제목을 달고 있는 만화는 결혼을 하지 않겠다는 항거의 표시로 굴뚝에 올라앉아 내려오지 않는 여성의 모습을 담고 있다.

어머니: 저년이 굴뚝에는 왜 올라갔나
딸: 안 내려갈테야
아버지: 이년아 시집을 안가면 고만이지 하필 굴뚝에 앉아야 맛이냐
— 〈그림 8〉의 대화

〈그림 8〉

부모의 시선에 딸은 가당찮다. 여기서 부모의 시선은 작가 혹은 사회적 시선으로 보아도 무방할 것이다. 그래서 그런지 '이년저년'은 예사고 왜 '하필 굴뚝에 앉아야 맛이냐'고 핀잔을 준다. 이 만화는 코론타이 연애관을 설명하는 부분에 들어간 만화이다. 따라서 굴뚝은 '프로레타리아 혹은 노동자의 선봉'이라는 상징성을 지닌다. 따라서 '여성 노동자 파

업'을 빗댄 만화로 볼 수 있다. 하지만 말풍선과 다름없는 아버지의 말 중 '시집을 안가면 고만이지', '하필', '맛이냐'을 통해 상징성을 비웃고 있음이 확인된다. 이것이 그림 그대로 '여성노동자 파업'을 빗댄 것이라면 '시집을 안가면 고만이지' 대신 '일 안하면 고만이지'라는 대화가 이어졌을 것이다. 이때 작가는 파업을 실천하는 여성들을 '시집을 안 가는 여성'과 등치시킴으로써, 여성노동자와 독신주의를 묶어 근대 여성의 당돌함에 난처해 할 뿐이다. 서구적 근대 이념을 실천하는 여성을 비아냥거림으로써, 작가는 이런 여성에게 부정적 시선을 보내는 사회적 인식을 포착한다.

「옛날의 연애와 지금의 연애」(신여성, 1926. 3)라는 제목을 달고 있는 카툰에 해당되는 만화 〈그림 9〉 역시 같은 맥락에서 설명이 가능하다. 지금의 연애가 옛날의 연애와 비교했을 때, 여성은 훨씬 적극적이고 집요하다. 이것은 사회적 인식을 제대로 포착한 만화가의 시선이다. 여성이 남성을 쫓는 연애의 형태가 서구적 근대를 표상하고 있다면, 그러한 근대 여성을 작가가 어떻게 그리고 있는가라는 지점은 서구적 근대가 분열을 보이고 있는 곳이다. 남자의 모자가 벗겨지면서 흘리는 땀과 여성에게 잡혀서 찢어진 옷, 그리고 여

〈그림 9〉

성이 남성을 쫓다가 남겨진 구두 끌림은 적극적인 근대여성을 볼썽사나움, 우스꽝스러움, 가벼움으로 내친다. 특히 남성의 진땀과 두려운 표정은 벗겨진 모자와 어울려 여성을 상당히 위협적인 존재로 그려내고 있다. 남성의 표정은 두려움을 넘어 '죽을 맛'이다. 이 만화는 남성의 표정을 통해서 역으로 여성의 집요함에 '지나침'과 '당혹'이라는 함의를 입힘으로써 야유와 비난을 유도하고 있다.

따라서 근대적 여성에 대한 인식은 상당히 복잡한 것으로 보인다. 여기에는 당혹스러움을 준다는 것, 진땀나는 일이라는 것, 잘못하면 남에게 피해를 줄 수도 있다는 것 등 부정적이고 적응하기 힘든 어떤 함의가 들어 있다. 이때의 함의는 "남이 먹다 남은 음식이나 입던 의복을 입으라 하면 온갖 여성들은 다 싫어하지만은 남이 데리고 살던 남자와 연애를 하라면 그것은 더러워하지 않을 뿐 아니라 도리어 달게 생각하니 그것이 무슨 심리인가"[18]에서 명확하게 드러난다. '자유연애'라는 서구적 이념을 받아들이는 데에 있어서 사회적 인식의 이중성을 작가는[19] 희화화를 통해 표현하고 있다. 그러므로 여성의 상은 서구적이어야 하지만 그것의 추종이 결코 지나치지 않아 조신한 기품을 지니는, 다시 말하면 전근대적인 전통적 여성상이 가미되는 수준에 있다.

『신여성』(1925. 6·7)에 나타난 만평 〈그림 10·11〉에서는 여성에 대한 부정적 인식이 천박함으로 희화화된다. 만평에 표현된 여성은 단지 서양 흉내를 낸 어중이떠중이일 뿐이다. 품격이 없는 것이다. 그

---

18) 관상, 「女性의 雜觀雜評」, 『신여성』, 1926. 3, 52쪽.

19) 이때의 시선은 남성이 여성을 바라보는 시선이다. 자유연애라는 똑같은 이념을 놓고도 남성의 경우는 오히려 '시대의 모순을 고민하는 상'으로 표현된다. 하지만 여성의 경우 천박의 수준으로 떨어진다.

래서 학교에 입학한 지 얼마 되지 않아 작성한 시간표는 무용지물이 되고 여학생은 지금 연애서적에 빠져 있다. 「신여자백태」(신여성, 1924, 여름특별호)에서 묘사된 여학생 〈그림 12〉들은 '요리집 사람이나 기생'으로 희화화된다. 여학생들은 속이 훤히 들여다보이는 옷감을 찾느라 정신이 없다. 작가는 "개화가 더 되야 벌거벗고 단기게 되면 우리는 무얼해먹나"라는 포목점 주인의 말을 빌려 여학생들의 천박함을 비웃고 있다. 뿐만 아니라 신여성일수록 일어나는 시간이 오정에 가깝고 치장하는 시간이 '두시간삼십분'이나 되니 기생과 진배없다고 조소한다. 그들은 모두 서양의 외피만을 흉내낸 천박한 여자, 품위를 지키지 않은 여자, 조신하고 조촐한 겸허가 없는 여성들로

〈그림 10〉

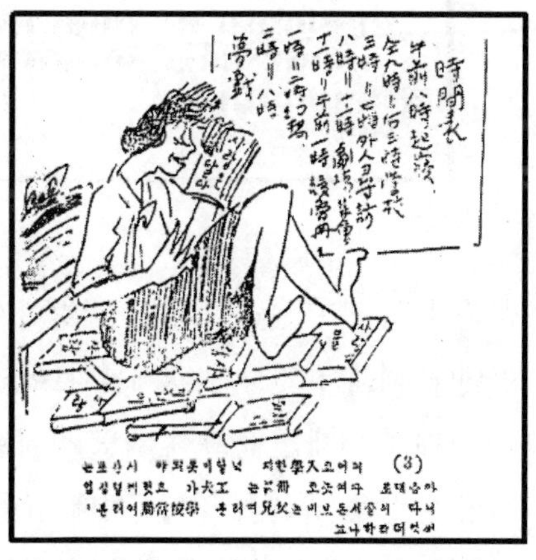

〈그림 11〉

그려진다. 신여성이 천박, 품격없음, 가벼움, 한심함, 조롱꺼리로 내몰리고 있다. 달리 말하자면 근대화란 "육체의 변형으로부터 시작하여

〈그림 12〉

상품화되는 과정을"[20] 겪기 마련이지만, 작가는 상품화 혹은 서구적 근대에 대해서 긴장된 경계를 보이고 있는 것이다.

근대적 매체는 문화적 제도 장치로서의 역할을 담당하면서 근대적 여성의 상을 규율해 갔다. 이때 규율 안에는 근대적 신여성에게 '선구적'이고 '진보적'인 표현을 쓰기도 하지만 실제 그것이 행동으로 구체화되었을 때 사회적 인식은 경계심을 보이면서 '경박'의 수준에

20) 유선영, 「육체의 근대화: 할리우드 모더니티의 각인」, 『문화과학』 24호, 2000, 겨울, 237쪽 참조.

묶어두려는 모순이 작동한다.

그렇다면 그들이 바라는 근대적 여성의 상은 명확해진다. 단지 근대외피를 두른 근대 여인상과는 달리 그들은 차분한 여성, 즉 단호함과 적극성 속에서도 지킬 것은 지킬 줄 아는 여성을 원하고 있었던 것이다. 여기서 지킬 것은 '남이 데리고 살던 남자'를 가까이 하지 않는 예의와 품격인 것이다. 이때 예의와 품격은 남성 중심적 사고가 개입되고 있음은 물론이다. 이것은 양장을 한 근대적인 여성에게 한복을 차려입은 여인처럼 기품과 지조를 고대하는 것과 같은 이치이다. 결국 근대적인 제도와 사회의 틀 안에서 자기 분수와 자리를 지킬 줄 아는 그 지점 즉, 근대가 기존의 전통적 이념에 의해 여과되는 그 지점이 바로 한국 사회가 요구한 여성의 교양과 지적 수준이다. 이 지점이야말로 서구적 근대를 단지 근대로 받아들일 수 없는, 즉 삶에서 재조정이 이루어져 식민지적 근대 여성의 상이 탄생하고 있는 지점이다.

5. 마무리

서구적 근대와 식민지적 근대를 구분하면서, 식민지적 근대를 근대성의 한 모델로 보는 전제 하에서 이 글은 출발하였다. 하지만 이때 식민지적 근대는 끊임없이 동요하면서 협력과 저항의 양면적인 모습을 보이는 회색지대, 즉 서구적 근대와 대립하면서도 착종되는 복합성을 지닌다. 설명하자면 서구적 근대가 기존의 전통이나 이념을 만나면서 그것이 그대로 사회구성원들에게 답습되지 않으며 오히려 사회구성원들은 그것을 전통과 교합하는 지점에서 서구적 근대와는 다른 식민지적 근대를 형성해 나간다는 것이다. 일련의 이런 과정을 '번역'의 과정으로 설명한 경우도 있지만, 본 글에서는 내면화의 과정으로 보았다.

이와 같은 식민지적 근대의 형성과정을 살펴보기 위해 이 글에서는 특히 잡지에 실린 만화와 만평에 보이는 여성에 주목하였다. 만화와 만평에 나타난 여성을 통해 식민지적 근대를 들여다보고자 한 것이다. 이때 작가의 의식은 단지 작가의 의식에만 머물지는 않는다. 왜냐하면 당대 시대정신과 사회의 관심을 제대로 읽어야만 하는 것이 만화가의 일차적인 역할이기 때문이다. 이때의 사회적 인식은 남성중심임은 물론이다. 따라서 이 글에서 작가의 의식은 사회적 의식으로 확대되며 때때로 사회적 시선 혹은 인식으로 표현을 달리하기도 하였다.

만화와 만평을 통해서 드러나는 여성에 대한 작가의 의식은 아이러니와 희화화라는 방식을 통해서 표출되고 있다. 아이러니와 희화화라는 방식을 통해서 표현되고 있는 여성상은 사회적 의식이 이중성을 지니거나 균열된 지점이 있음을 반증한다. 만화와 만평에 표현된 여성의 상은 서구적 이미지를 지니고 있음에도 어딘지 모르게 한국적인 여성의 상을 지니고 있다. 이때 여성상은 서구적이면서도 서구 여성과는 다른 민족 전통의 특징들을 드러낸 내면화된 여성이다. 그러니까 만화와 만평에 나타난 여성상은 외양이든 의식이든 서구적인 근대의 상을 지녀야 하지만 여전히 전근대적인 여성상을 포기하고 있지 않다. 이쯤 되면 신여성들이 서구적 근대로 자유를 누리지만 이상화된 이미지에 의해 비판의 대상이 되거나, '민족의 미래'로 이상화되기도 하지만 때로는 '예의가 부족한' 여성으로도 비난받는 것도 이런 맥락에서 이해가 가능해진다. 사실 근대적 여성에게 바라는 사회의 통념은 신지식을 갖춘 여성보다도 통찰력 있는 사고와 이에 따르는 행동을 갖춘 지성인이었다.

이런 상황으로 몰고 간 작가 내지 사회적 의식은 여성에게 신지식을 배운 여성이기를 고대하면서도 단지 신지식을 알고 있는 여성에 국한되지 않는 이중성을 지닌다. 이때 여성이라는 언표에는 지식만이 아니라 예의를 갖추거나 슬기로움을 가지고 있는 사람이라는 사회적 내포가 들어 있다. 이때의 예의와 슬기로움은 전근대적 이념과 인식에 의해 좌우된다. 왜냐하면 서구적인 여성의 외양과 의식으로의 변화에 수긍을 하면서도 충격으로 다가오는 서구적 표상들을 밀쳐내는 과정을 통해 그것이 전근대적인 인식과 교합과정을 거치기 때문이다. 이때 여성상을 통해서 드러나는 아이러니와 희화화라는 작가의 표현은 서구적 근대에만 침잠되지 않는, 즉 서구적 근대를 추종하면서도 식민지적 근대로 서고자 하는 복합성의 지점을 지닌 사회적 의식을 제대로 포착한 작가의 주체적인 표현이기도 하다.

그렇다면 그들이 바라는 근대적 여성의 상은 명확해진다. 단지 근대외피를 두른 근대 여인상과는 달리 그들은 차분한 여성, 즉 단호함과 적극성 속에서도 사회가 인정한 예의를 지킬 줄 아는 여성을 원하고 있었던 것이다. 이때 '정숙한 여성' 혹은 '기품이 있는 여성'을 요구하는 지점이야말로 서구적 근대를 단지 근대로 받아들일 수 없는, 재조정이 이루어져 식민지적 근대 여성의 상이 탄생하고 있는 지점이다.

잡지의 서적 광고와 내면화된 근대

―『청춘』과 『개벽』을 중심으로

김 한 식 (상명대학교 교수)

1. 연구의 방향

이 논문은 근대 초기 잡지에 실린 서적 광고를 통해 '근대'가 개인과 사회 속에 어떻게 내면화되었는가를 살피기 위한 글이다. 이는 좁게는 상품을 광고하는 광고주들[1]의 생각을 읽어내는 작업이 될 것이며 넓게는 근대가 대중들의 삶 속으로 내면화되는 과정을 추적하는 작업이 될 것이다.

근대 초기의 광고가 어떤 목적과 방법으로 소비자를 자극하는 가를 살피는 일은 근대의 내면화 과정을 추적하는 매우 유용한 통로가될 수 있다. 광고는 소비자의 취향과 함께 취향을 이끌어가는 '앞선' 사람들의 의식을 읽을 수 있는 텍스트이기 때문이다. 주지하다시피근대 초기 잡지에 실린 서적 광고는 단순한 상품 광고 이상의 의미를

---

1) 많은 경우 광고주는 잡지사와 겹친다. 이 글에서 살피게 될 『청춘』과 『개벽』의 경우 다수의 광고가 잡지의 모(母)출판부에서 발행된 책이었다. 이에 대해서는 본론에서 다시 살필 것이다.

가지고 있었다. 이는 상품으로서의 서적이 갖는 특수성에서 기인하는
바, 서적은 단순히 소비되는 물건이 아니라 근대를 보급하는 중요한
매체이기도 했기 때문이다. 애초에 출판 '운동'이 '민족 자강과 계몽
의 열정'의 의해 이루어졌기에 그 광고의 내용에도 다른 상품의 광고
가 따르지 못하는 절실함과 의지가 담겨 있었다. 비록 모든 서적이
계몽적 의도에 의해 출판된 것도, 모든 서적 광고가 그것을 표나게 내
세운 것도 아니지만 잡지의 서적 광고에 공통적으로 흐르고 있는 시
대정신은 광고를 광고 이상의 것으로 여기게 만들었다 할 수 있다.[2]

　　이 글이 다양한 광고 매체 중 잡지를 텍스트로 삼은 이유는 광고
가 갖는 상업적 성격과 당시 서적이 갖는 계몽적 성격을 균형 있게
살펴보는 데 신문보다 잡지가 유용하다고 판단했기 때문이다. 물론
신문에 실린 광고와 잡지에 실린 광고가 그 본질에 있어 큰 차이가
있는 것은 아니다. 오히려 자본주의 시대의 꽃으로서 광고는 신문에
더 잘 어울린다고 볼 수도 있다. 광고의 양과 대중적 영향력에서 신
문의 그것이 잡지의 그것에 비해 우월했으리라는 짐작도 가능하다.
신문은 발행부수도 많았을 뿐 아니라 발행 횟수에서도 잡지와 비교
할 수 없었다. 그럼에도 불구하고 당시 잡지가 갖는 매체적 특수성은

---

[2] 광고주들에게 서적 생산은 경제적 이익을 얻기 위한 수단이라는 의미 외에 시대가
필요로 하는 지식과 감상의 보급을 의미했다. 또 소비자들에게 서적은 변화하는 세계
에 적응하기 위한 학습의 도구임과 동시에 새로운 정보의 보고였다. 여기서 서적을
통해 긴급히 보급되고 학습되는 각각의 내용들을 통칭하여 '근대'라 부르는 데 무리
가 없을 듯하다. 출판이 박래적 성격을 갖는 제도였다는 사실은 '근대'가 박래적 성
격을 띤 것과 크게 다르지 않았고, 서적들이 전하고자 한 '필요'하고 '긴급'한 것의
내용이란 이 '근대'라는 제도와 다르지 않았다. 따라서 서적 광고가 주장하고 있는
내용들은 그것 자체로 내면화된 근대의 한 표현이라 할 수 있으며 광고를 통해 이루
어지는 작업 역시 근대의 내면화 작업이었다 할 수 있다. 근대에 대한 광고주들의 의
식은 소비자들에게 전파되어 더욱 제도화된 근대의 상으로 확정되어 갔다.

잡지에 실린 광고를 특별히 연구해야 하는 충분한 의미를 부여한다. 잡지의 독자층은 신문의 독자층에 비해 매우 제한되어 있었는데, 그 제한은 광고에도 영향을 미쳤던 것으로 보인다. 신문이 일회적이며 동시에 연속적이라는 특성을 갖는데 비해 잡지는 발행의 목적이 뚜렷했고 독자들의 성향도 신문 독자들의 그것보다 분명했다고 할 수 있다. 또 잡지는 신문에 비해 제도적 지식, 혹은 지식의 제도화에 보다 깊은 관심을 가진 매체였다. 체계화된 근대지식의 구축과 그것의 사회적 보편화라는 사명에 대한 근대 초기 잡지 편집인들의 문제의식은 분명했다.[3] 형식면에서도 신문과 잡지의 광고에는 차이가 있었다. 신문 광고가 이미지에 의지하는 짧은 광고 위주였던 데 비해 잡지 광고는 전달하고자 하는 내용을 상세히 풀어 설명해 주는 방식을 택했다. 신문 광고가 상품의 이미지와 인상을 통해 소비를 부추겼다면 잡지 광고는 상품의 특성을 설득하기 위해 독자에게 '호소'하려 했던 셈이다.

본 논문에서 전제하고 있는 '근대 사상'의 내용은 사회진화론—개조론—문화운동론으로 이어지는 민족주의 우파의 '실력양성 운동론'이다.[4] 이는 국내에서 무장 투쟁의 운동방식이 잦아들고 1920년대 중반 사회주의가 본격적으로 소개되기까지 우리 지식인들이 민족을 고민하고 독립을 고민했던 중심 사상이기도 하다. 서적 광고의 양상과

---

3) 한기형, 「근대잡지와 근대문학 형성의 제도적 연관」, 『대동문화연구』 제48집, 2004, 36쪽.

4) 사회진화론, 개조론, 문화운동론은 민족주의 우파의 사상이라는 면에서는 함께 이야기 될 수 있지만 사상사적인 면에서 함께 묶기에는 역사적 배경과 관심의 초점이 다르다고 할 수 있다. 여기서는 이 사상들의 공통된 기조를 이야기하자는 것이지 각각의 차이를 무화시키자는 것은 아니다. 광고나 논의의 성격에 따라 구체적인 적용은 달라져야 할 것이다.

주요한 서적 광고의 내용 분석을 통해 근대에 대한 이러한 생각들이 어떻게 광범위하게 내면화되는지 확인하게 될 것이다.

2. 근대 제도로서의 광고

근대가 제도를 통해 시작되는지, 제도로서 완성되는지 분명히 구분하여 말하기는 어렵다. 이 때 제도는 주체의 필요에 의해 생산된 것이기도 하고 타자에 의해 강요된 것이기도 할 터인데, 단순히 그 선차성을 말하는 것은 그리 유용한 일이 아니다. 근대란 기본적으로 혼란과 혼합, 그리고 과거·현재·미래의 동시성으로 현상하는 것이 보통이기 때문이다. 특별히 시대적 요구에 선구적으로 반응하는 몇몇 집단과 개인을 제외하고는 이러한 비동시적 동시성 속에서 만들어지는 근대 제도를 다시 자신의 것으로 내면화하는 순환이 근대 경험이라 할 수 있다.

그러나 우리의 경우 근대를 이야기한다면 무엇보다도 근대 제도를 문제삼아야 한다. 우리가 피부로 경험하게 된 근대는 역사철학적 의미로 설명되고 내적 특수성의 발현으로 자연스럽게 이루어진 것이 아니었다. 우리에게 근대는 문명과 야만의 이분법, 발전과 쇠퇴의 이분법 속에서 앞선 것과 뒤진 것을 구분하는 절대적 기준이 되는 척도로서 받아들여졌다. 혼합과 비동시적 동시성 속에서도 근대 제도는 그것 자체로 문명의 기호로 해석되었다. 비록 이 문명의 기호들은 우승열패(優勝劣敗)의 사상에 일방적으로 기울어져 있었고, 열(劣)을 우(優)로 만들 수 있는 유일한 방법으로 여겨졌지만 말이다.[5]

근대에 대한 이러한 생각은 근대 초기 광고에서도 그대로 드러난다. 광고가 기본적으로 상품 구매를 독려하는 제도임에도 불구하고 그것은 실용의 측면과 함께 열(劣)을 이기고 우(優)가 되기 위한 방법을 애써 강조하고 있었다. 이는 서적 광고에서 특히 두드러진데, 서적 광고는 단순히 서적의 내용을 전하는 데 그치는 것이 아니라 서적을 통해 무엇을 얻을 수 있는지, 우리에게 서적의 내용이 왜 필요한지를 끊임없이 이야기하고 있다. 일상생활의 도움이 된다는 것 외에 '특별한 목적'을 전제하고 있으며 그것은 우리가 따라가거나 이루어야할 근대라는 목표와 긴밀하게 연관되어 있었다.

1) 근대 초기 서적 광고의 특성

광고가 자본주의 근대를 대표하는 제도의 하나인 이유는 그것이 상품과 직접 관계되어 있기 때문이다. 대량으로 생산된 상품을 판매할 소비자를 찾는 작업이 곧 광고이며, 광고의 안내에 따라 소비자는 상품의 순환에 참여하게 된다. 우리나라 최초의 상품 광고가 실린 신문은 『한성순보』 1886년 2월 22일자(제 4호)인데, 이 신문 17, 18쪽에는 '德商 世昌洋行 告白'이란 첫줄로 시작된 24줄 광고가 게재되었다.[6] 세창양행은 개항 이후 인천에 지점을 두고 조선에 물품을 판매하던 독일계 상점이었다.[7]

---

5) 우승열패의 신화에 대해서는 박노자, 『우승열패의 신화』(한겨레신문사, 2005), 『나는 폭력의 세기를 고발한다』(인물과 사상사, 2005) 참조.

6) 신인섭 · 서범석 공저, 『한국광고사』, 나남출판, 1998, 27쪽.

7) 1880년대 초에 이르러서는 일본 상인은 물론이거니와 독일계의 세창양행(Edward Meyer), 영국의 이화양행(Jardine Matheson), 광창양행(Bennet & Co), 함릉가양행(Homele Ringer & Co), 미국의 타운선양행(Townsend & Co) 등이 인천항에 진출했다.(조기준, 『한국자본주의 성립사론』, 대왕사, 1977, 277-279쪽) (신인섭 · 서범석 공저, 『한국광고사』, 나남출판, 1998, 21쪽에서 재인용)

1900년대 이후 광고를 이끌어 간 매체 역시 신문이었다. 『한성순보』 등 개화기 신문은 물론 『동아일보』, 『조선일보』 등의 신문은 적극적으로 광고를 실었다. 1920년대에는 이미 광고의 과잉과 신뢰성을 문제 삼을 정도에 이른다. 신문에 실린 광고의 대부분은 '서양 문물'로 여겨지던 '새로운 물건'들을 소개하는 것이었다. '아지노모도', 약품, 화장품, 술, 구두, 모자 등이 가장 자주 등장하는 광고 물품이었다. 그 밖에 서적이나 상회 광고 등도 자주 볼 수 있다.[8]

출판은 시대적 요구였고, 계몽의 담론은 출판광고에도 담겨 있었다. 신문의 출판광고 유형은 두 가지로 나타나는데, 여러 발매소들이 서적 한두 종의 내용을 간략히 소개하는 경우와, 특정 서포가 자사의 판매 도서목록을 광고하는 경우가 그것이다. 도서목록에는 권수와 정가가 명시되고 있었다.[9] 잡지의 경우도 크게 다르지는 않았다. 그러나 매체 특성상 잡지에는 신문보다 적은 수의 광고가 넓은 지면을 차지하게 되는 것이 보통이다. 그에 따라 책 광고 역시 신문보다 여유 있게 실릴 수 있었다. 광고 내용이 한 페이지를 넘어가는 경우는 물론 다섯 페이지짜리 광고까지 볼 수 있었다.[10] 신문의 광고 역시 글을 읽을 수 있는 소수를 대상으로 하고는 있었지만, 잡지의 광고는 더욱 제한된 독자를 대상으로 하고 있었다.

이 시기 서적 광고에서 전제하고 있는 것은 각 개인들이 독서를

---

8) 근대 초기 광고에 대해서는 신인섭·서범석 공저, 『한국광고사』(나남출판, 1998); 마정미, 『광고로 읽는 한국 사회문화사』(개마고원, 2004); 김태수, 『꽃가치 피어 매혹케 하라』(황소자리, 2005) 참조.

9) 마정미, 같은 책, 59쪽.

10) 『청춘』 13호에 실린 스마일스의 『自助論』 광고는 총 5페이지를 차지하고 있다. 절반은 책의 장점 소개 절반은 '소년 독자에게 십조'라고 하여 소년 독자를 겨냥한 교훈적인 말로 채워져 있다. 이 책은 최근에 두 출판사에 의해 다시 번역 출판 되었다.

통해 무엇을 얻을 수 있을까 하는 실용의 측면이었다. 개화기 이전 독서는 세계에 대한 이해와 개인의 수양을 위해 행해지는 교환 가치로 환전되기 어려운 것이었다. 예전의 독서는 자체로 지고한 가치를 가지고 있었으며 그것을 통해 세속적인 무엇을 얻으려는 목적을 갖지는 않았다. 그러나 근대의 책은 상품이자 매체이면서, 또한 일종의 도구로 여겨졌다. 근대의 모든 책은 '매뉴얼manual'의 의미를 지니고 있어서, 책 속에 담긴 지식과 정보는 모두 무엇인가를 위한 기능적 가치를 지닌 것이었다.[11]

실제 서적 광고를 통해 볼 때, 이 시기라고 해서 근대적이라 불릴 만한 새로운 서적만이 출판된 것은 아니었다. 특히 근대 문학 작품이 그 안에서 차지하는 비중은 실망스러울 정도로 적었다. 주로 실용서나 위인전, 잡지가 광고의 대부분을 차지하고 있었다.[12] 최소한 광고의 경우 문학은 우월적 지위를 차지하고 있지 못했던 셈이다. 주를 이루었던 실용서나 위인전, 잡지는 모두 '어떤 종류'의 현실적 필요를 충족시켜준다고 주장하였다.

2) 『청춘』과 『개벽』의 서적 광고

신문 광고와 달리 잡지에서 서적 광고가 차지하는 비중은 매우 컸다. 『청춘』이나 『개벽』의 경우 전체 광고의 2/3 이상이 서적 관련 광

---

11) 천정환, 『근대의 책읽기』, 푸른역사, 2003, 182쪽.

12) 1920년에서 1929년까지 종별 조선문 출판물 허가 건수를 정리한 표를 보면 1위가 족보, 2위 신소설, 3위 유고가 차지하고 있다. 이어 아동물과 문집 구소설, 교육 사상, 잡류가 순위를 잇고 문예는 그를 이어 10위를 차지하고 있다. 이는 10년 간의 출판 건수를 합한 것이고 1925년 이전에는 순위는 더 아래로 내려간다.(이에 대해서는 천정환, 같은 책, 488쪽 참조)

〈표 1〉『청춘』 소재 서적 광고 표

종류	문학(30)			실용서	도서목록	고전서적(8)		위인전	잡지	종교 기타
	고전	번안	창작			역사지리	수양			
횟수	16	11	3	21	10	5	3	6	4	9

고였다. 문학 동인지의 경우 그 비중은 더욱 커서 서적 광고가 광고의 대부분을 차지했다. 1910년대 후반에서 1920년대 초반의 서적 광고 양상을 살펴보기 위해 이 장에서는『靑春』과『開闢』의 서적 광고를 서적의 종류에 따라 분류해 살펴 볼 것이다.

시기적으로 앞서는『청춘』은 최남선이 주도한 잡지로 이광수, 현상윤 등이 주요 필진으로 가담하고 있었다.[13] 이 잡지에 실린 서적 광고 횟수는 총 84회이다.[14]

〈표 1〉은 횟수에 따라『청춘』의 서적 광고를 분류한 표이다. 전체 84회의 광고 중 문학이 30회, 실용서가 21회를 차지하고 있다. 이는 전체의 60%가 넘는 많은 양이다. 다음으로 많은 것이 도서목록이다. 도서목록은 도서에 대한 상세한 소개가 아니라 새롭게 출간되었거나, 잘 팔리고 있는 서적의 제목을 나열한 광고 형식이다. 이어 역사·지리나 수양과 관계된 한문 관계 서적(혹은 번역)과 위인전, 잡지 순서로 많은 광고 횟수를 기록하고 있다. 문학은 고전과 번안이 다수를 차지하고 있는데, 고전의 대부분은 고전 소설이었다.『춘향전』,『심청전』,『홍부전』,『홍길동전』,『옥루몽』에 대한 광고가 눈에 띤다.『東

---

13) 당시 '유일'의 '계몽' 잡지라고 할 수 있는『청춘』은 단순히 서적 출판의 의미보다 '운동'의 의미가 훨씬 더 컸다고 할 수 있다. 광고의 내용과 잡지의 성향이 무관할 수는 없겠지만 이 글에서는 이에 대해 자세히 다루지는 못했다.

14) 물론 이는 현재 구할 수 있는 판본을 대상으로 조사한 것이다. 비록 결호가 있어 아쉽기는 하지만 〈태학사〉판『청춘』영인본을 대상으로 삼았다.

詩精選』과 『大東詩選』 등의 시집도 고전의 범주에 넣을 수 있을 서적들이다. 번안으로는 『프란다스의 개』를 번안한 『불쌍흔 동무』와 "Uncle Tom's Cabin"을 번안한 『검둥이 설움』이 몇 차례 실렸다. 『걸리버 유람기』나 톨스토이 작 『부활』의 번안인 『해당화』의 광고 역시 볼 수 있다. 순수한 창작물 광고는 그리 눈에 띠지 않는데 유일한 근대 소설 작품은 이광수의 『무정』으로 세 차례에 걸쳐 광고되었다.

뒤에 보게 될 『개벽』과 비교할 때 실용서의 수와 종류가 다양한 것이 『청춘』 서적 광고의 특징이다. 시기적으로 인접해 있는 『창조』의 경우도 실용서 광고는 거의 없었다.15) 이렇게 『청춘』에 다양한 광고가 실렸던 이유는 잡지 자체가 종합지, 계몽지를 표방하고 있었고, 동시대 출판의 독점적 지위를 차지하고 있었기 때문이다.16)

고전서적으로 분류한 광고에는 『삼국사기』, 『東國通鑑』, 『海東歷史』, 『練藜室記述』, 『擇里志』 등의 역사·지리서와 『擊蒙要訣』, 『茱根談』 등의 수신 관련 고전들이 포함된다. 위인전과 잡지 광고의 양은 그리 많은 편이 아니었다. 위인전의 경우 『위인 린컨』과 『홍경래 실기』가 실렸다. 잡지는 『아이들 보이』, 『새별』과 『共道』 광고가 네 차례에 걸쳐 실렸다.

『개벽』은 이돈화, 김기전 등이 주도한 천도교 잡지였지만 종교 잡지라 보기 어려울 만큼 다양한 내용의 글들이 실린 종합지였다. 『개벽』은 평균 8,000부의 판매부수와 최대 1만 부의 발행부수17)를 자랑

---

15) 물론 여기에는 『창조』의 특성이 고려되어야 할 것이다. 동경에서 발행되었다는 제약과 문학 동인지였다는 제약이 광고에도 큰 영향을 미쳤을 것이라고 짐작할 수 있다.
16) 참고로 『창조』 소재 서적 광고를 분류해 보이면 다음과 같다.

종류	잡지	문학			위인	실용	연표
횟수	26	소설	시집	번안소설	1	1	1
		3	1	4			

하기도 했다. 발행 부수와 직접 연관되는 것이지만, 『개벽』은 다른 어느 잡지보다 많은 광고를 실었다. 『개벽』은 32호까지 총지면 6,120쪽 중 667쪽을 광고에 할애하고 있는데, 그중 변수가 많은 기념호들을 제외하게 되면 총지면 4,578쪽 중 광고가 434쪽으로 평균 9.4%의 지면을 차지하고 있는 셈이다.[18] 이처럼 판매부수와 광고의 많고 적음은 잡지의 대중적 영향력과 상업적 성공을 가르는 지표로 작용할 수 있다. 잡지의 비중과 영향력을 말해주는 지표임에 틀림이 없다.

아래의 표는 『개벽』 소재 서적 광고를 그 내용에 따라 분류해 놓은 것이다.

〈표 2〉『개벽』 소재 서적 광고 표

종류	잡지	문학(49)					위인	종교	실용	사회주의	회보	서적목록	기타
		번안	소설	시	고전	창가							
횟수	106	38	2	2	2	5	20	19	13	10	5	4	9

위의 표에서 무엇보다 눈에 띠는 것은 잡지 광고가 많다는 사실이다. 『청춘』의 경우 문학과 실용서가 서적 광고의 다수를 차지했는데 『개벽』의 경우 실용서 광고 횟수는 잡지, 번안소설, 위인, 종교 서류보다 적은 13회를 기록하고 있다. 동일 서적의 광고 횟수도 많은 편은 아니어서 각 서적마다 한두 번 소개되는 데서 그쳤다. 최남선이 편찬한 『時文讀本』만 3차례에 걸쳐 소개되었다. 또 『청춘』과 확연히 구분되는 점은 사회주의와 관련된 광고가 모두 10차례나 실렸다는 사실이다. 민중사 출판사에서 발행한 『賃金勞動及資本』과 〈개벽사〉

---

17) 최수일, 『1920년대 문학과 『개벽』의 위상』, 성균관대 박사논문, 2001, 13쪽.
18) 같은 글, 24쪽.

출판부 발행의 『社會主義學說大要』 광고는 총 여덟 차례 실렸다. 사회주의 관계 서적 광고가 42호 이후에 실린 것에 비해 실용서 광고는 초기에 집중적으로 실렸다. 22호 이후에는 실용서 광고를 찾아보기 어렵다.[19] 실용서 광고가 줄어드는 시점과 사회주의 관련 광고가 등장하는 시점이 시기적으로 비슷하다는 사실도 확인할 수 있다. 이는 1923년을 전후하여 개벽의 성격이 조금씩 달라져 간 것과 무관하지 않은 현상으로 보인다.[20]

『청춘』에 비해 『개벽』에 잡지 광고가 많았던 이유는 『개벽』이 특별히 잡지를 선호해서라기보다 이 시기(1920년대 초반) 들어 발행되는 잡지의 수가 급격히 증가하였기 때문이다. 광고를 통해 볼 때 〈개벽사〉에서 발행하는 몇몇 잡지를 제외하고는 10호 이상의 지령을 기록 중인 잡지가 없었는데, 이는 잡지들이 이 시기 들어 새롭게 창간되기 시작했다는 의미로 해석할 수 있다. '문화정치'의 공간에서 '문화운동'이라는 이름으로 민족운동을 펼쳤던 당시 시대 상황의 반영이라 할 수 있다. 1920년대 초반 '문화운동'은 주로 청년회 운동, 교육진흥운동, 물산장려운동 등으로 전개되었으며, 그 주체는 역시 1910년대 새로이 형성된 신지식층이었다.[21] 그들이 선택한 여러 길 중 하나가 잡지의 발행이었다. 『개벽』 광고에 실린 잡지의 성격도 초반에는 개조론이나 문화운동을 전면에 내세우던 잡지에서 후기로 갈수록 사회주의 운동과 관련된 잡지들로 추세의 변화가 일어나게 된다.[22]

---

19) 29호에 실린 신문관 발행 『時文讀本』 광고가 유일하다.

20) 여러 차례 지적되었듯이 이 시기 들어 『개벽』은 신경향파 문학 작품이 실리는 잡지로 자리 잡게 된다. 『개벽』의 성격 변화에 대해서는 최수일의 앞의 글 참조.

21) 박찬승, 『한국근대정치사상사 연구』, 역사비평사, 1992, 168쪽.

22) 김형국의 「1920년대 초 민족개조론 검토」(『한국근현대사연구』, 2001. 겨울호집, 190쪽)에 따르면 "1920년을 전후하여 만들어진 『서광』, 『서울』, 『개벽』, 『공제』 등은 거

다음은 『개벽』에 광고를 내고 있는 잡지들의 이름과 광고 횟수를 정리한 것이다.

〈표 3〉 『개벽』 소재 잡지 광고 표

잡지명	共濟	금성	백조	普聲	사상운동	산업계	상공세계	生長	曙光	星群	신생활
횟수	2	1	1	1	1	1	1	1	3	2	2

잡지명	신여성+부인	신인간	我聲	어린이	영대	조선공론	조선농민	조선문단	조선지광	해방운동	현대
횟수	42	2	1	34	1	1	4	1	1	1	1

『개벽』에서 발행한 잡지는 『신여성』(『부인』의 개명), 『어린이』, 『신인간』 세 종이었다. 세 잡지의 총 광고 횟수는 78회로 이들 세 잡지를 제외한 나머지 잡지들의 총 광고 횟수 28회에 비해 월등히 많다. 〈개벽사〉 발행 세 잡지를 제외한 나머지 잡지의 수가 19종이므로 한 잡지 당 평균 1.5회 광고를 실은 셈이 된다. 〈개벽사〉 발행 잡지를 제외하고 세 차례 이상 광고를 실은 잡지는 단 두 종에 불과하다. 〈문흥사〉 발행의 평론잡지 『曙光』의 광고가 세 차례 연속 실렸으며, 〈조선농민사〉 발행의 『조선농민』 광고가 네 차례 게재되었다. 잡지 종류는 "사회주의 잡지"를 표방한 『해방운동』과 문예지 『조선문단』, 『생장』, 동인지 『성군』, 『금성』, 『백조』 등으로 매우 다양하다. 『산업계』(〈조선물산장려회〉 발행), 『상공세계』(〈상공세계사〉 발행), 『조선농민』은 특정 직업과 관계된 잡지라는 점에서 이전에 볼 수 없었던 잡지이다.

실용서로 분류할 수 있는 서적의 광고 횟수는 모두 13회이다. 『청춘』에 총 21번의 실용서 광고가 실린 것과 비교하면 적은 숫자라고 할 수 있다. 전체 서적 광고 양을 고려할 때 『개벽』에서 실용서의 광

의 매호마다 개조론과 관련된 글을 기재하였다"고 한다.

고 비중은 매우 낮았던 셈이다.

이를 정리하면 다음과 같다.

〈표 4〉『개벽』 소재 실용서 광고 표

서명	초서 척독	백방길 흥비결	일선대 간독	신식 척독	시문 독본	조선 문전	신자전	수학 의론	중학강 의록	문예숙어 소사전	정정주 해박보
횟수	1	1	1	1	3	1	2	1	1	1	1

3차례 광고가 실린 것은 〈신문관〉 발행의 『時文讀本』 뿐이었고, 같은 발행소의 『新字典』이 두 차례 실렸다. 나머지 尺牘류 등은 한 차례 실린 것들 뿐이었다. 물론 서적 광고만을 기준으로 『청춘』과 『개벽』의 성격을 판단하는 것은 적절하지 못하다. 『청춘』이나 『개벽』 모두 모(母)출판사에서 발행하던 잡지였고 서적 광고의 많은 부분은 모출판사의 서적 광고로 채워졌다. 그러므로 두 잡지의 서적 광고 추이는 모 출판사의 출판 경향과 떼어서 생각하기 어렵다. 『청춘』을 발행하는 신문관의 경우 고전(고소설 포함)과 실용서 출판에 적극적이었던 것으로 보인다. 그러나 『개벽』의 모출판사인 〈개벽사〉의 출판 경향은 〈신문관〉과 달리 1920년대 다양한 사회운동의 흐름을 적극적으로 수용하는 쪽이었다.

마지막으로 『개벽』 서적 광고에 등장하는 문학작품을 표로 정리하면 다음과 같다.

〈표 5〉『개벽』 소재 문학 서적 광고 표

서명	불상훈 동무	사랑의 선물	죽음의 나라로	일허진 진주	목숨	김공작 의애상	생명의 과실	바이론 시집	승천하 는청춘	세계일주 동화집	옥루몽	허생전
횟수	2	30	2	1	2	1	1	1	2	1	1	1

위 표에서 확인할 수 있듯이 문학작품 광고의 대부분을 차지하고 있는 것은 번안소설이다. 잡지『개벽』은 100여 편의 소설과 500여 편의 시, 150여 편의 수필을 실었고 독자적인 문예란을 마련할 만큼 문학에 큰 비중을 두고 있었다.[23] 그 중에는 창작의 비중이 결코 적지 않았다. 현진건의 중요한 소설들, 염상섭의 초기작들, 프로 문인들의 초기작들, 김억과 김소월의 많은 시들이『개벽』을 통해 발표되었다.『개벽』의 이러한 성격에 비추어 본다면 실제 서적 광고에서 창작이 차지하는 비중은 매우 적었다고 할 수 있다.『개벽』의 중심인물로『어린이』를 운영하기도 했던 방정환이 번안한 동화집『사랑의 선물』이 광고 횟수에서 압도적으로 많은 수를 차지하고 있다. 김동인 창작집『목숨』과 巴人 시집『승천하는 청춘』이 창작으로 분류할 수 있는 서적이다.『청춘』과 비교해 볼 때 고소설이 줄어든 점도 확인된다.『옥루몽』과『허생전』광고가 한 차례씩 실렸을 뿐이다.

군이 고소설이 아니더라도『개벽』광고에서는 동양고전을 찾아보기 쉽지 않다. 우선은 1910년대 후반과 비교하여 동양 고전이 갖는 교양으로서의 의미가 적어졌을 가능성에 대해 생각할 수 있다. 또『개벽』의 전반적 경향과 연관시켜 생각할 수 있다. 주지하다시피『개벽』은 당시 지식인 사회에서 큰 흐름을 이루던 문화주의, 개조론, 사회주의 등과 연관되어 있었다. 근대 지식인들의 입장에서 이러한 사상적 조류들은 '서구 따라잡기'와 관련되는데, 이것들은 근대화의 선두주자였던 서구열강들의 사상이며, 동시에 이미 세계사적 추세로 보편성을 획득하고 있는 사상들이었다. 낡은 사상과 사회제도에 찌들어 있었던 식민지 백성들에게 새로운 사상은 '새로운 현실'을 의미할 수

---

23) 최수일, 앞의 글, 13쪽.

있기 때문이다.[24] 이러한 계몽적 관점에서 과거의 사상과 정서를 담은 고전에 대한 관심을 뒤로 밀려날 수밖에 없었던 셈이다.

개화기 이래 중요한 출판 사업 대상이었던 위인전 광고는 총 20차례 실렸다. 〈개벽사〉에서 야심적으로 기획해 출간한 『朝鮮之偉人』이 가장 많은 광고 횟수를 기록했고, 단행본 광고로는 『李忠武公全書』, 『林忠愍公實記』, 『위인 린컨』, 『세계개조 十大思想家』가 실렸다.

3. 서적 광고에 드러난 내면화된 근대

앞장에서는 『청춘』과 『개벽』에 실린 서적 광고의 횟수와 그것이 갖는 의미에 대해 살펴보았다. 이 장에서는 각각의 광고가 어떤 내용으로 독자에게 호소하고 있는지를 몇 가지 예를 들어 살펴볼 것이다. 주로 『개벽』을 중심으로 목록을 통해 비중 있게 다루어졌으며 광고주의 생각이 분명하게 드러나는 주제를 선택하였다. 다양한 광고의 양상들을 살펴보는 것이 바람직하겠지만 여기서는 위인전과 잡지 두 항목만을 살펴볼 것이다.

1920년대 초반 문화운동에는 신문화건설·실력양성과 정신개조·민족개조 등이 혼재해 있었다. 신문화건설·실력양성론과 정신개조·민족개조론은 한말 자강운동기와 1910년대의 사회 진화론적 세계관과 문명 개화론에 입각한 '실력 양성론' '구사상·구관습개혁론' 등을 계승하면서도, 이 시기 새롭게 전래되어 온 '개조론'과 '문화주의', '강력주의'와 다시 부활된 '사회진화론'에 의해 그 논리가 보다

---

24) 최수일, 「『개벽』의 근대적 성격」, 『상허학보』 7집, 2001, 47-48쪽.

완결되는 모습을 보이고 있었다.[25] 물론 이 당시 지식인들이 받아들인 사회개조론적 경향은 현실적인 사회제도의 개조에 대한 구체적인 구상을 제시하고 있는 것이라기보다는 '정신적 측면'에서 사회개조의 필요성을 강조하는 '관념적 성향'이 짙은 것이었다. 1920년대 여러 운동에서 이러한 정신적 측면이 더욱 중시되었던 데에는 당시 일본에서 유행하고 있던 '문화주의' 사조의 영향도 큰 것이었다.[26]『개벽』역시 발행 초기에는 개조론 등 문화운동의 영향을 크게 받았다.

이 경우 개조론 등의 문화운동론은 넓게 보아 사회진화론의 범주로 설명할 수 있다. 주지하다시피 사회진화론은 19세기 말 이후 20세기 말 오늘의 시점에 이르기까지 한국사회에 가장 커다란 영향을 미친 서구의 사회이론이다. 그것은 자본주의 근대화론의 타당성을 강력히 뒷받침해온 이론이기도 하다.[27] 한국사회에 사회진화론이 수용되고 점차 확산되면서 어느 누구도 생존경쟁의 논리를 부정한 지식인은 없었다. 그들은 적자생존 또는 우승열패라는 개념에 의거하여 당시 한국사회의 상황을 인식하고 있었다.[28] 생존경쟁에서 중요한 것은 각 개인과 사회 또는 국가의 실력이며, 이 실력은 정신이나 물질의 양면을 지칭하고 있었다. 생존경쟁에서 살아남기 위한 방안으로서 각 개인이나 사회 또는 국가의 실력이 요구되었고 그들은 그 방법을 강조하고 있었다.[29] 그러나 그들의 주장은 생존경쟁과 적자생존의 세계

---

25) 박찬승, 앞의 글, 176쪽.

26) 박찬승에 따르면 "1920년대 초 한국의 '문화주의'의 주도이념은 이 '문화주의'와 그로부터 파생된 '인격주의' '개인의 내적 개조론'이었다고 해도 과언이 아니었는데, 이 것들은 모두 당시 일본에서 유행하던 '문화주의' 사조의 영향을 받은 것이었"다고 한다.(박찬승, 같은 글, 180-181쪽)

27) 박찬승, 「한말·일제시기 사회진화론의 성격과 영향」, 역사비평, 1996. 봄, 339쪽.

28) 박성진, 「한국사회에 적용된 사회진화론의 성격에 대한 재해석」,『근현대사 강좌』10집, 1998, 23쪽.

에 직접 참여하자는 뜻은 아니었다. 오히려 그들은 점진론과 준비론에 의거하여 당장의 생존경쟁에서 적자성을 입증하기보다는, 현재의 부적자성 또는 열패성·패자성을 인정하고 뒷날의 생존경쟁에서 적자로 부상하기 위한 실력양성에 몰두했다.[30]

『개벽』은 이런 사상의 흐름을 확인할 수 있는 대표적인 잡지이다. 물론『개벽』자체의 성격은 그리 단순하지 않다.『개벽』에 대해서는 인도주의와 자유사상 그리고 사회주의와 인내천주의가 뒤섞여 있다거나, "민족주의적 색채 위에 문화주의, 그리고 경제적 사회주의를 가미한 것"이라는 평가 그리고 개벽사상에 기초한 민족주의·민중주의·민주주의·개조주의·사회주의가 혼합되어 있다는 해석도 있다.[31] 이런 복잡한 형편에도 불구하고『개벽』이 견지한 사회진화론에 기반한 계몽적 태도는 일관되게 유지되었다고 할 수 있다. 서적 광고를 통해 우리가 확인할 수 있는 내용도 이러한 태도의 연장선에 있다.

1) 위인전과 위인 콤플렉스

『개벽』첫 번째 서적 광고는 발행 겸 총발매소 〈동양서원〉의『위인 린컨』재판 광고이다. 개화기 이래 위인전 번역이 유행처럼 번졌다는 사실은 잘 알려져 있다.『개벽』의 광고 역시 위인에 대한 개화기 이래의 동경과 모방 충동을 드러내고 있었다. 그 광고의 내용을 보면 이렇다.

---

29) 같은 글, 29쪽.
30) 같은 글, 35-36쪽.
31) 최수일, 「『개벽』유통망의 현황과 담당층」,『대동문화연구』49집, 2005, 348쪽.

　　(美國大統領 린컨氏의 事蹟) 린컨 氏는 正義人道의 王이오 平等 自由
　　의 神이오 世界人類의 模型이니 英雄中英雄·偉人中偉人인 린컨氏의
　　傳記를 一讀하시오.32)

　　서구 위인전 읽기의 열풍은 그 뿌리가 매우 깊다. 조선 시대 이전
부터 인생의 교사와 반면교사를 얻기 위해 각종 전기물을 읽는 일은
이미 지배층 문화의 중요한 부분을 이루었는데, 개화기에 접어들어
중화 영웅들의 위치를 서양 영웅들이 차지하여 훨씬 더 강력한 숭배
심을 유발하게 됐다.33) 서구 영웅을 학습하고 그 정신을 따라야 한다
는 것은 당시 개화파 인사들에게는 하나의 상식처럼 되어 있었다. 서
구에서 이식된 영웅관념이 새롭게 부각되면서 그러한 상식이 배태되
었던 것이다.34) 그러나 개화기에 접어들면서 '영웅'이라는 용어는 원
래의 뜻과 다른 뜻을 갖게 된다. 뛰어난 한 신하에서, 영웅은 일약 국
가와 국민을 살리는 국민국가의 지도자이자 모든 국민들의 일률적인
숭배 대상으로 그 의미가 바뀌게 되는 것이다.35) 뛰어난 개인이라는
생각보다 국가와 사회 전체를 책임지거나 그것의 운명을 좌우할 정
도의 강력한 영향력을 가진 인물로 새롭게 부각되게 되었다. 영웅은
때로 국가나 사회 구성원 전체의 합보다 더 큰 무게를 가지는 것처럼

---

32) 『개벽』 1권, 1920, 권두.(『개벽』의 인용은 1999년판 〈박이정〉 출판사에서 발간한 영
　　인본으로 한다)
33) 이는 개화기만의 문제는 아니다. 『개벽』 17호에 실린 한성도서의 광고에는 위인전
　　들이 단행본들로 소개되고 있다. 위인전에 등장하는 인물은 成吉思汗: 세계의 최대
　　정복자, 윌손: 세계인류의 이목을 경동시키던 민족자결주의의 주창자, 데모쓰데네쓰:
　　滔滔懸河, 그의 웅변… 우국지성, 그의 혈루…, (자유의 신) 루소: 여기에는 목차 소
　　개, (시성) 타고르이다.
34) 박노자, 『나는 폭력의 세기를 고발한다』, 인물과 사상사, 2005, 68쪽.
35) 같은 책, 69-70쪽.

취급되었다.

위 광고의 경우 링컨의 구체적인 업적이 소개되기보다는 그에게서 영웅의 이미지를 골라내고 있다고 하는 편이 어울린다. 린컨은 정의, 평등, 자유라는 서구적 가치를 구현한 인물로 소개되고 있다. 하지만 '왕', '신', '세계 인류의 모형'이라는 설명은 정의, 자유, 평등으로 평가받는 인물에 대한 평가로 전혀 어울리지 않는다. 위인이 이룬 성취의 내용이 중요한 것이 아니라 그러한 성취를 이룬 영웅의 위대함이 더 중요한 것이다. "일독하시오"의 문장 마무리는 당시 서적 광고의 일반적인 종결 방식이었다. 서적의 구매가 다양한 상품 중 하나에 해당하는 것이 아니라 꼭 읽어야 하는 의무의 수준에서 언급되고 있는 것이다. 당연히 소비자에 대한 광고주의 자리는 소개하고 권고하는 수준을 넘어 호소·계몽하는 수준을 넘나들고 있다.

위인에 대한 과도한 집착은 다음 글이 전형적으로 보여준다.

칼라일의 말에 歷史는 偉人의 記錄이라훈 것ズ히 一國의 文明은 其國의 偉人의 事業의 集積이외다. 政治가 發達ㅎ랴면 政治的 偉人이 잇서야ㅎ고 産業이 發達ㅎ랴면 産業的 偉人이 잇서야ㅎ고 文學이나 宗敎나 藝術이 發達ㅎ랴면 各各 그 方面에 偉人이 잇어야ㅎ지오. 그런데 文明이란 이 모든 것의 總和를 니름이닛가 偉人이 업스면 그 나라에 文明이 업슬것이외다.[36]

도저한 영웅사관이 드러나는 글이다. 이는 단순히 이광수 혼자만의 생각이 아니라 이 글이 실렸던 잡지『學之光』과 그가 필자로 적극 참여했던『청춘』, 「민족개조론」을 실었던『개벽』으로 면면히 이어지

---

36) 이광수, 「天才야! 天才야!」, 『學之光』 12호, 1917. 4, 8쪽.

는 당시 민족주의 운동 세력의 중심 생각으로 판단된다. 위 글에 따르면 '歷史는 偉人의 記錄'이며 '一國의 文明은 其國의 偉人의 事業의 集積'이다. 따라서 뛰어난 위인이 있으면 그 나라는 뛰어난 문명을 가지게 되고 뛰어난 '偉人이 업스면 그 나라에 文明이 업'게 된다.

위인을 강조하는 이들은 개인적 능력과 인성을 사회적 조건보다 강조하는 경향을 보인다. 개인의 능력에 따라 사회전반의 수준이 향상된다는 생각은 사회 제도나 환경에 대한 전반적 개선 의지와는 거리를 둘 수밖에 없다. 위인이 가진 '기적적' 위대함의 강조는 대부분의 평범한 사람들에게 '자신의 처리를 약진의 발판으로 삼'아야 한다는, 말하자면 최소한의 조건 아래에서도 최대한의 성과를 거두어야 한다는 강제와 구속으로 이어진다. 위인에 대한 이러한 생각은 주변 여건보다 민족의 실력 양성을 무엇보다 우선하는 제반 사상들과 공통점을 가지고 있다.

위인에 대한 강조는 국민 통합의 새로운 방식으로 제기된 것이기도 하다. 위 글에서 인용하고 있는 칼라일은 종교적 권위가 피지배자들을 묶어둘 수 없는 이상 근대 국민 국가의 영웅 숭배를 새로운 국민 통합의 묘책으로 써야 한다고 주장한 인물이다. 그에게 최고의 영웅이란 프랑스혁명의 혼란을 평정한 나폴레옹이었다. 그리고 2등 영웅으로 루터 같은 종교 개혁가나 18세기의 계몽 철학자 등도 숭배를 받아야 한다고 했다.

피지배자들의 통합을 위해 위인을 끌어들인 것은 우리만의 일이 아니었다. 국민국가의 통합 문제는 메이지 일본이나 청나라 말기 중국의 국가주의적 개화파나 개혁가들에게도 초미의 관심사였다. 당연히 칼라일의 사상은 1880년대부터 일본과 중국의 신지식인계를 풍미하게 되었다.[37) 칼라일의 생각에 따르면 개신교는 루터에 의해, 신대

류은 콜럼부스에 의해 의미를 갖게 되는 것이다. 워싱턴 이후에 미국의 독립이 비스마르크 뒤에 독일 연방의 통일이 있게 된다.

위인의 강조는 대중들에 대한 강조자의 태도와 무관하지 않다. 그들에게 자신들과 공동운명체인 대중들은 각각이 하나의 개별적 존재인 개인들의 합으로 보이지 않고 거대한 하나의 덩어리로 인식되었다. 그들은 대중이라는 말이 자신들을 포괄하는 말이라고 생각하지 않았다. 이것은 구한말 개화파 지식인들로부터, 1920~30년대 우익적 민족주의자들에게까지 폭넓게 반영된 한국근대 민족주의의 특성이라고 할만하다.[38] 그들에게 대중은 주체성과 성숙한 사고력이 결여된 하나의 교화대상으로 여겨졌다. 동일한 국가사회 안에서도 그 계층에 따른 이해관계가 늘 일치하는 것이 아니다. 이러한 이해관계의 불일치를 해결하는 것이 국가제도가 지니는 대내적 임무라고 말할 수 있을 것이다. 그러나 개화기의 근대 지식인들은 이러한 계층 간 이해관계의 불일치를 결코 인정하지 않았다. 그러므로 그들에게 있어서 대중이란 하나의 대상에 지나지 않았으며, 특히, 극단적으로는, 1920년대 민족개조론자들의 논리에서는 대중을 거의 적대시하는 경향까지 드러난다.[39]

위인전의 영향, 영웅에 대한 선망은 대단한 것이어서 인물을 보는 일반적인 기준이 되기도 하였다. 다음 글은 『청춘』에 실린 광고이다.

纖弱한 一女子의 手로 偉大훈 事業을 成就훈 中에 우리 스토우 夫人 같은 이는 가장 貢獻이 多大하고 影響이 深遠한 者일지로다 當時 美國

---

37) 박노자, 앞의 책, 71쪽.
38) 김택호, 「개화기의 국가주의와 1920년대 민족개조론의 관계 연구」, 『한국문예비평연구』, 2003, 285쪽.
39) 같은 글, 277쪽.

에서는 白人의 黑人 虐待흠이 無所不至ㅎ야 金錢으로 賣買흠은 物類에서 천ㅎ고 鞭楚 驅擲흠은 牲畜에서 甚ㅎ니 天理ー이미 ○塞하고 人道ー또한 喪絶흔지라 此時에 夫人이 正意를 仗ㅎ고 道理를 立ㅎ야 그 多數흔 無辜를 爲ㅎ야 背理無道흔 虐遇와 窮慘極酷흔 實情을 描ㅎ야 一世의 良心을 皷發코져 흔 것이 此書의 原本이니 此書 一出흠에 萬人의 慕義ㅎ는 心이 激動되여 그 風力이 及ㅎ는 바에 奴隷波와 非奴隷派 사이에 南北戰爭의 大慘劇이 開演되고 畢竟勝利가 義人에게 歸ㅎ야 四百萬 奴隷가 良民됨을 得ㅎ게 되니 一枝筆의 勢力과 一女子의 事業이 此에 極ㅎ얏다 흘지로다 此書는 그 世界的 名著를 우리게 紹介코져ㅎ야 簡明ㅎ게 抄譯흔 것이니 何人이든지 一讀ㅎ야 深大흔 感興을 得흘지니라[40]

『검둥이 설움』은 스토우 부인의 『톰 아저씨의 오두막』을 이광수가 抄譯한 책이다. 광고에는 "六百萬人을 感動흔 大 勢力!!"이라는 중간 크기 문구가 실려 있고 위 인용한 내용이 이어진다. 주목해야 할 것은 위 글 화자의 태도이다. 서적 그것도 소설 광고임에도 불구하고 화자가 강조하고 있는 것은 작품의 내용이 아니라 그 작품을 쓴 작가의 위대함이다. "纖弱한 一女子의 手로 偉大흔 事業을 成就흔 中"에 가장 공헌이 큰 이가 스토우 부인이고 "此書 一出흠에 萬人의 慕義ㅎ는 心이 激動되여 그 風力이 及ㅎ는 바에 奴隷波와 非奴隷派 사이에 南北戰爭의 大慘劇이 開演"되었다는 단순하고 비역사적인 서술도 서슴지 않는다. 실제 위 광고는 책에 대한 몇 가지 정보를 전달해주고 있다. 『검둥이 설움』이 세계적 명저라는 것, 초역했다는 것, 이 책이 흑인의 삶을 다루고 있다는 사실을 전한다. 그러나 전반적으로는 책의 의미와 스토우 부인의 역할(위대함)을 강조하고 있다는 인상이 강하다. 이 정도면 가히 위인 콤플렉스라 불러도 좋을 듯하다.

---

40) 『청춘』 1호, 신문관 발행 '검둥이설움' 광고.

智勇이 兩備하고 名節이 雙全한 忠武公李公은 진실로 朝鮮男兒의 最大典型이라 一代의 風雲이 그의 眉端에 飜覆되고 天下의 安危가 그의 指頭에 判定되니 嗚呼偉哉로다 더욱 壇域의 山河民物은 總히 그의 再造한 바요 槿人의 生榮繁滋는 實로 그의 重恢한 바니 무릇 生을 此方에 稟한 者로서 어찌 可히 公의 精忠을 人銘家勒하고 公의 德業을 朝景暮仰치 아니하랴 今에 弊舘이 創業十週年紀念出板으로 特히 忠武公全書를 擇함은 實로 公의 精忠大節과 魏勳鴻業이 다시 彰明昭顯하야 令天下萬人으로 公의 恩을 感載하며 公의 名을 慕誦하는 實地가 有케하려는 一片表情에서 出함이라 上下 兩冊 十五編 中에 遺文遺澤과 關係史料를 一切網羅하야 公의 神機妙算이 紙上에 躍如케 하얏스니 噫라 此書를 奉藏함은 吾人의 絶對義務가 아니랴 全書의 重刊을 敢히 江湖에 布告하노라[41]

개인의 영웅적 행동으로 민족을 구한 인물로 충무공 만한 이를 찾기는 쉽지 않다. 위 글의 논조는 위인 린컨을 칭송하던 목소리와 크게 다르지 않다. "壇域의 山河民物은 總히 그의 再造한 바요 槿人의 生榮繁滋는 實로 그의 重恢한 바"라고 주장하고 그를 '朝景暮仰' 하지 않을 수 없다고 한다. 거기에 이순신은, 복종의 다른 이름인, 충성이라는 미덕을 가지고 있어 더욱 매력적으로 느껴졌을 것이다.

『개벽』은 발간 초기에 의욕적인 사업을 실시한다. 독자를 대상으로 우리나라의 가장 위대한 위인이 누구인가를 묻는 앙케이트를 실시한 것이다. 이 작업을 통헤 우리나라 사람들이 생각하는 '위대한' 위인의 목록을 확정하고 그들에 대한 전기를 간행하는 사업을 벌였는데, 『朝鮮之偉人』이라는 책이 그 결과물이다. 앙케이트 결과 뽑힌 위인은 "신라의 화신 솔거 선생", "동방문학의 조종 최치원 선생",

---

41) 『개벽』10호, 신문관 발행 '李忠武公全書' 광고.

"사학계의 거장 최충 선생" "해동의 后稷 문익점 선생", "물질 불멸론의 비조 서화담 선생", "동방이학의 조종 이황 선생", "稀世의 정치가 이이 선생", "만고의 精忠 이순신 선생", "조선종교계의 원조 최제우 선생", "민중의 친우 유길준 선생" 이렇게 열 명이다. 그러나 실제 목록에는 선발된 위 십인 외에 두 인물이 추가된다. 附인 셈인데 "충달공 김옥균 선생"과 "갑오의 혁명운동과 전봉준 선생"이 그들이다. 유길준, 김옥균이 포함된 것에서 개화주의자들에 대한 동시대인으로서의 선호가 드러난다. 동학과 관련된 최제우와 전봉준이 들어있다는 점 역시 눈에 띤다. 특히 김옥균과 전봉준의 경우 〈개벽사〉 측에서 선별한 위인이라는 점에서 잡지사 측의 선호를 확인할 수 있는 경우이다.

『개벽』은 자신들의 사업에 대한 평가를 겸하고 있는 광고를 몇 차례 게재한다.

> 偉人! 아! 偉人!! 朝鮮의 偉人!! 三千里의 精靈은 그들을 에워쌌고 二千萬의 赤心은 그들에게 뭉치었도다 아— 우리 江山에 이러한 偉人이 誕生케 됨은 이 어떠한 榮光이며 우리 兄弟로서 이러한 偉人을 모시게 됨은 어떠한 幸福인가 그들의 偉人다운 人格 偉人다운 事業 偉人다운 行蹟은 이 朝鮮之偉人이 그 全體를 紹介하얏도다
>
> 兄弟여 우리는 다 같이 잘 살기를 願하나니 선인의 가르침을 그대로 받을지며 우리는 다같이 제 것을 사랑하며 아끼나니 우리의 위인을 더욱이 接近해야겠도다 兄弟여 그들은 우리에게 무엇을 주었으며 무엇을 뿌렸는가 다같이 나와 이 十代偉人의 一代記를 接할 準備가 있으라[42]

민족적 자부심을 고취시키려는 의도가 우선 눈에 띤다. 광고의 내

---

42) 『개벽』 24호, 「개벽사」 발행 '조선지위인' 광고.

용은 위인들의 정신을 이어받자는 정도로 정리될 수 있다. 『개벽』에
는 잡지나 단행본 모두 출간 예고 광고가 자주 실렸는데 위 글의 "다
같이 나와 이 十代偉人의 一代記를 接할 準備가 있으라"는 독자들의
기대를 불러내기 위해 사용한 흔한 어투로 볼 수 있다. 실제 책이 출
판되어서도 광고는 이어진다. 33호 광고를 보면 이 책에 관하여 "東
國全史 以上의 貴重한 記錄"이라는 큰 글씨를 뽑고, 아래에는 "朝鮮
出版界光復의 大運動開始"이라는 수식을 붙여가며 책의 가치를 알
리려 하는데, "輸入만으로 일을 삼는 自滅的 精神에 制裁를 加"하고
"倍達聖族의 威光을 宣揚하야 보"려 한다는 목표를 이 책의 정신으
로 내세우기도 한다.43)

　『朝鮮之偉人』의 출간 직후 『세계개조 十大思想家』라는 책의 광고
가 실려 있어 눈길을 끈다. 이 책은 세계를 바꾼 십 인의 사상가를 다
루고 있다. 광고는 반면으로 상단에 실렸는데 십 인의 사상가 이름이
기록되어 있다. '선발'된 십 인은 "톨스토이, 입센, 카아펜터, 럿설, 엘
렌케이, 짜아윈, 타고—아, 루소—, 말크수, 모리스"이다. 이 글에 대
해 "此十大偉人의 思想이야말로 偉大하였다 開拓者이오 改造者이오
當世 運命의 支配人이였다 그래서 此를 歷史的으로 一編을 作하야
現時思想界의 一考에 供코자 紹介하노라"44)라고 하여 소개의 목적
을 밝힌다. 개척자, 개조자, 운명의 지배자라는 말 속에서 위인에 대
한 당시의 평가 기준을 확인할 수 있다.45) 지금 관점에서 보면 톨스
토이, 입센에게 운명이라는 단어를 붙이기에는 어색한 감이 없지 않

---

43) 『개벽』 33호, 〈개벽사〉 발행 '조선지위인' 광고.
44) 『개벽』 27호, 조선도서주식회사 발간 '세계개조 十大思想家' 광고.
45) 선정된 인물들은 개화기에 주로 소개되던 무인형 영웅들과 달리 문인형 영웅들에
　　가깝다. 이 역시 시대의 운동 경향 변화를 반영하는 것이라 할 수 있다.

지만 '문화'가 강조되고 '개조'가 강조되던 당시 분위기에서는 이들 역시 개인의 운명을 개척한 영웅으로 불렸다.

2) 운동으로서의 잡지

『개벽』 1호에는 평론잡지 〈文興社〉 발행 『曙光』의 광고가 실렸는데 당시 문화운동의 분위기를 엿볼 수 있는 내용을 담고 있다.

> 우리 반도 교육계에 있어 노련한 중진이 되고 가장 그 공적의 명성이 높은 春史 張膺震 군의 주필하에서 언론, 학술 등 모다 오직 현대 신사조의 선봉이 될 만한 것을 網羅蒐集하여 逐號刊行以來로 모든 사회의 많은 환영으로 今般제5호는 目下 우리 실생활에 필요한 문제가 滿載되었사오니 讀書諸君은 一讀을 아끼지 마시오.[46]

평론 잡지라는 이름을 내걸고 있는 『서광』은 제목에서부터 계몽적 인상을 풍긴다. 스스로 내세우는 성격 역시 문화적 선도와 닿아 있어 "언론, 학술 등 모다 오직 현대 신사조의 선봉이 될 만한 것"을 두루 소개하겠다는 의지를 내세운다. 한 가지 이념을 강하게 내세우려 하기보다 현대 신사조 자체를 수용해야 할 가치로 여기고 있는 셈이다. '실생활에 필요한 문제'라고 했을 때 실생활은 일상생활이라기보다는 문화생활 또는 민족의 삶 쪽에 가까운 개념이다.

『서광』 육 호에는 첫 호부터 육 호까지의 주요 목차가 실려 있는데 그 목차를 보면 이 잡지의 성격이 더욱 명확해진다. 1호에는 "신시대를 迎함", "조선청년의 무거운 짐", "조선공업의 장래"가 3호에

―――――――――――――――

46) 『개벽』 1호, 문흥사 간행 '서광' 광고.

는 "개조의 제일보", "노력하라", "우리 가정의 弊習"이 실렸다. 6권에는 "시대의 요구하는 인물을 思하고", "조선교육계의 현황을 개탄함", "세계적 사조와 문화운동"이라는 제목의 글이 실렸다. 신시대, 조선청년, 개조, 폐습, 문화운동 등 언뜻 눈에 띠는 단어들이 추구하는 것은 개인과 사회의 변화를 이끌기 위한 운동이라는 것을 알 수 있다.

가장 많은 광고 횟수를 차지하고 있는 것은 〈개벽사〉가 간행한 잡지 『신여성』(『부인』의 개명)과 『어린이』이다. 잡지가 구체적인 대상을 생각하고 있다는 점에서 전문 잡지로의 진보라고 평가할 수 있다. 두 잡지를 발간함으로써 〈개벽사〉는 종합지 『개벽』, 여성지 『신여성』, 아동잡지 『어린이』를 두게 되었다.

『개벽』 20호에 실린 잡지 『부인』 광고를 살펴보자. 중간 크기 글씨로 "一千萬의 男子를 爲하야 努力하는 『開闢』 雜誌의 姊妹篇으로 一千萬의 女子를 爲하는 『婦人』 雜誌를 發行하게 되었습니다"라고 하여 두 잡지가 자매편임을 밝히고 있다. 이 광고의 가장 큰 특색은 다른 광고와 달리 한글을 쓰고 괄호 안에 한자를 병기했다는 점이다. 남녀의 역할을 구분하였고, 여성의 문자 해독 수준을 남성의 그것과 다르게 보았다는 사실을 알 수 있다. 이 광고는 잡지의 성격에 대해 스스로 규정하고 있는데 원문대로 보면 다음과 같다.

우리의 생활(生活)을 근본(根本)으로 개선(改善)하여 가랴고 하는 이 『부인(婦人)』 잡지(雜誌)
우리의 가정(家庭)을 낙원(樂園)으로 인도(引導)하여가랴고 하는 이 『부인(婦人)』 잡지(雜誌)
우리의 도덕(道德)을 중심(中心)한 미풍(美風)을 걸라 가랴고 하는 이 『부인(婦人)』 잡지(雜誌)
우리의 어린 자녀(子女)를 뜻있게 길러 가랴고 하는 이 『부인(婦人)』

잡지(雜誌)

　우리의 취미성(趣味性)을 고상(高尚)하도록 길러 가랴고 하는 이『부인(婦人)』잡지(雜誌)

　생활(生活)에 동요(動搖)가 있거던 이『부인(婦人)』잡지(雜誌)를 읽으라 완정(完定)이 되리라

　가정(家庭)에 불평(不平)이 있거던 이『부인(婦人)』잡지(雜誌)를 읽으라 낙원(樂園)이 되리라

　일신(一身)에 번민(煩悶)이 있거던 이『부인(婦人)』잡지(雜誌)를 읽으라 빙해(氷解)가 되리라

　자녀(子女)를 기르랴거던 이『부인(婦人)』잡지(雜誌)를 읽으라 방법(方法)이 있도다

　취미(趣味)를 고조(高潮)하랴거던 이『부인(婦人)』잡지(雜誌)를 읽으라 자미(滋味)가 있도다[47]

모두 열 줄로 이루어진 이 광고문은 잡지의 성격을 주장하는 다섯 줄과 잡지를 읽어야 할 독자를 가정하고 있는 다섯 줄로 나뉘어져 있다. 생활 문제, 가정 문제, 풍속 문제, 자녀 문제, 취미 문제 등이 이 잡지가 개선하고 인도하고자 하는 내용임을 확인할 수 있다.

『신여성』은 『개벽』처럼 사회 문제나 문화 전반의 문제를 다루고 있지는 않다. 여성과 관련된 생활, 가정 문제에 집중하고 있다. 머리글자로 뽑은 광고 문구에서도 이 잡지의 성격이 분명히 드러난다. 간단히 그 내용을 보면 "만인필독에 중대논의 결혼 문제호", "의복문제와 남녀공개장호", "남존여비나 여존남비나", "여자단발호인 동시에 暑中 학생호인 신여성", "대혁신!대확장!! 신여성 여학생호의 장관" 등이다.[48] 결혼, 의복, 여학생 등 풍속과 관련되는 내용들이 잡지의

---

47)『개벽』 20호, 개벽사 간행 '부인' 광고.
48) 순서대로『개벽』 47호, 53호, 56호, 62호, 68호 소재 '신여성' 광고이다.

주된 내용이었음을 짐작할 수 있다. 이는 구체적 목차를 통해서도 확인할 수 있다.

문제의 폭이 좁혀지기는 『어린이』의 경우도 마찬가지이다. 『개벽』 33호에는 창간 예고 광고가 실렸는데, 창간 취지가 분명하게 나타나 있다. 어린이에게 희망을 걸고 그들에게서 미래를 보아야 한다는 생각이다.

> 더할 수 없이 餘地없는 困境에 處하야 가진 迫害와 가진 辛苦를 겪으면서도 그래도 우리가 안타깝게 무엇을 求하기에 努力하는 것은 오직 「來日은 잘 될 수 있겠지 來日은 잘 될 수 있겠지」하는 한 가지 希望이 남아 있는 까닭입니다. 그런데 萬一 그 한 가지 希望이 마저 虛에 돌아간다면 어쩌겠습니까 여러분은 그런 염려가 없으십니까
>
> 「今日의 생활은 비록 이러하여도 來日의 생활은 잘 될 수 있겠지」 이 다만 한 가지 희망을 살리는 道理는 來日의 戶主 來日의 朝鮮일꾼 少年少女들을 잘 키우는 것 밖에 없습니다. 당신의 한 家庭을 살리는데도 그렇고 朝鮮全體를 살리는 데도 그렇고 이것뿐 만은 確實한 우리의 活路입니다[49]

잡지 『어린이』에 대한 규정이 될 수는 없겠지만 잡지 광고만으로 볼 때 『어린이』 역시 문화 운동의 확대라 할 수 있다. 위의 광고 문구에 이어서는 중간 글씨로 "世의 紳士諸賢과 子弟를 두신 兄弟께 告함"이라는 글이 실렸는데 그 내용은 아래에 이어진다. 아래 내용은 박스 안에 들어 있다. "너·나 할 것 없이 朝鮮사람 全部가 이것을 깨닫고 이 일에 注力"해야 하고 이 잡지를 내는 이유는 "決코 商略이나 營利를 爲하는 것이 아니"라고 한다. 그래서 "한 분이라도 더 읽

---

49) 『개벽』 33호, 개벽사 발행 '어린이' 광고.

으시기를 바라고 冊 값을 단 五錢으로 하였"[50]다는 것이 광고주의
주장이다. 이어지는 『어린이』 광고 역시 잡지 발행이 출판사의 희생
적 작업임을 강조하고 있다. "조선의 소년운동의 赤誠을 다ー하는 본
사의 희생적 사업"이라는 말과 『어린이』를 벗하여 자라는 어린이들
이 "더ー순결하고 더ー유망한 사람이 될 것"[51]이라는 말이 반복하여
등장한다.

이십 여 호를 넘기면서 『개벽』에는 사회주의 잡지 및 사회주의 관
련 서적 광고가 늘어난다. 『개벽』의 성격을 '문화운동' 또는 '개조론'
만으로 설명하기 어렵다는 기왕의 평가처럼 광고 역시 이러한 잡지
의 성격을 그대로 보여준다. 1923년에 이르면 문화운동론 자체에 대
한 회의적인 목소리가 등장하게 된다. "지금에 우리가 高調하는 문화
운동으로 논의하면 문화운동 그 자체가 틀렸다 하거나 혹은 그러한
문화운동으로 구체된 실례가 없었다 함도 아니다. 오늘의 우리 형편
에 있어는 그와 같은 운동은 너무나 원칙적이오 너무나 평범하다"[52]
는 술회는 문제의 핵심을 정확하게 지적하고 있다. 이는 단지 『개벽』
만의 특별한 분위기였다고 볼 수는 없다. 우리 문학에서 본격적으로
신경향파가 등장하는 시기, 사회주의가 소개되는 시기에 나온 문제제
기이기 때문이다. 광고를 통해서도 이런 분위기를 확인할 수 있다.

본보는 現代史上의 最高基調인 **社會主義**의 立地에서 世界的으로 又

---

50) 같은 글.

51) 『개벽』 44호. 33호 광고에서는 "어린이와 같이 純潔한 이도 없고, 어린이와 같이 正
　　直한 이도 없고, 어린이의 마음과 같이 尊貴한 藝術도 없습니다. 어린이의 世上 거기
　　에는 恒常百花가 爛漫히 피어있습니다. 거기에 들어갈 수 있는 이는 幸福한 이일 것
　　입니다"라고 한다.

52) 필자미상, 「民族一致, 大同團結을 云爲하는 이에게」, 『開闢』 35호, 1923. 5, 15쪽.

는 現今朝鮮에서 隨時發生하는 社會問題 及 政治問題의 理論과 실제를
研究紹介批判報道하는 것을 主旨로 하고 ○○하려는 朝鮮唯一의 言論
機關이외다.53)

　　우리의 社會環境은 歷史的 進化의 必然的 法則인 새 社會에로 刻刻
히 달아납니다 이 때에 있어 우리가 알아야 할 것은 社會主義, 社會科學
그것입니다
　　朝鮮之光은 朝鮮의 民衆과 더불어 이 使命을 다하고자 奮鬪합니다54)

　사회주의 관련 잡지로 가장 먼저 광고를 실은 것은 주간 『新生活』
이다. 몇 년 후 『조선지광』 광고 역시 사회주의를 노골적으로 표방하
고 있다. '현대사상의 최고기조'로 조선의 사회문제 정치 문제를 해결
하기 위해 사회주의적 입지에서 연구하겠다는 첫 번 글의 각오와 '조
선의 민중과 더불어 이 사명'을 다하겠다는 다짐 사이에는 확연한 차
이가 느껴진다. 앞의 글이 조심스럽다면 뒤의 글은 확신에 차 있는
듯한 인상을 준다.

　이 밖에도 몇 권의 사회주의 운동 잡지의 광고가 실렸는데, 노동
잡지 『共濟』〈조선 노동 공제회〉, 『해방운동』〈해방운동사〉, 『사상운동』
〈사상운동사〉, 『朝鮮農民』〈조선농민사〉이 그것이다.55) 특히 『조선농
민』은 농민을 기반으로 사우(社友) 운동을 벌였으며 매우 선동적인
문구의 광고를 실었다. "우리에게 지식을 다구…… 평등을 다구……
권리를 다구…… 자유를 다구…… 밥과 돈과 평화를 다구…… 농민
은 사람이 아니냐? 우리도 사람이다!"라는 선정적 문구를 넣어 잡지

---

53) 『개벽』 28호, '신생활' 광고.
54) 『개벽』 63호, '조선지광' 광고.
55) 광고가 실린 『개벽』 호수는 순서대로 5호, 51호, 58호, 66호이다.

의 기반을 확실히 밝히고 있으며 "반만년 동안이나 깜깜한 꿈속에서 헤엄치던 조선의 농민이 이제 바야흐로 급한 언덕을 구르는 큰 돌과 같이 여름 하늘의 벽력소리와 같이 그 깨어나는 그 소리가 커다랗게 울리었다."[56]고 자신들의 목소리를 분명히 하고 있다.

이렇듯 사회주의 서적의 출간과 광고로 해서『개벽』내 광고는 '문화'나 '개조' 일변도에서 벗어나게 된다. 종간 즈음에는 "지금 재판이라는『사회주의학설대요』는 우리의 머리를 변혁하는 데에는 참으로 둘도 없는 양서입니다"[57]라는 광고까지 실리게 된다. 새로운 변화를 요구하는 세력들이 생기면서 기존의 운동 방향에서 다른 모색이 가능해지는 시기가 오는 것이다. 이 역시 서적, 서적 광고를 통해 현실적 내면화가 이루어지는 근대의 풍경이라 할 수 있겠다.

4. 맺음말

앞에서 우리는 잡지의 서적 광고의 양상과 성격을『청춘』과『개벽』이라는 1910년대 후반 1920년대 초반의 대표적 종합잡지를 통해 살펴보았다. 우선 각각의 잡지에 실린 서적 광고물들의 양상을 통계를 통해 분석하고 그 통계의 의미를 정리해 보았다. 다음으로는 서적 광고의 구체적인 내용을 살펴보았는데 주로『청춘』과『개벽』에 실린 위인전과 잡지 광고를 중심으로 그들이 추구한 근대가 무엇이었는가를 추적해 보았다. 서적 광고가 이들이 근대를 내면화시키는 방법으로 사용되고 있음도 확인할 수 있었다.

---

56)『개벽』70호, 조선농민사 발행 '조선농민' 광고.
57)『개벽』59호, '사회주의 학설대요' 광고.

　기본적으로 광고는 자본의 의지를 실현시키기 위한 수단이다. 그러나 근대 초기 서적 광고는 상품이며 동시에 계몽의 수단이었던 서적의 특징을 어느 정도 담보하고 있었다. 이 시기 저자들은 독자와 동등한 자리에 서 있다기보다는 독자를 이끌어야 하는 의무와 책임을 져야 하는 자리에 있었다. 서적 광고의 경우도 서적에서의 저자와 독자 관계가 그대로 유지되었다. 책을 팔아야 하는 광고주와 책을 사고자 하는 구매자의 관계는 단순히 상품을 사이에 둔 생산자와 소비자 관계 이상이었던 것으로 보인다. 광고주는 자신의 책을 사야 하는 이유를 독자의 필요에서 찾았고 많은 경우 독자의 필요는 사회 혹은 민족의 문제와 직결되는 것으로 설명하였다. 여러 가지 중에 선택할 수 있는 하나로서 자신의 서적을 광고하는 것이 아니라 독자의 필요를 위해 꼭 필요한 것으로 서적의 구매가 강조되곤 하였다.

　광고는 소비자들을 근대의 제도 안으로 끌어들이는 강력한 수단이다. 소비를 통해 경험하는 근대는 일상에 가장 가깝고 가장 오래 기억되는 근대일 수 있다. 이 때 내면화되는 근대의 모습은 제도의 일방적인 수용이라는 성격을 갖는다. 위생, 패션 등을 그 대표적인 영역으로 꼽을 수 있을 것이다. 서적 광고는 이 점에서 일반적인 상품 광고와 구분된다. 서적 광고는 서적을 통해 설명되었을 계몽자들의 사상을 앞서서 혹은 뒤에서 독자들에게 강조했다. 이들이 강조한 내용들에는 받아들여야 할 근대 외에도 설계하고 이끌어 가야 할 근대의 모습이 포함되어 있었다. 그들이 생각한 근대의 모습에 우리가 얼마나 동의할 수 있는가의 문제와는 별개로 그것은 현재까지 중요한 정신사적 흐름을 형성하고 있다. 따라서 잡지의 서적 광고가 가지고 있는 이런 혼합과 혼란은 당시 우리의 모습을 사실적으로 비추어주는 하나의 거울이 될 수 있을 것이다.

근대 교육의 정착과 피식민지 주체

―일제하 초등교육과 『조선어독본』을 중심으로

✺ 강 진 호(성신여대 교수)

1. 근대 교육의 도입과 교과서

우리나라에 근대 교육이 도입되기 시작한 것은 개항 이후 1880년대 특히 1882년 한미수호조약이 체결된 직후였다. 1883년 정부에 의해 설립된 동문학(同文學)과 원산 지방의 민간 유지들에 의해 설립된 원산학교가 근대교육기관의 효시를 이룬다. 그런데 이 시기의 교육은 서구 열강의 외침으로 인한 위기의식에서 출발하여 대체로 봉건적 요소를 그대로 지닌 채 서구문명을 선별적으로 섭취하려는 경향이 강했다. 갑오경장(1894) 이후 근대 교육이 본격적으로 시행되면서 교육 전담 부서인 학무아문(學務衙門)이 설치되고, 다음 해에는 '홍범14조'가 발표되면서 언문일치 원칙의 법제화, 신분제와 과거제도의 폐지가 단행되고 문명개화를 위한 교육의 필요성이 자각되어 종래의 경서(經書) 위주의 교육을 지양하고 실용성과 공익성을 강조하는 방향으로 나아갔다. 근대교육에 대한 열기는 이후 한층 고조되어 전국 각지에 근대식 학교를 세우는 방향으로 전개된다. 하지만 불행하게도 을사조약(1905)의 체결과 한일합방은 이런 흐름을 더 이상 허용하지 않고 대신 일제에 의한 식민주의 교육으로 대체되는 비운을 맞는다. 일제의 이른바 학정참여관에 의해 노골적인 학정간섭을 받기 시작하면서 우리의 언어와 문화는 일본에 종속되고, 개항 이후 본격화된 자발적 근대화의 움직임은 더 이상 꽃피지 못한다.[1] 근대화를 통해 봉건적 질곡을 제거하고 근대적 주체를 형성해야 할 시점에서 일제에 의해 식민지 근대화라는 또 다른 비극에 직면한 것이다.

일제가 식민 정책을 펴는 과정에서 가장 중시했던 것은 보통학교 교육이었다. 보통학교 교육은 일제가 의도했던 바를 달성하기 위한 가장 효과적인 장이었다. 교육은 이데올로기를 재생산하는 도구일 뿐만 아니라 체제를 선전하고 유지하는 강력한 수단이었던 관계로[2] 일제는 한국 내에서 하급 사무원과 기술자를 양성하고 나아가 지배체제를 공고화하기 위해 우민화, 제국 신민화, 황민화 등 심리적 풍토를 조성하는데 주력했는데, 보통학교는 이 일련의 과정을 계도하는 가장 기본적인 단위였다. 그래서 일제는 보통학교에서 일본어를 교수 용어로 사용토록 하면서 일본으로의 동화를 위한 교육을 강요한 것이다. 1908년 '사립학교령'과 '교과용 도서검정규정'을 공포하여 사학을 탄압하였으며, 1911년 '조선교육령'을 공포하여 일본어 교육의 강화와 조선인을 황국신민화 하기 위한 제반 조치를 단행했고, 1922년에는

---

1) 근대 계몽기와 식민치하의 교육에 대해서는 다음 책을 참조하였다. 『한국교육사』(한국교육연구소, 풀빛, 1997), 『한국 근대 학교교육』(한국교육개발원, 1997), 『근대와 교육 사이의 파열음』(이계학 외, 아이필드, 2004), 『한국의 교과서 출판 변천 연구』(이종국, 일진사, 2001), 『미군정과 교육정책』(손인수, 민영사, 1992), 「일제시대 보통교육체제의 형성」(古川宣子, 서울대 박사논문, 1995), 「일제전시체제하 초등교육에 관한 일고찰」(임남경, 이대석사, 1982) 등.

2) P. 부르디외 · J. C. 파세롱, 이상호 역, 『재생산』, 동문선, 2003, Ⅱ장 참조.

'조선교육령'을 개편해서 서당과 사설강습소 등을 정비하고 일본과 동일한 형식으로 조선의 교육체제 전반을 교체했는데, 이는 "생활에 필수한 보통의 지식기능을 수(授)하여 일본 국민된 성격을 함양하고, 국어(일본어)를 습득케 함"이라는 '조선교육령 제4조'의 내용에 의거해서 충성스럽고 순종하는 신민을 만들기 위한 것이었다. 그래서 조선총독부는 공립 보통학교를 확충해서 1918년에는 '삼면일교(三面一校)' 원칙에 의해 학교를 신설했고, 1928년에는 '일면일교(一面一校)' 원칙을 세워 전국 각지에 학교를 증설하였다. 이런 정책은, 식민지체제가 본질적으로 군사적 강점에 의해 그리고 경제적 착취를 위해 성립한 민족적 지배의 역사적 체제라는 사실을 감안하자면,3) 교육을 통해 체제가 필요로 하는 인적 자원과 지식적 권위를 생산하고자 했던 의도로 볼 수 있다.

이 글에서 주목하는 보통학교용 교과서에는 그런 일제의 식민지 정책이 집약되어 있다. 교과서란 학생들이 학습 내용을 쉽게 배울 수 있도록 편찬된 도서이고, 그래서 각 교과가 지닌 지식과 경험의 체계를 간명하게 편집해서 학습 자료로 활용할 수 있도록 구성된다. 더구나 교과서는 지식의 단순한 모음집이 아니라 식민체제의 가치와 이념을 집약한 것이라는 점에서 일종의 규범서와도 같다. 규범이란 일반화된 지식에 우선하는 근원적 가치이자 이념이고 동시에 학생들이 내면화하고 실천해야 하는 삶의 딕목이다. 일제는 우리 민족에게 일본인의 자질을 함양케 하여 그들에게 충성하고 순종하는 인물을 만들고자 했고, 이를 위해서 일본어를 보급하고 일상생활에 필요한 각종 지식을 제공하고자 했다.4) 그런 의도를 담고 있었던 관계로『보통

---

3) 김진균·정근식·강이수, 「일제하 보통학교과 규율」,『근대주체와 식민지 규율권력』, 문화과학사, 1997, 77-78쪽.

학교 조선어독본』(이하 『조선어독본』)5)은 마치 계몽적인 지도서와도 같은 모습이다.『조선어독본』에는 저학년을 위한 한글 자모 학습에서부터 단어, 인사 예절, 세시풍습, 속담, 민담, 근대 문물, 지리, 고대소설, 일본의 명절과 지리 등이 계몽적인 어투로 소개되어 있다. 더구나 이 교재는 조선총독부에서 간행한 조선어로 된 유일한 교과서였다는 점에서 일제의 식민적 의도를 조선인에게 쉽게 전달하고자 하는 의도를 담고 있었다. 한 신문의 사설에서 언급된 것처럼, 일본어에 익숙하지 못해 "보통학교 3학년까지는 음울하고 불합리, 비자연스럽게 지내"다가 "4학년이 되면 용어에 대한 불편을 다소 덜게 되"6)는 상황에서, 조선어로 씌어진 『조선어독본』은 학생들이 쉽게 배우고 이해할 수 있는 최상의 교재였고, 그런 점을 활용해서 일제는 『조선어독본』을 마치 『수신(修身)』 교과서와도 같은 내용으로 채워놓은 것이다. 물론,

---

4) 일제는 일시동인, 내선일체의 정책 슬로건 속에서 제2차 조선교육령을 1922년 발표했는데, 여기서 교육체제를 대폭적으로 바꿔 6년제 보통학교, 5년제 고등보통학교, 3~5년제 여자고등보통학교, 5년제 전문학교, 2년제 대학 예과, 4년제 대학으로 구성하였다. 이러한 변화는 근대적 교육체제의 확립이라기보다는 일부 학제·학년을 늘리면서 교육체계를 새로 확대·개편한 것으로 식민지 정책에 필요한 심부름꾼을 체계적으로 키우는 문제가 식민지 통치를 유지·강화하는데 더욱 절박한 상황이 되었기 때문이다. 한국교육연구소편의 『한국교육사(근·현대편)』, 풀빛, 1997, 176쪽 참조.

5) 이 글에서 분석 대상으로 삼은 교재는 1922년 '새교육령'에 의해 편찬된 『보통학교 조선어독본』(조선총독부 편, 조선서적인쇄주식회사)이다. 6권으로 구성된 이 책은 1910년 한일합방과 함께 편찬된 『보통학교 조선어독본』을 부분적으로 수정·보완한 것으로, 내용상의 큰 변화는 없다. 이 책을 대상으로 한 것은, 이 글의 궁극적 의도가 '1920년대 한국문학의 근대적 내면의 형성 과정'을 고찰하고자 하는 기획 연구의 일환으로 씌어진 까닭이다. 그런 의도에서 이 글은 1937년에 새로 편찬된 『보통학교 조선어독본』을 참조하고, 또 해방 후인 1946년 미군정청 학무국 발행의 『초등 국어독본』(한글학회편, 미군정청학무국, 1946) 상, 중, 하 3권을 참조하였다. 『보통학교 조선어독본』은 편의상 『조선어독본』으로 표기한다.

6) 사설, 「조선인과 보통교육」, 『조선일보』, 1927. 11. 1.

〈표 1〉 공립보통학교의 현황과 취학율[7]

년 도	1929	1936	1942
학교수	1,500	2,411	3,110
학급수	8,029	10,823	23,258
취학율(%)	18.6	27.8	·

당시에 공립 보통학교에 취학한 학생수가 많았던 것은 아니다. 다음 〈표 1〉에서 알 수 있듯이, 1920년대에는 20%가 안 되는 상태였다.

그런 상태였음에도 불구하고 이 『조선어독본』은 일제가 의도했던 식민교육의 기본 교과목이자 방침이 구체화된 것이라는 점에서 중요한 의미를 갖는다. 『조선어독본』은 순응적 주체를 만들고자 했던 의도 외에도, 한편으론 전근대의 비과학적, 비이성적, 비합리적 인식체계를 부정하고 대신 과학과 이성, 합리성에 바탕을 둔 근대적 가치를 지향하고 있다는 점에서, 일제가 피식민자에게 강요한 내면성의 구체적 방향과 특성이 내재되어 있다. 그것은 주체가 선험적으로 탄생되는 것이 아니라 제도와 규범 속에서 형성되고, 그 주체를 구성하는 내면성 역시 일상적 삶의 체계와 습속, 그것을 통제하는 규율권력과 제도적 장치에 의해 창안되고 주조(鑄造)되는 것이라면,[8] 교과서는 그러한 근대적 내면을 창출하는 규율의 중요한 기제였던 까닭이다. 더구나 그것은 고급 지식체계에의 접근이 어려웠던 식민지 민중에게 기본적 교양과 지식을 제공해서 식민지 근대화를 촉진하고 그들의 근대적 내면을 생산했던 핵심적 도구로 기능하였다. 그런 관계로 교과서에 대한 분석은 근대성과 식민성이 상호작용하며 복잡한 모습으

---

7) 조선총독부, 「朝鮮ニ 於ケル 敎育ノ槪況」, 경성, 1937.(임남경, 「일제전시체제제하 초등교육에 관한 일고찰」, 이화여대 석사논문, 1982, 25쪽, 재인용)
8) '내면성'에 대해서는 이종영의 『내면성의 형식들』(새물결, 2002, 1-3장) 참조.

로 작동하는 장을 재구성하는 것이자 동시에 피식민지 주체의 주체화의 맥락과 그 성격을 가늠해보는 계기가 될 것이다.

본고는 먼저 『조선어독본』의 내용을 고찰하고 거기에 작동한 조선총독부의 식민주의와 근대성의 특성을 살펴볼 것이다. 그리고 그런 현실에서 형성된 근대적 주체의 모습을 당시 발표된 김동인과 염상섭의 작품을 중심으로 검토하기로 한다. 「약한 자의 슬픔」이나 「만세전」 등은 근대적 주체의 내면을 섬세하고 사실적으로 보여준다는 점에서 교과서 분석을 통해서 확인한 피식민지 주체의 이중성을 구체적으로 실감할 수 있는 계기를 제공해줄 것이다. 물론, 이들 작품에서 등장하는 인물이 식민교육에 의해 성장한 주체라고 단정하는 것은 아니다. 하지만 그들의 사고와 행동에는 일제에 의해 강요된 피식민지 주체의 모습이 무의식적으로 각인되어 있다는 점에서 본 논지를 보완하는 역할을 하기에 충분하다고 하겠다. 이런 작업을 통해서 본고는 근대적 주체의 내면성을 살피고 궁극적으로 근대문학이 어떤 조건에서 생성되고 전개되었는가를 규명하고자 한다.

2. 식민 교육과 순응적 주체

최근의 교육과정과 비교할 때 식민치하 1920년대 교과서는 여러 점에서 격세지감을 느끼게 한다. 시대 현실에 능동적으로 대응하는 주체적이고 창의적인 인간을 만드는 데 최근 교육의 목적이 있다면, 식민치하의 교육은 그것과는 거리가 멀었기 때문이다. 최근의 교육과정은 단편적이고 사실적인 지식을 암기하고 이해하는 능력보다는 정보를 탐색하고 분석하여 새로운 지식을 창출하는 능력, 자기 주도적인 평생학습 능력과 효율적인 의사소통, 그리고 협동적 문제해결 능력 등을 중요한 목표로 제시한다. 그것은 이른바 구성주의 철학의 도입에 따른 주관적·상대적 지식관에 바탕을 둔 것으로 기존의 객관적·절대적 지식관과는 방향을 달리한다. 지식을 인간 외부에 독립적으로 존재하는 것이 아니라 인간 내부의 개별적인 경험에 의해 주관적으로 구성되는 것으로 보고 학습자 중심의 교육을 지향한 게 최근의 교육이라면,[9] 식민치하의 그것은 그와는 정반대로 '가르치는 주체' 즉, 일제의 의도가 전면화된 강한 목적성을 보여준다. '배우는 주체'의 신체적, 정의적, 지적 성장의 특수한 과정을 고려하기보다는 '가르치는 주체'를 중심으로 모든 학생이 도달해야 할 목표를 설정하고, 그것을 위해 학생들에게 동일하고 획일적인 교육을 시행하는 식이다. 조선어에 대한 교수·학습을 목적으로 하는 『조선어독본』이 마치 『수신』교과서와 같은 다양한 실용 지식과 정보를 담고 있는 것은 그런 이유로 이해될 수 있을 것이다.

〈표 2〉 『조선어독본』 3권 내용 분류[10)]

내용	단 원 명
수신	「그네」「낚시질」「편지」「추석」「매암이와 개미」「운동회」「문병」「이언」
역사	「솔거」「박혁거세」
이과	「소와 말」「제비」「희우(喜雨)」「집히 효용」
지리	「백두산」「경성」
실업	「식목」「나물캐기」「국화」
문학	「나븨」「달」「말하는 남생이」「노인의 이약이」「여호와 가마귀」

---

9) 교육부, 『국어과·한문과 교육과정 기준(1946~1997)』, 2000. 12.
10) 조선총독부, 『보통학교 조선어독본』 3권, 조선서적인쇄주식회사, 1924. 6.

여섯 권 중에서 한 권을 표본으로 정리한 것이지만, 표에서 알 수 있듯이 『조선어독본』에서 가장 큰 비중을 차지하는 것은 수신적 내용이고, 다른 글들도 대부분 도덕과 교훈을 전달하기 위한 의도로 채워져 있다. 이과(理科)에 속하는 글들이나 실업, 심지어 문학 영역에 속하는 단원들도 대부분 도덕적 가르침이나 교훈을 전달하고자 하며, 조선의 인물과 지리에 대한 설명 역시 그런 의도와 연결되어 있다. 그런데 그 모든 것이 궁극적으로는 일제의 식민정책과 연결된 것이라는 점에서 교재의 내용이란 기실 일제가 조선 민중에게 주입하고자 했던 식민지적 이념과 가치라고 해도 과언이 아니다.

개별 단원의 내용을 살필 때 이런 사실은 한층 구체적으로 드러나는데, 이 과정에서 우선 시선을 끈 것은 교과서 문장의 대부분이 현상이나 사물을 단순하게 지시·서술하는 식으로 되어 있는 점이다. 사물의 현상을 소박하게 진술해서 단편적인 정보만을 제공할 뿐 주체의 능동적 사유라든가 창의성을 기대할 수 없도록 되어 있다.

> 오정 친다. 점심 먹자. 호각 분다, 체조하자. 종친다, 상학하자. 하학종 친다. 해가 늦었으니 집에 가자.(18과)
> 오늘 구경 잘 하였다. 마음이 상쾌하다. 그렁저렁 해가 다 졌다. 달이 벌써 떴다. 형님, 어서 집에 갑시다.(26과)[11]

종이 치면 점심을 먹고, 호각이 불면 체조를 하고, 그리고 해(시간)가 늦었으니 집으로 돌아가자는 내용으로 외적인 규율에 맞춰 움직이면 된다는, 행동에 필요한 사유라든가 고민을 전혀 찾을 수 없다. 그저 외부의 자극이 주어지면 거기에 맞게 동물적으로 반응하면 그

---

11) 조선총독부, 『보통학교 조선어독본』 1권, 조선서적인쇄주식회사, 1911. 3.

만이라는 식이다. 이런 식의 진술을 통해서는 주체의 능동성과 창의성을 기대하기란 힘든데, 그것은 인간의 행위가 단순히 외적 자극에 의해 이루어지는 것이 아니라 상황에 따른 주체의 능동적인 판단과 결단을 통해서 이루어지는 까닭이다. 그런데 교재는 그와는 정반대의 내용만을 제시하여 인간을 수동적 객체로 만들고, 궁극적으로 식민정책에 순응하는 무저항의 주체를 양산코자 하고 있다. 교과서 전반이 근대적 계몽과 합리주의로 채워져 있음에도 불구하고 그것이 제한적으로밖에 관철되지 못하고 있음을 보여주고, 그런 점에서 『조선어독본』은 우리 교육의 오랜 병폐로 거론되는 주입식 교육의 뿌리가 어디에 있는가를 단적으로 시사해 주기도 한다.

1) 예절과 도덕

『조선어독본』 전반에서 가장 큰 비중을 차지하는 항목은 예절과 도덕이다. 예절과 도덕이란 원래 구속력이나 강제적 규범을 뜻하기보다 스스로 타인을 존중하는 자세를 지칭하는 말이다. 일상생활에서 그것은 어떤 일의 순서나 절차, 말투나 몸가짐, 행동의 양식 등으로 구체화되는 일종의 실천 덕목이지만,『조선어독본』에는 그것이 식민 치하의 특수한 상황에서 강요된 것이라는 점에서 구별된다. "황국 신민다운 자질과 품성을 구유(具有)케 해야 한다."[12]는 일제의 교육 목표에서 알 수 있듯이, 도덕과 예절이란 식민 주체로서 학생들이 구비해야 할 행위의 구체적 내용들이다. 그래서 「저녁인사」(1), 「아침인사」(1), 「선생님과 생도」(1), 「한식」(2), 「집안일의 조력」(2), 「문병」(3),

---

12) 한국교육연구소 편, 「일제의 교육침략과 민족교육운동」,『한국 교육사』, 풀빛, 1997, 171쪽.

「김장」(4), 「인사」(4), 「이웃사촌」(4), 「유아의 소견」(4), 「애친」(4), 「한식」(5), 「친절한 여생도」(5), 「예의」(5), 「근검」(5), 「성실」(6), 「공자와 맹자」(6), 「공덕(公德)」(6), 「자활」(6)[13] 등은 모두 자신을 관리하고 원만한 사회생활을 하기 위한 덕목들을 내용으로 하고 있다.

저학년용인 1권의 「저녁인사」와 「아침인사」는 아침이 되면 아버지, 어머니, 형님을 비롯한 이서방, 복동이에게 잘 주무셨냐고 공손하게 인사하고, 또 저녁이 되면 같은 식으로 인사를 해야 한다는 내용이다. 「선생님과 생도」에서는 선생님의 가르침을 '귀애'하고 '잘 들어'야 하며, 「문병」에서는 친구가 감기로 결석을 하면 정중한 안부편지를 보내고, 「인사」에서는 경조사를 당한 사람에게 전하는 각종 인사 문구가 소개된다. 부자와 사제, 친구와 어른을 공경해야 한다는 이런 내용들은 대부분 유교적 가치와 이념에 바탕을 두고 있고, 그래서 수직적 서열의식과 그에 맞는 품성의 함양이 무엇보다 강조된다. 공손하고 친절한 주체를 형성하고자 하는 의도로 이해되지만, 그것은 다음에서 알 수 있듯이 사회와 국가의 윤리와 결합되어 있다는 점에서 개인적 덕목의 단순한 강조에 머무는 것은 아님을 알 수 있다. 즉, 이런 개인의 윤리는 「이웃사촌」에서는 사회적 부조의식으로 연결되고, 「근검」에서는 국가의식으로 확대되어 있다. 이웃에 가까이 사는 사람은 '어떠한 일에든지 서로 구조(救助)하는 일이 많은 고로, 멀리 살아서 자주 상종하지 못하는 친척보다 오히려 친근하'며, 더구나 "아무리 번족한 사람이라도 이웃사람의 부조를 받지 아니하고 사는 사람은 전혀 없"기 때문에 이웃사람과 '서로 친목하고 서로 부조하는 게 가장 좋다'고 한다. 「친절한 여생도」에서는 길거리에서 만난 안면

---

13) 괄호 속의 숫자는 글이 수록된 『조선어독본』의 권수를 말한다.

부지의 노인에게도 공손한 태도를 가져야 한다고 가르치며, 「한식」에
서는 그런 마음이 조상에게 확대되어 한식날이면 산소에 가서 정성
껏 제사를 올려야 한다는 진술로 이어진다.

　고학년용인 『조선어독본』 5~6권에서 ‘근검’과 ‘성실’ ‘예의’ ‘순
서’ 등의 덕목들이 한층 강조되어 나타난다. 「근검」에서는 “일가를
풍족케 하며, 일국을 부유케 함에 가장 필요한 것은 근(勤)과 검(儉)”
이라는 사실을 강조하면서 ‘근’이란 노력을 아끼지 않고 업무에 힘쓰
는 것이고, ‘검’은 자기의 신분에 따라서 절약하고 남용하지 않는 것
이라고 말한다. 그리고 이 두 요소에 의해 ‘사업의 성취’가 결정되기
때문에 천품이 둔한 사람이라도 힘써서 근검하면 성공할 수 있고, 그
것은 바로 “家를 興하고 國을 強하게 하는 要諦”라고 말한다. 「성실」
에서는, 성실이란 추호라도 허위의 마음이 없이 여하한 일에든지 진
정 근직(謹直)을 위주로 하는 선행이고, 성실한 사람은 그 행동에 표
리(表裏)가 없고 이심(二心)을 갖지 않으며, 궁극적으로는 “君에 忠”
하게 된다고 한다. 이를테면, 유가의 수신과 충군의 논리를 그대로 재
현한 형국인데, 이는 「공자와 맹자」에서 ‘동양의 대성인’으로 공자를
평가하고 그의 ‘수신(修身)·제가(齊家)·치국(治國)·평천하(平天下)
의 도(道)’를 강조한 것과 같은 의도로 볼 수 있다.

　　大凡 事物은 如此히 整然한 順序가 잇어서 成就되는데, 我等이 學業
을 修하야 實社會에 出함에는, 더욱 順序를 要하는지라. 萬一 事의 先後
를 바꿔하든지, 速成하기를 爲하여, 順序를 밟지 아니하고 躐等하야 하면,
徒勞無功할 뿐 아니라, 도로혀 失敗하는 일이 만으니, 우리들은 何事를
當하든지, 愼重한 態度로 先後 輕重의 順序를 잘 밟아서 行할지니라.14)

14) 조선총독부, 『보통학교 조선어독본』 5권, 조선서적인쇄주식회사, 1924. 6, 75쪽.

모든 사물에는 정연한 '순서'가 있다는 점, 그것을 어기거나 소홀히 하면 도로무공(徒勞無功)하게 되며, 그래서 어떤 일이든지 신중하게 선후의 경중과 순서를 밟아야 한다는 내용이다.

이러한 내용들을 종합하자면, 피교육자는 매사에 순응하고 공경하는 자세를 가져야 한다는 내용으로, 일제가 양성하고자 했던 피식민 주체의 성격이 어떠했나를 짐작케 해준다. 일상생활에서 윗사람을 공경하고 조상을 숭배해야 한다는 윤리는 효(孝)를 사회의 질서 유지를 위한 근본 원리로 삼고자 하는 의도와 관계되며, 그것은 인간 내면에 존재하는 도덕성에 주목하고 그것을 계발해서 사회의 혼란을 구제하고자 했던 공자의 본래적 의도를 일제치하의 현실에 적용한 형국이다. 일본과 조선을 문명 대 미개, 천황의 나라 대 신민의 나라로 구분하고, 조선이 일본을 공경하고 따라야 한다는, 천황을 정점으로 해서 가부장적 도덕질서를 적용한 식이다. 여기에 의하자면 조선인은 강자에게 순응하고 복종하는 공손한 내면의 소유자로 스스로를 정립할 수밖에 없게 된다.

2) 위생과 일상의 규칙

『조선어독본』에서 두드러지는 또 다른 항목은 사회 위생과 일상생활의 규칙이다. 위생이란 인체의 발육과 건강 및 생존에 유해한 환경을 살피는 일로, 개인뿐만 아니라 지역사회 전반의 노력을 전제로 한다. 당시 조선은 개항과 더불어 근대성의 세례를 받았지만, 사회 전반은 여전히 전근대적이고 비위생적인 상태에 놓여 있었고, 근대적 위생관념 또한 거의 형성되지 못한 상태였다. 갑오개혁 이후 서양문명이 조금씩 유입되면서 서양 의학이 들어오고 위생 면에서 근대화가 진행되던 상황에서,[15]교과서에 수록된 위생 담론들은 그런 전근대적 환경을 개선하려는 의도로 볼 수 있지만, 그 또한 일제의 식민정책과 밀접하게 관련된 것들이었다. 일상생활에 필요한 각종 정보를 제공하는 과정에서 공공연하게 '국민의 도리'를 강조한 것은 위생 담론의 궁극적 의도가 국가의 근간이 되는 국민을 건강하게 관리하는데 있었다는 것을 의미한다. 『조선어독본』에 수록된 「약물」(2), 「하계위생」(4), 「청결」(5), 「安珦의 禁巫」(5), 「폐물이용」(5), 「신선한 공기」(5), 「종두」(6), 「조선의 행정관청」(6), 「납세」(6) 등은 모두 위생이나 실생활에 유용한 내용들을 담고 있다.

「약물」에서는, 약물에는 좋은 것이 있고 그렇지 않은 것이 있으니 좋은 것을 가려 먹어야 하고 또 좋은 것이라도 너무 많이 먹지 말아야 하며, 약물터에서는 많은 사람들이 모이는 관계로 질서를 지켜야 한다는 내용이다. 「청결」에서는 만병의 근원은 불결에 있다는 사실을 예시와 함께 소개한다. 호열자 등 전염병은 모두 불결에서 비롯된 것이고, 전염병에 걸리면 자기 일신의 불행뿐 아니라 부모와 형제에게도 화를 미치며 심하면 일가가 전멸하고 이웃동네에까지 전염되어 일대소동을 일으키니 각별히 주의해야 한다는 것, 따라서 의복, 취식, 가옥 등 주변 환경을 오염시키지 않는 게 무엇보다 중요하다고 강조한다. 「신선한 공기」에서는 물에는 청수(淸水)와 탁수(濁水)가 있듯이, 공기에도 깨끗한 것과 더러운 것이 있어서 청결한 것은 위생에 유익하지만 더러운 것은 그렇지 않으며, 따라서 실내의 공기를 유통하여 신선한 공기를 호흡하도록 해야 한다고 주문한다. 「종두」에서는 종두의 유래와 제너의 공적을 설명하면서 종두로 인한 피해를 예방하기

---

15) 조형근, 「근대 의료 속의 몸과 규율」, 『근대성의 경계를 찾아서』, 새길, 1997, 228-229쪽.

위해서는 종두를 적극적으로 접종해야 한다고 권고한다.

이런 내용들은 당시 전근대적인 관념에 사로잡혀 미신이 성행했던 현실에서 어찌 보면 매우 필요하고 유용한 정보였다. 「종두」에서 언급된 것처럼, 종두를 맞으면 "신체에 우모(牛毛)가 생(生)한다, 우성(牛聲)을 발(發)한다"는 등 미신에 사로잡힌 사람들에게 종두의 과학성과 효험을 설명하는 것은 전근대적이고 비과학적인 사고방식을 개선하려는 근대적 의도로 볼 수 있다. 그렇지만 이러한 위생 담론은 궁극적으로 사회 전반의 위생을 염두에 둔 것이라는 점에서 또 다른 의도를 내재하고 있었다.

> 파리・모긔・벼룩・빈대 갓은 벌어지들은 흔히 病毒을 媒介하야, 惡病을 傳染식히는 일이 만은 대, 그러한 蟲類는 모다 더러운 곳에서 發生하는 것이오. 그러한 즉 누구든지 반다시 집의 內外를 淸潔하게 掃除하고, 또는 파리・모긔・벼룩・빈대들을 잡아서, 恒常 衛生上에 害되는 일을 豫防하기에 注意하지 아니하면 아니 되오.16)

개개인의 위생도 중요하지만 보다 중요한 것은 환경 즉, '집의 내외'를 깨끗하게 '청소'하는 것이라는 주장으로, 학교에서 위생 담론을 강조한 궁극적 의도가 어디에 있었는가를 암시해 준다. 국민을 건강하게 관리함으로써 식민체제 유지하기 위한 노동력과 군사력을 양성하고자 하는 '국민 만들기'의 일환이었음을 어렵지 않게 간파할 수 있는 것이다.

그런 사실은 위생 담론과 함께 큰 비중을 차지한 실생활에 필요한 각종 지식과 정보를 담고 있는 단원들에서 한층 구체화되어 나타난

---

16) 조선총독부, 『보통학교 조선어독본』 4권, 조선서적인쇄주식회사, 1924. 6, 24-25쪽.

다. 물건을 구매하기 위해 주문서를 작성하는 법, 식목일의 의미, 세금의 중요성과 납세의 의무 등등을 통해서 국민 된 도리를 알리고 실천하게 하려는 의도를 노골적으로 드러내고 있다. 「주문서」(4)에서는 모필(毛筆)을 시용(試用)해 본 뒤 제품을 구입하는 주문서의 사례를 소개하고, 「식목일」에서는 신무천황 제일(神武天皇 祭日)을 식목일로 정하고 해마다 나무를 심는다는 것, 조선은 어디든 붉은 산이 많고 그래서 수해와 한해가 심하고, 따라서 나무를 많이 심어서 그것을 예방해야 한다고 언급한다. 「인삼과 연초」(5)에서는 인삼과 연초의 특성을 말하고, 이 둘은 '조선총독부 전매국'에서 주관하니 허가 없이 경작하거나 제작·판매하는 것은 금지되었다는 사실을 강조한다. 「조선의 행정관청」(6)에서는 "조선은 대일본제국의 일부니, 조선총독이 천황의 명을 봉하야 차를 통치하나니라. 경성에 조선총독부를 치하야 정치를 행하나니, 총독의 하에는 정무총감이 있어서, 총독을 보좌하야 일반 행정사무를 지휘감독하나니라."라고 하며, 총독 산하 전국의 행정기관과 업무를 소개하고 있다. 그리고 「납세」(6)에서는, 세금은 "국가가 국운을 융창케 하고, 국민의 복리를 증진케" 하는 경비가 되는 까닭은 "아등(我等)은 납세의 중요한 소이(所以)를 각성하야 국민 된 본분을 다하도록 하야야 할" 것이라고 말한다. 이를테면 조선의 행정관청의 위상과 역할을 설명하고, 납세의 의무를 충실히 이행하는 것이 바로 '천황의 명'을 받드는 것이라는 주장이다. 이러한 일상의 정보는 조선과 일본의 지리적 특성을 소개한 「조선의 지세」(3)와 「부산항」(3) 등에서도 발견되는데, 특히 「富土山과 金剛山」에서는 이 모든 것을 일본과의 관계선상에서 설명한다. 내지의 웅장하고 신비로운 산야가 조선반도로 연결되어 있다는 식인데, 여기에 비추자면 조선은 지리적으로나 신분적 위계에서 일본의 하위 체제의 하나일 뿐 그 자체로 독립적인 영역을 갖는 나라가 아니라는 것을 알 수 있다.

그렇다면, 실용적 지식과 정보는 생활의 편의뿐만 아니라 궁극적으로는 일제가 요구하는 근대적 주체의 기율과 관계되는 것임을 알 수 있다. 일제는 일상생활의 모든 영역에서 자기들에게 충성하고 봉사하는 새로운 주체를 요구했고, 그것을 이렇듯 위생과 실용 정보를 통해서 내면화시키고자 한 것이다. 일제의 위생 행정이 경찰제도와 직결된 통치방식의 일환이었다는 점을 생각할 때 그런 사실은 한층 분명해지거니와, 일제는 합방 이후 모든 위생 행정을 경찰관제의 경무총감부 위생과에서 총괄할 정도로 위생문제를 중요한 식민지 규율의 도구로 활용하였다.[17] 교과서에서 위생이나 실용 관련 정보들이 계몽적으로 강요된 것은 그런 사실과 관계될 것이다. 하지만 일제가 진정한 의미의 근대적 시민을 양성하고자 했다면 교과서의 진술을 그런 방식으로는 하지 않았을 것이다. 근대적 시민이 인격적 주체로서 자신의 자유와 권리를 주장할 뿐만 아니라 타인을 존중하는 자각적 존재를 의미한다면, 교과서에서는 그런 측면이 배제되고 단지 의무만이 강요되어 있다. 권리를 모른 채 의무만을 강요받는 주체란 기실 자기성찰이 배제된 순종과 희생의 주체일 수밖에 없고, 식민치하의 현실에서는 궁극적으로 식민주의의 규율과 제도를 내면화한 존재일 수밖에 없는 것이다.

3) 조선과 몰역사적 과거

『조선어독본』에서 조선과 관련된 단원이 큰 비중을 차지하는 것은

---

17) 김진균 외,『근대주체와 식민지 규율권력』, 문화과학사, 1997, 235쪽.

매우 이채로운 대목으로 이해될 수도 있다. 교재를 편찬한 주체가 '조선총독부'이고 또 교재의 궁극적 의도가 식민지적 질서를 구축하는데 있었기에 조선의 역사와 인물을 큰 비중으로 다룬다는 것은 그런 의도에 반하는 것으로 보이는 까닭이다. 하지만 내용을 자세히 검토해 보면 실상은 그렇지 않았다는 것을 알 수 있다.

『조선어독본』에 수록된 조선 관련 역사와 인물들은 '조선어' 교재라는 성격상 불가피하게 수록된 기능적 단원으로, 조선 사람으로서의 민족적 정체성이라든가 그에 대한 자부심 등이 철저하게 배제되어 있다. 「솔거」(3), 「박혁거세」(3), 「한석봉」(5), 「신라의 고도」(5), 「서경덕」(6), 「이퇴계와 이율곡」(6) 등은 외견상 조선의 명사와 신화적 인물들을 소개하는 듯하지만, 사실은 단편적인 일화의 나열에 그치고 있다. 「솔거」에서는 솔거가 신라 사람으로 그림을 잘 그려서 일찍이 황룡사의 벽에 소나무를 그렸는데, 그 줄기가 워낙 생생하고 가지와 잎사귀의 모양이 천연히 산 것과 같아서 까마귀나 솔개들이 앉으려다가 벽에 부딪혀 떨어졌다. 이후 색이 바래서 새로 칠했으나 새들이 일절 오지 않았다는 내용이다. 「박혁거세」에서는 알에서 나온 박혁거세가 어려서부터 영민해서 13세에 신라의 시조가 되었다는 내용이 소개되고, 「한석봉」에서는 한석봉이 떡 장사를 하는 모친의 정성으로 큰 학자가 되고 또 명필이 되어 후세에 명성을 날렸다는 내용이, 그리고 「서경덕」에서는 서경덕의 총명하고 호학하는 자세를 소개한 뒤 서경덕이 보인 '정신일도 금석가투(情神一到 金石可透)'의 정신을 잊지 말고 열심히 연구하면 무슨 일이든지 터득치 못할 게 없을 것이라는 내용이 소개된다. 이들은 모두 성실하고 남다른 업적을 이룬, 초등학생들이 존경하고 본받아야 할 인물임에 틀림없다. 이들 인물이 해방 후의 교과서에도 계속해서 수록된 것은 그만큼 우리 민족의 얼과

정신을 담지하고 있었기 때문일 것이다.

　그렇지만, 교재에 소개된 내용이란 '조선'과는 거리가 먼 추상적 교훈과 정보에 그치고 있다. 솔거는 그림을 잘 그리는 화가의 한 사람일 뿐 조선의 정신과 혼을 지닌 인물과는 거리가 멀며, 한석봉 역시 글씨를 잘 쓰는 사람일 뿐 조선의 얼을 담지한 역사성을 갖고 있지는 못하다. 인물이 지닌 역사적 맥락과 배경이 생략된 채 단지 교훈적 특성만이 서술된 까닭인데, 그런 사실은 같은 인물을 그대로 수록한 해방 후의 『초등 국어독본』(1946)과 비교해 보면 한층 분명하게 이해될 수 있다. 즉, 미군정기의 「솔거」에는,[18] 솔거를 신라 진흥왕 때의 인물로 소개한 뒤 그림을 그리고 싶어서 하느님께 빌었고, 꿈에 '단군(檀君)'이 나타나서 "신의 힘"을 주었으며, 그 후 열심히 노력해서 마침내 세상에서 제일가는 명화공이 되었다고 소개된다. 식민지 교과서에서는 전혀 언급되지 않았던 민족의 시조 '단군'이 언급되고 그의 정기와 얼을 이어받은 인물로 솔거가 성격화된 것이다. 「박혁거세」에서는 박혁거세가 임금이 된 내력이 상세히 소개되는데, 특히 백성을 다스리기 위한 덕목으로 학문과 용기, 덕, 다정, 정직, 지방 사정을 잘 알아야 한다는 점이 강조되어[19] 신화적 사실의 단순한 재현이 아니라 민족의 지도자로 성격화되어 있다. 여기에 비추어 볼 때, 조선총독부의 『조선어독본』에 수록된 과거 인물에 대한 진술은 매우 기능적이고 단편적인 소개 이상의 의미를 갖고 있지 못하다는 것을 알 수 있다. 그렇기에 『조선어독본』에 수록된 인물들을 다른 사람으로 대체하더라도 전달하고자 하는 내용(즉 교훈적 덕목)에는 전혀 변함이 없다. 실제로 1937년에 새로 편찬된 보통학교용 『조선어독본』에는

---

18) 한글학회, 『초등 국어교본』(중), 미군정청학무국, 1946. 4, 86-93쪽.
19) 한글학회, 『초등 국어교본』(중), 미군정청학무국, 1946. 4, 38-43쪽.

「솔거」가 「솔거와 응거(應擧)」로 조정되어 있다. 솔거와 같은 일본의 유명 화가 응거를 덧붙여 두 인물의 일화를 단편적으로 대비해 놓았을 뿐 다른 변화는 발견되지 않는다.

이런 사실은 고전문학을 수용하는 과정에서도 그대로 이어진다. 언급한 대로, 3권에 수록된 고소설 「심청」은 전통적인 효의 의미를 심청을 통해서 보여주며, 설화인 「영재(永才)와 도적」은 신라 원성왕 때의 스님인 영재의 일화를 짧게 소개하고 있다. 즉, 물욕에서 벗어난 노승 영재가 고개를 넘다가 도적을 만나지만 그의 무욕한 언행에 감동한 도적들이 오히려 무기를 버리고 스님을 따라 지리산으로 들어가 함께 살았다는 내용이다. 5권의 「사자와 산서(山鼠)」에서는 이솝 우화를 변형한 듯한 내용으로, 잠든 사자의 콧등에 올라 앉아 위엄을 뽐내던 쥐가 사자의 잠을 깨워 혼이 나고 용서를 빌지만, 얼마 후 사자가 덫에 걸려 죽을 위기에 처하자 끈을 끊어서 살려주었다는 보은(報恩)의 이야기이다. 보은이라는 주제 외에는 서사의 배경이라든가 지역적 특성 등을 전혀 확인할 길이 없다. 「정저와(井底蛙)」(5)는 『장자(莊子)』에 나오는 일화를 소개한 것으로, 견문이 넓지 못하면서도 자신의 재능이 출중하다고 망신(妄信)하는 사람을 경계하는 내용이고, 「분수 모르는 토끼」 역시 자신의 분수를 잊은 채 사슴과 염소와 소의 뿔을 탐내던 토끼가 자신은 그들이 갖지 못한 귀를 가졌다는 사실을 깨닫고 기뻐한다는 내용이다. 「소화 이편(小話 二篇)」(6)에서는 여행자가 길을 가다가 곰을 만나자 죽은 척해서 위기를 모면했다는 내용과, 새벽잠이 없는 노파에게 괴롭힘을 당하던 여자 하인들이 닭을 죽여서 노파의 성화에서 벗어나고자 했으나 오히려 시도 때도 없이 울어대는 닭으로 인해 괴로움을 당하게 되었다는 이야기이다.

이런 단원은 모두 효, 무욕, 지혜, 자만심의 경계, 안분지족(安分知

足) 등 단편적 교훈으로 일관되어 문학적인 맛이라든가 민족적 정취를 느낄 수 없다. 교훈적 덕목만을 건조하게 제시함으로써 작품에 수반되는 역사적 맥락과 지역적 특성을 배제한 도덕 교과서와 다름없는 식이다. 그런 사실은 앞의 경우와 마찬가지로 미군정기의 『초등국어독본』과 비교해보자면 한층 확연해지는데, 가령 미군정기의 「심청」에서는 심청을 공양미 삼백 석에 팔아넘기게 된 아버지의 미혹함과 안타까움이 대화체 형식으로 제시되고, 그런 아버지를 측은히 여기는 심청의 심경이 사실적으로 소개되어 소설의 묘미가 십분 발휘되어 있다. 중국 상인이 오가는 바닷가라는 공간적 배경과 부녀간의 사랑과 헌신 등의 심리 묘사에서 우리 고유의 전통과 가치가 드러나는 것이다.

그런 사실과 비교할 때 일제의 『조선어독본』은 '조선어'라는 수식어에도 불구하고 근본적으로 조선의 역사를 자신(일제)을 위해서 써버리는 '민족에 대한 강력한 폭력'[20]을 행하고 있다는 것을 알 수 있다. 바바의 언급처럼, 이런 담론들은 '문명화 과정에서 고착된 위계질서 속에 타자(즉 조선)의 역사를 기록'한 것이고, 궁극적으로 '식민지적 팽창과 착취를 정당화'하는 역할을 수행한다. 조선인으로서 조선어를 학습하고 있음에도 불구하고 자기 문화에 대한 어떤 자긍심과 특성도 배우지 못하는 현실에서 피식민지 주체는 교재 곳곳에서 언급된 일본 문화에 대한 선망의식을 내면화할 수밖에 없는 것이다. 여기다가 식민사관이 더해지면서 그 정도는 한층 심각해져 우리 민족은 주체성이 없고 퇴영적이며 사대주의에 사로잡힌, 내적 발전이 전혀 없는 민족으로 전락하고 마는 것이다.

─────────────

20) 호미 바바, 나병철 역, 『문화의 위치』, 소명출판, 2002, 198쪽.

3. 주체의 양면성과 모순적 내면

근대적 주체를 생산하는 과정은 다양한 차원에서 전개되었으나, 교육은 다른 영역과 달리 조선총독부가 조직적으로 관리하고 통제했던 까닭에 그 영향력이 한층 강력하고 전면적이었다. 경서 위주의 서당 교육에서는 체험할 수 없었던 질적으로 다른 지식과 경험, 인간관계, 다양한 문화 체험 등은 근대적 주체의 내면을 한층 새롭게 형성해 놓았을 것으로 짐작된다. 그런데 언급한 대로, 일제의 교육이란 '충성스러운 신민'을 만드는 무국적의 교육이었던 관계로 근대적 지식을 제공하면서도 한편으론 봉건적 위계를 강조하여 자신들의 우월적 지위를 존중받고자 하는 의도를 동시에 갖고 있었다. 그런 양면성은 피지배자를 파악하여 지배하기 쉽도록 만들기 위해 '나를 닮아라'고 요구하면서 동시에 식민 지배체제를 유지하기 위해 '나와 같아서는 안 된다'는 모순된 요구에 바탕을 둔 것으로, 이런 허용과 금지가 뒤섞인 양가성에 의해 피식민지 주체는 규칙을 따르면서 동시에 어기는 모순적 모습을 보이게 되는 것이다.[21] 그런 사실은 여러 글에서 확인되거니와, 특히 두드러지는 것은 문학 작품이다. 1920년대를 대표하는 김동인과 염상섭 등의 소설에서 목격되듯이, 근대 교육을 받은 피식민지 주체가 처한 상황은 냉혹한 규율과 감시의 세계이고, 그 속에서 형성된 주체의 내면은 모순적이고 분열된 형국이다. 물론, 앞에서 언급했듯이 이들 작품에 등장하는 인물들이 식민교육에 의해 성장한 주체라고 단정할 수는 없다. 하지만 그들의 사고와 행동에는

---

21) 피식민 주체의 양면성에 대해서는 앞의『문화의 위치』(소명출판, 2002, 2-5장)와『자기의 땅에서 유배당한 자들』(프란츠 파농, 김남주 역, 청사, 1978), 박상기의「탈식민주의의 양가성과 혼종성」(고부응 외,『탈식민주의』, 문학과지성사, 2003) 참조.

일제에 의해 강요된 피식민지 주체의 모습이 무의식적으로 각인되어 있다는 점에서 본 논지를 보완하는 역할을 하기에 충분하다고 하겠다.

「약한자의 슬픔」은 김동인 소설의 초기적 특성을 전형적으로 보여주지만, 한편으론 근대 교육을 통해 형성된 피식민지 주체의 내면을 상징적으로 표상한 작품이기도 하다. 작품은 '강 엘리자베트'라는 여주인공을 중심으로 해서 주인공으로 대표되는 자아와 그를 둘러싼 주변 인물들로 대표되는 현실 세계와의 관계가 어떤 것인가를 보여준다. 즉, 엘리자베트는 가난한 고아로서 가정교사 노릇을 하는 여학생인데, 주인인 K남작의 유혹에 큰 저항 없이 몸을 허락한 뒤 점차 파멸의 구렁텅이에 빠져드는 인물이다. K남작으로 대표되는 현실세계는 언제나 야만스런 탐욕과 힘의 논리에 지배되어 있고, 그런 현실에서 단독자인 개인은 자신의 의지와는 무관하게 그 희생양으로 전락할 가능성을 갖고 있다. 여기서 엘리자베트의 파멸은 강고한 현실에 처한 개인의 무력함을 단적으로 시사해주는데, 특히 주목되는 것은 엘리자베트의 내면적 갈등이 주된 요인으로 제시된다는 점이다. 이 때 갈등의 두 축은 근대성과 봉건성이다. 가령, 그녀가 직면한 현실은 일제 식민주의가 빈틈없이 규율하는 곳이고, 그런 현실을 바탕으로 형성된 내면인 관계로 그것은 근대성과 봉건성이라는 이중의 압력 속에 놓여 있다.

그녀의 외모와 의식은 근대적 신여성의 전형이다. "그리스 조각상을 연상시키는 뺨과 목의 윤곽을 가진" 아름다운 모습과 친구들이 풀지 못하는 기하(幾何)를 가르쳐준다거나, 책상을 오르간 삼아 다뉴브곡을 뜯는 모습은 당시 여러 작가들의 작품에서 묘사된 근대 교육의 세례를 받은 신여성의 아이콘(icon)이라 해도 지나친 말이 아니다. 더구나 조선의 것은 뭐든지 싫어하고 새로운 것과 세련된 외향을 추구하는 성격이나 K남작에게 버림받은 뒤 쫓겨 내려온 시골에서 내보인 다음과 같은 외침은 그녀가 품고 있는 가치가 '서울'로 표상된 근대적 세계로 향하고 있음을 단적으로 보여준다.

> '아— 내 서울아, 내 사랑아
> 나는 너를 바라본다
>   붉은 눈으로 더운 사랑으로……
> 아침 해와 저녁 놀, 잿빛 안개
> 흩어진 더움 아래서, 나는 너를
> 아— 나는 너를 바라본다.
> 천 년을 살겠냐 만 년을 살겠냐.
> 내 목숨 다하기까지, 내 삶 끝나기까지,
> 나는 너를 그리리라.'[22]

　근대적 가치와 생활이 사회 전반에 확산된 시점에서 선지자처럼 맛본 근대적 삶이 그녀를 사로잡아 급기야 삶의 유일한 목표로 내면화된 것이다. 물론 이런 진술에는 근대 여성을 부정적으로 바라보고 조롱하는 김동인의 가치관이 투사되어 있지만, 그럼에도 불구하고 거기에는 피식민지 교육을 통해서 형성된 주체의 분열적 특성이 집약되어 있다.

　그런 사실은 그녀의 내면에 웅크리고 있는 또 다른 특성인 봉건적 속성을 통해서 확인이 된다. 이를테면, K남작에게 강간을 당한 뒤에 보여준 행동은 그녀가 지향하는 근대적 가치와는 거리가 멀다. 남작의 성폭행을 저항 없이 받아들이고 또 그런 자신의 행위를 돌아보면서 혹 남작의 부인을 괴롭히지나 않을까 걱정하는 모습은 자기보다 지체가 높은 남자를 하늘처럼 떠받들고 순종하는 봉건의식의 전형이

---

22) 김동인, 「약한 자의 슬픔」, 『감자』(김동인 단편선), 문학과지성사, 2004, 60쪽.

고, 특히 남작의 부인에게 자신의 임신 사실을 숨기고 미안해하는 것
은 자신을 기껏 첩(妾) 이상으로 생각하지 않는 전근대적 관념에서
벗어나지 못한 모습이다. 의식의 한편에는 봉건성이 놓여 있고 다른
한편에는 근대성이 웅크리고 있는 형국, 이를테면 피식민지 주체의
분열적 내면을 전형적으로 보여주는 것이다. 그래서 그녀에게 근대성
이란 전면적이기보다는 부분적이고 파편적이다.

> 방청석에는 아주머니 혼자 낮에 근심을 띠고 눈이 둥그레져서 있었고
> 피고석에는 남작이 머리를 저편으로 돌리고 있었다.
> 남작을 볼 때에 그(강 엘리자베트−인용자)는 갑자기 죄송스러운 생각
> 이 났다.
> '오죽 민망할까. 이런 데 오는 것이 남작에게는 오죽 민망할까? 내가 잘
> 못했지. 재판은 왜 일으켜? 남작은 나를 어찌 생각할까? 또 부인은……?'
> 그는 이제라도 할 수만 있으면 재판을 그만두고 싶었다. 짐짓 자기가
> 남작에게 져주고 싶기까지 하였다.[23]

자신이 재판을 걸었음에도 불구하고, 피고석에 앉아 있는 남작을
보고 돌연 죄송스러운 생각에 사로잡혀 안절부절 못하는 것은, 합리
적이고 타당한 행동을 했음에도 불구하고 그것이 자칫 가부장적 권위
를 훼손하지나 않을까 하는 봉건적 심리를 단적으로 드러낸 것이다.
언급한 대로, 식민적 지배 관계에서 지배자는 '나를 닮아라. 그러
나 같아서는 안 된다'라는 양가적 요구를 한다. 이런 허용과 금지의
양가적 요구에 의해 피지배자는 지배자를 부분적으로 닮을 수밖에
없다. '부분적 모방'인 '흉내내기'(mimicry)를 통해 피지배자는 항상
'결함'이 있는 '혼종'이 되고, 궁극적으로 식민체제를 공고히 하는데

---

23) 김동인, 「약한 자의 슬픔」, 『감자』(김동인 단편선), 문학과지성사, 2004, 62쪽.

기여한다. 그런 견지에서 엘리자베트가 보여주는 이중성은 식민주의에 대한 모방으로 이해할 수 있지만, 그것은 어디까지나 부분적이고 또 우스꽝스러운 모방이라는 점에서 불구적인 형태를 벗어나지 못한다. 그래서 그녀는 자신의 행위가 지배자를 흉내 내고 있고, 근본적으로는 일제의 식민주의에 다름 아니라는 것을 깨닫지 못하는 것이다. 식민주의란 재판 과정에서 드러나듯이 냉혹한 힘과 규율의 세계이다. 임신이라는 명확한 물증이 있음에도 불구하고 그녀가 재판에 진 것은, 그것이 과연 남작의 행동인가의 문제보다도 근본적으로 K남작으로 상징되는 거대한 힘을 감당할 수 없었기 때문이다. 남작과 재판관으로 표상되는 강고한 권력 앞에서 엘리자베트는 자신이 '약한 자'라는 사실을 눈물로 받아들일 수밖에 없게 된다. 마치 「만세전」의 평범한 유학생 이인화가 여행의 시작에서 끝까지 '임바네쓰'로 통칭되는 형사의 날카로운 시선을 무력하게 받아들일 수밖에 없었던 것처럼.24) 따라서, "누리에게 지고 사회에게 지고 '삶'에게 져서, 열패자(劣敗者)의 지위에 이르지 않았느냐?! 약한 자기는 이환에게 사랑을 고백지 못하고 S와 혜숙에게서 참말을 듣지 못하고 남작에게 저항치를 못하고 재판석에서 좀더 굳세게 변론치를 못하여 지금 이 지경을 이르지 않았느냐?!"25)는 엘리자베트의 탄식은, 그런 현실 앞에 놓인 피식민지 주체의 무력감을 단적으로 표현한 것이다. 근대 교육에 힘입어 서

---

24) 이인화의 일거수일투족을 감시하는 형사의 존재란 이인화가 처한 상황이 중세의 판옵티콘(panopticon)과도 같다는 것을 암시한다. 중앙 감시탑 바깥의 원 둘레를 따라 죄수들의 방을 만들고, 죄수들로 하여금 자신들이 늘 감시받고 있다는 느낌을 갖게 하여, 종국에는 죄수들이 감시와 규율을 내면화하도록 했던, 그런 감시와 규율 속에 이인화는 처해 있다. 강 엘리자베트가 감당해야 했던 현실 역시 이 판옵티콘과도 같은 셈이다.

25) 김동인, 앞의 「약한 자의 슬픔」, 79쪽.

구적 합리성으로 무장하고 있으면서도 그것을 실제 생활에서 실천하지 못하고 대신 봉건적 권위라든가 가부장적 질서에 의지해서 살아가는 모순적인 주체의 우울한 단면인 셈이다.

이후 그녀는 '이십세기 사람', 곧 철저한 근대인이 되고자 결심하지만, 그것은 식민주의의 본질을 꿰뚫지 못한 상태에서의 자각이라는 점에서 그 귀착점 또한 이전의 행적과 크게 다르지 않을 것이다. 그녀의 지향이란 궁극적으로 제국의 중심에 존재한다고 상상되는 진정한 지배자의 상을 계속 흉내 내는 것에 다름 아니라는 점에서, 외견상의 모습은 아내의 장례를 치른 뒤 서둘러 동경으로 돌아가고자 하는 이인화의 모습과 크게 다르지 않다. 하지만 이인화는 식민주의의 본질을 예리하게 꿰뚫고 있다는 점에서 엘리자베트와는 구별된다. 가령, 사회 전반에 독버섯처럼 번지고 있는 일본식 가옥과 복장, 일본인을 닮지 못해서 안달하는 모습, 그 한편에 도사린 봉건적인 의식과 습속 등을 목격한 뒤 토로한 다음과 같은 절규는 그의 동경행이 단순한 도피만은 아니라는 것을 시사해준다. "이것이 생활이라는 것인가?" "무덤이다. 구더기가 끓는 무덤이다!"[26]라는 절규는, 강고한 식민주의의 실상 앞에서 무력할 수밖에 없는 피식민지 주체에 대한 통절한 자각이다. 물론, 피식민지 주체의 그러한 자각이 근대적 주체로의 성장을 보장하는 것은 아니지만, 그럼에도 불구하고 그의 내면에는 일제라는 타자와 그에 의해 규정된 주체(곧 피식민지 주체)라는 인식이 내재되어 있다는 점에서 탈(脫)식민의 가능성을 완전히 배제할 수는 없는 것이다.

거기에 비추어 볼 때, 강 엘리자베트의 자각이란 주관적 감상의

---

26) 염상섭, 「만세전」, 『염상섭 전집』 1, 민음사, 1987, 82-83쪽.

수준을 크게 벗어나지 못한다. "강한 자라야만 자기의 약한 곳을 찾을 수 있"고, 그것을 자각했기에 자기는 "강한 자"라는 생각은, 강고한 타자를 인식하지 못한 피식민지 주체의 미망에 지나지 않는다. 피식민자의 모방이란 '자신이 부정하는 타자성의 견지에서 현존을 재분절하는 행동'이고 또 '부분적인 닮음의 반복'[27]일 수밖에 없는 까닭에 강자에 맞서기 위해서 강자가 되겠다는 것은 식민주의의 분여(分與)이자 궁극적으로는 고착화에 다름 아닌 것이다. 작품 말미에서 보여준 엘리자베트의 박애주의란 기실 일제 식민주의자가 육성하고자 했던 피식민지 주체의 실상이라 해도 지나친 말은 아닐 것이다. "그의 앞에는 끝없는 넓은 세계가 벌여 있었다. 누리에 눌리어 살던 그는 지금은 그 위에 올라섰다. 그의 입에는 온 우주를 처 누른 기쁨의 웃음이 떠올랐다"는 진술은 마치 판옵티콘(panopticon)에 갇혀 감시자의 시선과 규율을 내면화한 뒤 마침내 스스로 그것을 고백하는 형국이다. 식민주의가 사회 전반을 압착하는 현실에서 그 속성을 간파하지 못하고 단지 '이십세기 사람'이 되고자 하는 그녀의 행로란 환한 불꽃 속에 스스로를 불태울 부나방의 비극적 운명과 크게 다르지 않을 것이고, 그것은 곧 일제가 조선 민중에게 강요한 피식민지 주체의 구체적 모습인 것이다.

4. 근대문학의 딜레마

그 동안 피식민지 주체에 대해서 크게 두 가지 시각에서 조망이

---

27) 호미 바바, 나병철 역, 『문화의 위치』, 소명출판, 2002, 188쪽.

이루어져 왔다. 하나는 민족성을 파괴했다는 측면이고, 다른 하나는 근대성의 측면이다. 일제시대의 교육사를 한국민의 일본제국주의 신민화 과정으로 보고, 교육과정, 교과서, 교육방법 등의 비교육적, 반민족적 특성을 규명한 게 전자라면, 근대적 교육제도가 정착되고 그것을 통해서 사회 전반의 근대화가 진전되었다고 보는 게 후자의 입장이다. 하지만 대립적인 듯한 두 견해는 사실은 식민교육이 지닌 양면성에 다름 아니다. 식민교육이란 본질적으로 피식민의 욕망을 부정하고 식민주의를 정착하기 위한 것이고, 그것은 동시에 사회 전반을 근대적 제도와 이념으로 규율하는 것이었다는 점에서 동전의 양면과도 같다. 이 글이 후자의 시각을 견지하면서도 그것이 지닌 식민주의적 성격에 주목한 것은 그런 사실과 관계된다.

일제는 각종 학교와 교재를 신설·발간하는 과정에서 근대적 교육의 이념과 가치를 일정하게 구현하고자 했다. 근대적 생활과 가치, 문물의 발달과 용법을 설명하면서 전근대적이고 불합리한 생활 전반을 개선하고자 했고, 궁극적으로는 제국의 이념과 가치를 사회 전반에 정착시키고자 했다. 이런 노력의 결과 조선사회는 식민 통치를 겪으면서 이전과는 다른 근대적 면모를 갖게 되었고, 개개인들의 의식도 한층 합리적으로 조정되었다. 하지만 그 일련의 과정은 일제의 통치를 용이하게 하기 위한 우민화 교육에 의해 조율된 것이라는 점에서, 진정한 의미의 근대성과는 거리가 먼 것이었다. 식민주의란 본질적으로 식민 통치를 용이하게 하기 위한 제반 장치와 이데올로기라는 점에서, 개아의 가치와 합리성을 존중하는 진정한 의미의 근대성과는 차원을 달리한다. 그것은 억압적이고 한편으론 봉건적 위계질서를 유지하는 속성을 갖는데, 엘리자베트는 그런 식민주의의 규율 속에 있었기에 자신의 정당한 권리마저 스스로 포기하는 순종의 자세를 드러낸 것이다. 남작은 양반이고 자신은 미천한 신분이라는 차별의식, 남작은 남자이고 자신은 여자라는 불평등 의식은 엘리자베트의 의식 깊숙이 남아 있는 가부장 의식의 잔존물이자 동시에 일제가 의도한 식민주의의 본질이라 해도 과언이 아닌 것이다.

식민지적 근대화를 지양하지 못하는 한 본질적으로 주체성을 추구하는 근대적 인간상의 구현은 요원하다. 식민지 근대화는 식민화가 진행될수록 계속 확대되고 궁극적으로 일본적인 것 자체를 무조건 추수해야 하는 절대적인 가치체계를 형성한다. 그 결과 일본적인 것에 대한 선망과 자기 문화와 역사에 대한 열등의식을 야기하고, 일선동조, 내선일체의 황국신민의 탄생으로 이어지는 것이다. 일본을 통해서 근대성을 경험한 선구적 지식인들은 그것을 보편적 근대체험으로 받아들였고, 그 과정에서 서구 열강보다 더 서구 열강답게 되고자 하는 과도한 욕망을 내보였다. 개화기 이후 이들을 사로잡은 문명개화의 열정은 그런 소명의식의 산물이고, 그것이 1920년대 이후 문학사 전반에 족출한 계몽적 주체로 현상한 바 있다. 하지만 그 일련의 과정은 근본적으로 자기 식민화의 과정에 다름 아니었다는 데에 피식민지 주체의 불행이 있다. 사회주의 이념을 통한 탈근대적 움직임이나 민족의 대오각성을 주창한 민족주의자들의 행보는 그런 딜레마를 스스로 안고 있었고, 그것이 이후 전개될 근대문학의 행방을 근본에서 규율한 것이다. 1930년대 중반 이후 이른바 신체제의 등장과 함께 많은 작가들이 식민 지배담론을 자발적으로 수용하고 자기화했던 것은 그런 사실로 설명될 수 있을 것이다.

근대의 헤테로토피아, 극장

※ 이 종 대(동국대 교수)

1. '극장'이라는 이름

한국희곡사와 연극사 그리고 영화사는 한국 최초의 극장을 공히 협률사로 기술하고 있다. 비단 그러한 사서(史書)뿐 아니라 극장에 관한 모든 글에서도 최초의 극장이 협률사라는 것은 지배적이다. 당시의 신문기사와 최남선의 『조선상식문답』에 따르면 협률사는 고종황제 즉위 40주년(1902년)을 기념하기 위해 외국 원수들을 초청하여 접대하기 위한 행사의 하나로 공연을 기획하고 그 일을 맡은 봉상사(奉常司)1)에서 봉상사 터에다가 벽돌로 만들었다고 전해진다. 그런데『조

---

1) 최남선의 『조선상식문답』에는 봉상사(奉常司)로 표기하고 괄호 안에 "본디 寺러니 이때부터는 司로 되었다"가 부기되어 있다. 많은 연극사와 영화사 등에서 봉상시(奉常寺)로 기록하고 있으나 봉상시는 1392년(태조 1)에 설치한 국가기관으로, 국가의 제사·시호(諡號)·적전(籍田)의 관장과 권농(勸農)·둔전(屯田)·기공(記功)·교악(敎樂) 등의 일을 맡아보는 기관이었다. 그후 1409년(태종 9) 일시 전농사(典農寺)로 이름을 고쳤다가 1420년(세종 23) 다시 봉상시로 고쳐졌으며, 1895년(고종 32) 봉상사(奉常司)로 고쳤다가 1907년(융희 1)에 폐지되었다. 따라서 1902년에는 봉상시가 아니라 봉상사가 올바른 명칭이다.

선상식문답』을 면밀하게 검토하면 협률사는 고종황제 즉위 40주년 행사를 치루기 위해 봉상사의 직속 상위기관인 궁내부 관할하에 새로 설치된 기관이며 거기서 이른바 '칭경예식(稱慶禮式)'을 위하여 기생, 재인 등을 연습시켰지만 행사가 연기되다가 결국 폐지되어서 후에 기생, 창우 등의 관리기관으로 변했고, 후에 봉상사부제조의 상소로 폐지되었음을 알 수 있다. 결국 협률사는 국가의 공식 행사를 맡는 국가 기관이 하나였던 셈이다.

또한 최남선의 『조선상식문답』은 '극장'이 아닌 '희대(戲臺)' 항목을 설명하기 위한 글이다.2) 이 책은 원래 1937년 1월 30일부터 9월 22일까지 每日新報에 160회에 걸쳐 조선에 관한 상식을 널리 알리기 위해 최남선이 연재한 「조선상식」이 그 모태이며, 강토편·세시편·풍속편 등 16편 356항목으로 이루어져 있다. 『조선상식문답』이 일제 강점기가 끝난 직후인 1946년에 재편하여 단행본으로 펴낸 책이라는 사실을 상기하면 「조선상식」이 신문에 게재될 당시에는 극장이라는 용어가 일반적으로 사용되었지만 그 이전의 주된 표기는 '희대(戲臺)' 였음을 추측할 수 있다. 바꾸어 말하면 우리가 일반적으로 알고 있는 극장의 개념, 연극과 영화를 관람하는 장소에 대한 통념상의 명칭은 '극장'이 아니라 '희대'였던 셈이다.

황성신문이 발간된 1898년부터 10년간 황성신문과 대한매일신보 (1904년 창간)에서 '극장'은 연희장(演戲場),3) 희대(戲臺),4) 희장(戲

---

2) "戲臺라 함은 支那類로 닐컷는 劇場이란 말입니다. 朝鮮의 古演戲에는 똑바른 意味의 舞臺를 要하지 않는 同時에 特定한 劇場의 施設도 생기지 않고 말았었습니다. (중략) 이에 關한 事務를 處辨하기 위하여 協律社라는 機關이 宮內府 管轄下에 設置되어서 (하략)", 최남선, 『조선상식문답속편』, 삼성문화재단, 1972, 222쪽.

3) 『황성신문』, 1899. 4. 3, 1902. 8. 5, 1903. 9. 29, 1906. 5. 13, 1907. 11. 29, 1908. 1. 1, 5. 1 5 5.『대한매일신보』, 1908. 5. 15, 1908. 7. 21, 1908. 7. 26.

場),5) 연극장(演劇場),6) 유희장(遊戲場),7) 희대극장(戱臺劇場),8) 연예장(演藝場),9) 유희대(遊戲臺),10) 극장(劇場),11) 연희대(演戲臺)12) 등으로 다양하게 표기되었다. 이 가운데 최초로 보이는 표현은 '연희장'(황성신문, 1899. 4. 3)이며, 비교적 빈도수가 높은 표기는 '연극장'과 '희대'이다. 그리고 극장이라는 말은 1908년 7월 12일 황성신문에 처음으로 보인다.

　'연극장'과 '희대'가 주로 연극 공연 공간을 일컫는 명칭인 반면에 영화를 상영하던 공간으로는 '극장',13) '활동사진소',14) '연예관'15) 등의 표현이 보인다. 1903년 6월 24일의 광고난에 '극장'이라는 표기가 보이지만 그것은 국내의 특정 공간을 지칭하는 말은 아니라 영화의 내용에 등장하는 건물을 말하는 것으로 되어 있다. 1900년대의 영화

---

4) 『황성신문』, 1900. 8. 9, 1902. 8. 15, 1903. 2. 17, 1903. 4. 13, 1906. 3. 4, 3. 8.

5) 『황성신문』, 1902. 8. 5. 『대한매일신보』, 1906. 8. 28.

6) 『황성신문』, 1906. 3. 8, 1908. 7. 28, 1908. 8. 1. 『대한매일신보』, 1906. 5. 3, 1907. 6. 20, 1908. 4. 28, 1908. 7. 28, 1908. 8. 27, 1908. 9. 1, 1908. 10. 22, 1909. 2. 25, 1909. 4. 8, 1909. 4. 28, 1909. 5. 5, 1909, 1909. 5. 15, 1909. 5. 29, 1909. 6 .3, 1909. 7. 1.

7) 『황성신문』, 1907. 2. 5. 『대한매일신보』, 1908. 12. 23.

8) 『황성신문』, 1907. 11. 29.

9) 『황성신문』, 1908. 4. 29. 『대한매일신보』, 1908. 4. 29.

10) 『대한매일신보』, 1907. 2. 5.

11) 『대한매일신보』, 1908. 7. 12.

12) 『대한매일신보』, 1908. 10. 9.

13) 【廣告】東門내 電氣會社器械廠에서 施設하는 活動寫眞은 日曜及陰雨를 除한 外에는 每日 下午 八時로 十時까지 設行하는데 大韓 及歐美各國의 生命都市 各種劇場의 絶勝한 光景이 具備하외다. 『황성신문』, 1903. 6. 24.

14) 【廣告】米麴에서 新到한 各種活動寫眞을 本社에서 每夜演技하오니 僉君子는 枉臨하시기 企望함. 東大門內電氣會社 活動寫眞所. 『대한매일신보』, 1906. 8. 12.

15) 【演藝開場】既報와 如히 新築한 京城高等演藝館에서 本日 午後 六時에 重要官民 數百名을 招待하고 活動寫眞을 開場한다하더라. 『대한매일신보』, 1910. 2. 18

는 개인저택, 학교와 같은 공공기관, 청년회관, 광무대, 단성사 등에서 주로 상영되었기 때문에 특정 공간을 일컫는 말이 필요하지 않았을지도 모른다. 그러다가 1910년 2월 18일 『대한매일신보』에 영화전용극장인 '경성고등연예관'이 개장되었다는 기사가 나고 2월 20일에는 '경성고등연예관'을 널리 알리는 광고가 게재된다. 이후 영화를 상영하는 공간은 '연예관'으로 정착되었다가 연극공연을 주로 하던 '극장'에서 연극보다는 영화를 더 많이 상영함에 따라 '연예관'이라는 이름은 점차 사라지고 극장으로 일원화되었다.

상연, 혹은 상영 장소로서의 극장이 이처럼 다양하게 표기될 수밖에 없었던 일차적 이유는 개화기의 많은 용어들이 그랬던 것처럼 그것이 근대의 박래품(舶來品)이었기 때문이다. 그리고 최초의 표기가 '연희장'인 것은 최남선의 『조선상식문답』의 '희대'에 대한 설명 가운데 "조선(祖先)의 고연희(古演戲)에는 똑바른 의미(意味)의 무대(舞臺)를 요(要)하지 않는 동시(同時)에 특정(特定)한 극장(劇場)의 시설(施設)도 생기지 않고 말았었습니다."에서 확인되듯 과거로부터 쓰여온 '연희'라는 명칭에 공간 개념이 결합했기 때문인 것으로 보인다. 이때 연희의 개념은 "몸짓과 말로써 활달한 움직임과 노래와 춤이 곁들여진 갖가지 놀이 형태"[16]이며 실제로 조선시대 한양 안팎의 풍경을 사실적으로 그린 「전도(全圖)」를 보고 18세기 후반에 박제가가 쓴 「城市全圖詩」에는 '연희'에 대한 소상한 묘사가 이루어지고 있는 것으로 보아 '연희'는 이미 오래전부터 사용되었던 것을 알 수 있다.[17]

---

16) 윤광봉, 『한국연희시연구』, 이우출판사, 1985, 17쪽.
17) 賣買旣訖請設戲(팔고 사는 일은 다 끝내고 놀이를 청하는 듯) 怜優之服該且詭(배우들의 옷색깔은 괴상하고 망칙도 하구나) 東國童竿天下無(우리나라 당간 천하에 다시 없어) 步繩到空추如戲(줄타고 공중에서 재주부리는 것이 마치 거미와도 같네) 別有傀儡登場手(또 꼭두각시가 등장하여 한판을 벌리는데) 勅使東來掌一抵.(칙사가 동쪽

‘연희장’이라는 말은 거기에다가 그것이 이루어지는 공간이라는 의미로 ‘장’을 첨가하여 명명한 것으로 추정된다. 다른 점이 있다면 과거의 ‘연희’는 특별한 장소를 필요로 하지 않고 시장이나 동네의 넓은 공터에서 행해지지만 이때는 유형의 전문 공간이 있었다는 점에서 ‘장’이 부가된 것이다. 또한 가장 빈번하게 발견되는 ‘연극장’도 이미 오래전부터 사용된 ‘연극’[18]에다가 역시 공간을 의미하는 ‘장’이 첨가된 표현으로, ‘연극장’은 후에 장소를 전경화시킨 ‘극장’으로 정착되어 간 것으로 보인다. 이렇게 해서 ‘극장’이라는 일반명사가 출현하였지만 당대의 신문과 잡지에서는 여전히 원각사, 혁신단, 문수성 등 극단명을 공간을 지칭하는 말로 거리낌 없이 사용하였고, 그러한 맥락으로 현재까지도 협률사는 일반명사로서의 극장을 대신한 것으로 보인다. 그래서인지 지금도 ‘극장’이라는 일반 명사보다는 CGV, 멀티플렉스, 단성사 등 고유명사가 그것을 대신하고 있는 경우를 흔히 볼 수 있으며, ‘연극 보러간다’ 혹은 ‘영화 보러간다’라고 표현하지 ‘극장에 간다’라는 말은 듣기 어렵다.

으로부터와 따귀를 때리네)(朴齊家, 『城市全圖詩』; 윤광봉, 『조선 후기의 연희』, 박이정, 1989, 25쪽. 재인용)

18) 조선 영·정조 시대 당시 한양의 세시풍속을 기록한 유득공(1749~1807)의 『경도잡지』1권에 ‘연극’이라는 용어가 보인다. “演劇有山戲野戲兩部, 屬於儺禮都監, 山戲結棚下帳, 作獅虎曼碩僧舞, 野戲分唐女, 小梅戲(연극에는 산희와 야희의 양부가 있는데, 나례도감에 속한다. 산희는 다락을 매고 포장을 치고, 사자와 호랑이, 만석중춤을 보인다. 야희는 당녀와 소매로 분장하고 춤을 춘다)” 柳得恭, 『京都雜志』卷1 聲技條. 그런데 유득공의 글에서 “結棚下帳,”은 숙고해야 할 부분이다. 그 뜻이 “시렁을 얹고 포장을 친다”는 의미로, 일종의 가설 극장을 뜻하는 표현이며, 그동안 전통극의 무대는 폐쇄공간, 즉 유형(有形)극장이 아니라 열린 공간―무형극장이라는 것이 통설이기 때문이다. 이에 대한 상세한 논의는 다음으로 미룬다.

2. 표상공간으로서의 극장

이제 극장이라는 말은 단순히 연극을 관람하거나 영화를 보는 장소라는 일차적 의미로 한정되지 않는다. 또한 일상으로부터 이탈하고 싶은 사람들에게 그것을 가능케 하는 공간이라는 사회학적인 의미만으로도 극장을 설명하기에는 부족하다. 극장에 내포된 부가적 의미의 일부는 극장이라는 공간이 생긴 이래 지속적으로 존재했던 것이며, 일부는 고대 극장으로부터 현대의 극장에 이르는 장구한 극장사의 굽이굽이에서 만나는 사회적 변화와 그 변화를 감당하며 살아야 했던 수많은 사람들의 삶과 깊이 관련된다. 이를테면 극장이 가장 많이 건립되고 공연내용과 관객의 변화가 많았던 1830년대 영국의 경우, 극장 관객은 도시에 거주하는 새롭게 부상한 2, 3차 산업 종사자들이었으며, 공연내용도 전시대의 전통적 가치지향에서 벗어나 신랄한 유머나 감상적인 일상생활의 로맨틱한 희망, 또는 동시대의 다른 계층과의 대립관계를 주 내용으로 삼았다. 또한 자본가들에 의해 우후죽순처럼 건립된 극장은 경영과 이익 극대화를 위해 연극 공연뿐 아니라 다양한 형태의 버라이어티쇼를 진행하면서 관객유치를 꾀하였다.[19] 이러한 영국 근대 극장의 풍경은 1920년대 조선의 그것과 무관하지 않다는 점에서 대단히 시사적이다. 특히 서구 개념의 극장이 만들어

---

19) 박재환·김문겸, 『근대사회의 여가문화』, 서울대출판부, 1997, 62-68쪽 참조. 1830년대의 영국은 규칙적인 노동시간이 정착화되는 시기로, 노동시간과 비노동시간의 이분법이 명확해지고, 이에 따라 여가시간을 겨냥한 새로운 산업이 등장하던 시기이다. 또한 1830년대는 산업혁명의 결과로 1차산업이 쇠퇴하고 2차산업이 발전하면서 2차산업인구가 폭발적으로 증가했고, 1차산업 종사자에게서는 볼 수 없었던 '여가'가 발생하던 시기였다. 米田淸治, 「ユークスのなかの 祝祭都市－祝祭都市はすべて舞臺」, 『非勞動時間の生活史』, 川北稔 編, 明和印刷, 1992, 190-201쪽 참조.

지고 상연과 상영이 이루어지던 시기가 일제의 강점기였다는 사실과 그때가 서구의 문학과 문화, 각종 제도 등이 무차별하게 도래한 시기이며, 그로 인해 종래의 것과 충돌하던 시기였다는 점을 상기하면 영국의 극장 변화와는 비교도 안될 만큼 조선의 근대 극장은 격변기 속에서 탄생하였기 때문이다.

특정시대의 문화를 변화시키는 원동력은 시대와 지역에 따라 다소의 차이는 있겠지만 새로운 계층의 출현, 정치·사회적 변혁 등과 밀접한 관련을 가진다. 1910년대부터 1920년대는 이러한 조건을 모두 충족시킨 시대였다. 17~18세기부터 형성되기 시작한 실학과 중상주의 정신은 중인 계층의 형성을 촉발시켰고, 그들은 1900년대 초에 이르러 불완전하나마 도시민의 지위를 확보하게 되어 과거에는 볼 수 없었던 이른바 새로운 계층의 출현을 가능케 한다. 더욱이 이 시대가 조선왕조가 붕괴되고 이민족으로부터 강제로 식민 지배를 받았던 시대라는 점에서는 정치·사회적 변혁의 시기였지만 개인에게는 자본주의의 도래로 인해 일상적 삶과 욕망에 대한 지평의 전환(Horizontwandel)이 급속하게 이루어지는, 그래서 친숙한 것과의 결별과 낯선 것과의 만남이 반복적으로 발생하여 새로운 내면이 축조되는 시기였다고 할 수 있다. 그러한 격변의 상황 속에서 동시대인들의 내면은 두 가지 층위로 형성되는데 하나는 인간의 내밀한 원초적 욕망을 지닌 구체적 개인의 모습이고, 다른 하나는 그러한 개인들이 모여 구성된 집단적 삶에서 요구하는 시민으로서의 자질이다. 이러한 삶의 중층성은 한 개인의 내면에서 서로 다른 욕망을 촉발하며 길항을 겪는다. 예컨대 집단적 삶에서는 나라상실에 대해 통분하면서 국권의 회복을 요구하지만 개인적 삶에서는 경제적 빈곤으로부터 벗어나는 것과 새로운 것에 대한 호기심, 그것을 소유하거나 경험하고 싶은 욕망이 우선

적으로 일어나게 마련이다. 따라서 동시대인들의 삶에 직접적 고통을
가한 일본을 포함한 외세는 증오의 대상이지만 그들이 가져온 새로
운 문물은 호기심과 관심을 촉발시키는 욕망의 대상이 되는 아이러
니의 시대가 바로 이 시기였다고 할 수 있다.

　　개인의 입장에서 보면 나라상실의 고통도 엄청난 것이지만 아무
런 준비 없이 급격하게 도래한 일상적 가치관의 혼란, 이를테면 '모
던보이, 모던걸, 백화점, 은행, 까페, 자유연애로 포장된 성의 개방풍
조, 성의 상품화 등도 한 개인의 일상적 삶을 바꾸어 놓을 만한 것들
이었다. 이 시기의 개인은 눈만 뜨면 바뀌는 온갖 제도와 낯선 문물
속에서 오랜 세월 동안 굳게 믿어왔던 권위들이 힘없이 추락하는 것
을 목격했고, 자신들의 삶을 유지시켜온 기본적인 경제질서조차 하루
아침에 무너져 내려 생존을 위협받게 되었으며, 한편으로는 정체를
알 수 없는 이질적인 이데올로기들이 서로 부딪쳐 우열을 가르는 혼
란스러운 현장의 중심에 서있었다. 한때는 '새로운' 세상이 오면 누구
나 사람대접을 받으며 잘 살게 될 것을 믿었고, 신기하고 낯선 기차
나 전기 같은 근대문물들은 그들의 삶을 더욱 윤택하게 해줄 것이라
고 믿었다. 그렇기 때문에 그들에게는 반봉건, 반외세를 외치며 민족
주의를 주장하는 지식인들의 비분강개의 목소리보다 새로운 세상에
대한 기대가 더 크게 다가왔을 지도 모른다. 새로운 것에 대한 꿈과
호기심, 소유욕 등이 그들의 삶에 직접적으로 영향을 끼치는 일상성
(quotodiennete)의 중심이기 때문이다. 예컨대 한편에서는 '시일야방성
대곡(是日也放聲大哭)'의 분노가 존재하면서 다른 편에서는 일본의
화장품과 양복 광고가 게재되었다는 사실은 이런 점에서 시사하는
바가 크다. 장지연의 사설은 시민 혹은 국민으로서의 목소리지만 화
장품과 양복 광고에 가는 눈길은 개인적 욕망의 무의식적 발로이다.

오늘날의 신문독자가 그러하듯 황성신문의 독자 역시 시대의 질곡을 통탄하는 사설보다는 그날의 새로운 사건과 욕망을 부채질하는 광고에 먼저 눈길이 가게 마련이었던 것이다. 바꾸어 말하면 '시일야방성대곡(是日也放聲大哭)'은 나라를 빼앗긴 국민이 마땅히 지녀야할 태도였지만 실제 그 '시민'은 그보다는 새롭고 낯선, 그래서 소유의 욕망을 불러일으키는 새로운 '문물'에 더 큰 관심을 가지는 법이다. 그런데 중요한 것은 일상의 삶을 지배하는 것은 개인의 내밀한 욕망이지 시민으로서의 태도가 아니며, 그렇다고 해서 시민으로서의 의무와 태도를 저버릴 수도 없는 진퇴양난의 상황 그 자체였을 것이다. 이처럼 친숙한 것과 낯선 것의 충돌, 새로운 계층의 출현, 개인과 시민 사이의 갈등은 그것을 경험하기 전의 기대지평과 그것의 실체를 확인한 후에 형성된 인식, 즉 전상(Protention)과 후상(Retention)[20]의 상호 교섭을 작동시켜 새로운 내면 형성의 계기로 작용한다.

연극과 영화에 대한 관심은 그러한 내면의 형성 시기에 가장 두드러지게 나타난 사회적 현상이었다. 사실주의와 환영주의에 토대를 두고 있는 이때의 연극은 종래의 전통극과는 다른 극정신과 극형식을 지녔다는 점에서 전혀 다른 새로운 문화였다. 아울러 연극 생산자와 관객의 사회적 지위 또한 전통극의 경우와는 사뭇 달랐다.[21] 이필화의 상소문으로 협률사가 폐지된[22] 사실에서 확인되듯이 새로운 극형

---

20) Edmund Husserl, Zur Phänomenologie des inneren Zeitbewußtseins(Gesammelte Werke, 10), Den Haag, 1966, p. 52. 차봉희, 『수용미학』, 문학과지성사, 1987, 78-83쪽 재인용.
21) 이종대, 「송영의 희곡작법연구」, 『동악어문론집』, 2000, 561쪽.
22) 이필화는 당시 협률사의 운영책임을 맡은 봉상주제조(奉常副提調)라는 관직에 봉직하면서도 협률사의 연극공연이 음란한 행동으로 사람들의 눈과 귀를 현혹시켜 미풍양속을 해칠 뿐 아니라 청년들을 잘못된 길로 이끌며, 연극이란 천한 무리들의 생계유지 수단이라는 상소를 올려 결국 협률사를 폐지시키는데 앞장을 섰다.(이두현, 『한국신극사연구』, 서울대학교출판부, 1986, 15쪽)

식과 극정신의 시도는 전통적인 유교 이념과 충돌하며 많은 반발을 불러일으켰고, '새로운 시각에서 내심으로 수입의 당위성과 필요성을 절감하면서 일본의 것이라는 점에서 집단적인 비판과 거부와 저항의 분위기 또한 높았지만'[23] 그러한 공공 의식이 새로운 계층 혹은 한 개인의 문화적 욕구를 전일적으로 통어하기는 어려웠다.[24] 실제로 1920년대부터 식민지 조선에서는 번안과 각색이 아닌 창작희곡이 발표되고, 신파극을 비롯한 다양한 내용의 연극이 공연되었으며, 외국의 영화가 본격적으로 상업적 이익을 노리며 상영되기 시작했다. 동시대인들은 전에 없는 볼거리의 홍수 속에서 저마다 다른 욕망을 감춘 채 극장으로 향했다. 극장, 그곳은 낯설고 수상쩍은 곳이며, 내밀한 공간의 사회적 표상이었다.

3. 훈육과 내밀한 욕망의 충돌

근대의 극장은 백화점[25]과 더불어 당대의 대표적인 헤테로토피아의 공간이다. 그곳은 근대 계몽기획의 기반인 '학교'이면서[26] 동시에

---

23) 서연호, 『한국근대희곡사』, 고려대출판부, 1996, 15쪽.

24) 극장을 둘러싼 시선의 통제에 대해서는 박노현, 「극장의 탄생」, 『한국극예술연구』 제19집, 한국극예술학회, 2004. 4, 참조.

25) 1920년대의 백화점도 주목해야 할 근대공간이다. 그곳 역시 근대성에 내재된 일상성의 무의식적 욕망을 가장 현시적으로 재현내는 곳이며, 근대 자본주의의 물질적 풍요라는 행복의 미래를 보장해주는 상품들로 가득한 곳이다. 또한 백화점은 일상성의 환상이 화려하게 펼쳐지는 곳이면서 동시에 사물의 이미지에 현혹된 사람들의 유희적 방랑과 군중의 시각쾌락을 유인하는 공간이다. 백화점 공간에 대해서는 『한국 근대문학과 도시문화』(이성욱, 문화과학사, 2004)을 참조.

26) "夫 敎育에는 家庭敎育과 學校敎育과 社會敎育의 區別이 有하고 社會敎育中에는

비루한, 그러나 절제하기 어려운 욕망의 경험장으로, 낯선 서사와 실물과 똑같은 재현물, 그리고 소문과 풍문으로 듣던 이국 풍경과 그들의 사는 모습 등에 대한 호기심을 충족시켜주는 장소였다. 또한 극장은 당대의 매우 이질적인 계층들이 모여 자유롭게 서로를 응시할 수 있는 공간이기도 했다. 동시대의 이데올로기를 무시할 수 없었던 극장의 경영주들이 남자석과 여자석를 분리시키고 상/중/하에 의한 좌석구분으로 계급간의 접촉을 줄이려고 시도했지만 오히려 그것은 차별을 적나라하게 보여주어 계급 갈등을 더욱 부채질했으며,[27] 이성에 대한 호기심을 더욱 증폭시키는 공간으로 인식되는 결정적 계기가 되었다.[28] 아울러 여자석에는 일상의 공간에서는 좀처럼 접촉이 힘든 여학생과 기생이 동석할 수 있었으며, 남자석 역시 노동자와 양반자제들이 함께 앉을 수 있었다. 거기서 관객들은 다양한 자신의 신분과 상이한 젠더를 지녔음에도 불구하고 집단적으로 동질적인 경험을 하

數種의 分類가 有하니 卽 新聞을 讀하여 內外의 形勢를 知하며 世事의 善惡을 知함이 其 一이오 演說을 聞하야 政治의 得失을 知하며 事物의 是非를 知함이 其 二이오 圖書館의 內外書籍을 播讀하야 古今 成敗興亡의 由來를 知하며 內外先哲의 所說을 覺함이 其 三이오 演劇場에 입하야 古來의 忠信義士와 孝子節婦의 言動을 實見하야 勸善懲惡의 理義를 悟함이 其 四니”, 『대한자강회월보』 제1호, 1906. 7. 31.

27) “금조각같은 돈으로 표 사가지고 구경하러 연극장에 들어가는 구경꾼은 다 마찬가진데 돈 좀 적게 내는 하등석이라고 앉을 자리도 없는 중, 앞으로 혹시 중등으로 갈까 겁이나 철망을 얽은 동아줄로 석가래를 매어놓는다. 별별 구박을 다하고도 난로하나 안피워주니, 우리 돈은 돈이 아니고 무슨 사금파리인줄 아는지, 정작 돈주는 사람은 그렇게 냉대를 하고 동전 한 푼 안내고 허입권으로 통행하는 사람은 상등석으로 모시고 불도 따뜻하게 피워주니 이런 불평한데가 어디 있소”(『매일신보』, 1913. 12. 4)

28) 당시 학교의 남자 선생은 여학생을 마주보고 가르치지 못하고, 항상 뒤로 돌아앉아서 여학생이 묻는 것에만 대답을 해주는 식으로 학생을 가르쳤다. 이처럼 사제간의 시선조차도 통제 당했던 여학생들이 극장에 출입했다는 사실은 놀라은 이탈이었다. 이에 대한 자세한 논의는 박명진의 『한국희곡의 근대성과 탈식민성』(연극과 인간, 2001, 3036쪽) 참조.

면서 '대중'이 되어간다. 근대 극장이 이처럼 이질적인 헤게모니들이 동시에 중첩되어 있다는 사실과 그 어느 것도 권력화되기 이전의 상태인 채로 만난다는 점, 그래서 결국 "삶에 반영의 작업이 이루어지는 공간, 문화를 구성하는 활동 자체가 위치하는 공간"이라는 점에서 헤테로토피아[29]인 것이다.

우선 식민지시기 지식인들에게 극장은 계몽의 공간이었다. 그들은 연극과 극장의 존재 이유로 '계몽'을 지목할 만큼 연극과 영화의 메시지 전달 효과를 높게 평가하였다. 대표적인 사례가 당대 문학에 지

---

29) 푸코는 공간을 유토피아(Utopia)와 헤테로토피아(Hetetrotopia)로 구분하면서 실재하지 않는 공간과 실재하는 공간, 표층적인 공간과 심층적인 공간, 반영된 공간과 반영하는 공간-반영의 작업이 이루어지는 공간, 문화가 위치하는 공간과 문화를 구성하는 활동 자체가 위치하는 공간으로 설명한다. 미셸 푸코, 「공간, 지식, 그리고 권력」, 『1968년 이후의 건축이론』, K. N. Hays, 봉일범 역, 시공문화사, 2003, 566-582쪽, 참조. 극장을 하나의 문화 매체로 인식할 경우와 미학적 분석에 사용되는 헤테로토피아의 개념은 아래 인용문 참조. "이 공간들과 그리고 이 공간들이 반영하고 혹은 이 공간들이 말하는 모든 공간들은 서로 분명히 다르다. 따라서 나는 이러한 공간을 유토피아와 반대되는 헤테로토피아라고 부를 것이다. 그리고 유토피아와 이러한 다른 공간들, 즉 헤테로토피아 사이에는 일종의 혼합과 매개의 경험이 존재하게 되는데 그것은 거울이다. 거울은 다시 말해서 유토피아이다. 실재하지 않는 장소라는 점에서 그렇다. 거울에서 자기 스스로를 비춰 볼 수 있다. 그러나 거울에서는 볼 수 있는 장소에 자기 스스로가 있는 것은 아니다. 그곳은 표면의 이면에서 잠재적으로 드러내어지는 비현실적인 공간이다. [⋯] 반면에 거울은 헤테로토피아이다. 즉 이때 거울은 실재하는 장소를 말하며, 자기 스스로가 차지하고 있는 실재하는 위치로 나를 되돌려 보내는 장소일 때 그러하다. 거울에 스스로를 비추어 볼 때는 자기자신이 실재하는 위치는 알 수 없다. 자신이 거울 속에 있기 때문이다. 거울에 스스로를 비추어 보는 시선에 의해서 그리고 이 유리 이면에 있는 잠재적 공간의 심층으로부터 자기자신의 실제위치를 발견하게 되고 나의 눈은 다시 나를 향할 수 있게 되고 또 그리고 내가 실재로 있는 곳에서 나를 다시 발견하기 시작한다." Michel Foucault: Andere Räume, in: Karlheinz Barck u.a.(Hg.): Aisthesis. Wahr-nehmung heute oder Perspektiven einer anderen Ästhetik, Leipzig, 1998, S. 34-46. Hier: S. 39. 김무규, 「매체와 형식의 역동성 관점에서 살펴본 상호매체성 개념」, 『독일어문학』 21집, 2003. 9, 349쪽 재인용.

대한 영향을 끼쳤던 이광수의 글이다. 그는 "소설은 문자로만 작자의 상상 내의 세계를 표하되, 극(極)에 지(至)하여는 실지(實地)의 형상(形狀)을 무대상에서 연(演)함이니, 관자(觀者)에게 감명을 여(與)함이 소설에 비하여 익심(益甚)"[30]하므로 연극을 통하여 사람들을 깨우쳐야 한다는 견해를 피력하면서 스스로 「규한」(1917)과 「순교자」(1920)라는 '계몽극'을 창작한 바도 있다. 또한 "근대극은 결국은 인류의 영혼의 해방구제(解放救濟)를 사명으로 하여 교련(敎鍊)있고 수완 있는 예술적 지배자의 극적 표현을 중심으로 하여, 또 사회적 민중의 교화와 오락을 목적으로 하여, 인류의 공동생활에 공헌하는데 그 의미의 전적 존재를 인정할 수 있다."[31]는 김우진의 극이론이나 "신구사조의 충돌과 신구세대의 갈등을 긴축하여 무대에서 약동케하므로써, 보는 이로 하여금 반성하고 분발하도록 하는 것이 곧 연극이 지닌 시대적 문화적 역할"[32]이라는 윤백남의 견해도 마찬가지로 연극을 통한 계몽의 필요성과 중요성을 내세우고 있다. 또한 1920년대에 『개벽』을 통하여 연극과 희곡을 심도 있게 소개한 현철 역시 연극이 지향하는 바가 계몽이라는 것을 구체적으로 밝히고 있다.[33]

---

30) 이광수, 「문학이란 하(何)오」, 매일신문, 1916. 11; 권영민 편, 『한국의 문학비평』, 민음사, 1995, 88-90쪽.

31) 김우진, 「소위 근대극에 대하여」, 『김우진 전집』 2, 전예원, 1983, 119쪽.

32) 윤백남, 「연극과 사회」, 『동아일보』, 1920. 5. 4~16.

33) 첫째, 인간은 일상생활에서 갖가지 고통과 비애 등에 봉착, 갈등을 일으키게 되는데, 연극은 이러한 감정을 정화시키고 순수하게 하는 최선의 세척제(洗滌劑)다. 둘째, 현실의 축사(縮寫)인 연극은 현실폭로, 구습을 타파하려는 새로운 사상의 전파, 사회문제 제기 등을 통해 지육(智育)을 조장케 한다. 셋째, 덕육면(德育面)에서 경험치 못한 세계를 실제처럼 경험케 하고, 인과(因果)의 진리를 깨닫게 하는 연극은 고상한 인격을 함양해 준다. 넷째, 정육면(情育面)에서 연극은 고상하고 청아한 좋은 취미를 양성, 국민도덕을 고아(高雅), 선량케 한다. 현철, 「연극과 오인의 관계」, 『매일신보』, 1920. 6. 30~7.3.

1920년대 당시 예술행위의 사회적 효과를 강조하는 이러한 추세는 비단 연극에 국한된 것이 아니라 영화와 문학 전반에 걸친 것이었다. 갑오개혁 이후 1920년대에 이르기까지 당대 지식인들 스스로 책무라고 여긴 것 가운데 하나가 '계몽'이었다는 사실을 상기하면 어쩌면 당연한 현상이었다. 그것은 불안하고 어수선한 사회에 강력하고 위협적인 존재로 바짝 다가온 새로운, 그러나 수상쩍은 세계에 대처하기 위한 지식인들의 과제이기도 했다. 갑오개혁 이후 그들은 새로운 세계의 비전을 이야기하다가 나라를 상실하고부터는 그것의 부당함을, 근대문물이 '현대적이고 선진'적인 것임을 말하다가 그것이 정신을 훼손시키고 있다는 사실을, 그럴듯하게 포장된 온갖 법률들이 사실은 자신들을 억압하는 족쇄임을 말하기 시작했다. 동시대의 지식인들은 그것을 미리 지각한 인물들로 행세했으며, 일반 독자나 관객은 그들의 말을 실천하길 바랬다.

그러나 연극이 민중을 교화시키고 계몽시키며 사회를 개혁시킬 수 있다는 지식인들의 주장은 실제에 있어서는 적합하게 맞아 들어가지 못했다. 예컨대 1919년 12월 취성좌에 의해 공연된 「진중설(陳中雪)」은 청일전쟁을 소재로 한 일본식 군사극의 번안이었지만 많은 관객들로부터 호응을 받았다. 안종화는 이를 "겉으로 보면 일본신파의 군사극을 모방한 듯 하면서도 기실은 적진을 왜병으로 가상하고 열렬한 애국적인 대사와 용감한 우리 한국군대의 돌격전으로 은근히 돌려꾸민 연극을 했기 때문에"라고 '기억'하고 있다. 다시 말해 주권상실에 대한 울분과 식민지 치하의 노예적 민중으로서의 저항심을 군사극을 통해 표출하고 해소시킬 수 있었기 때문에 관객들로부터 호응을 받았다는 것이다.[34] 하지만 그의 이러한 술회는 관객의 공통된 관극 체험에 대한 객관적 증언이라기보다는 관객들이 작동시키길 원했던 상상과 환유에 대한 그의 바람이었을 공산이 크다. 청일전쟁을 소재로 한 일본식 군사극이 관객에게 좋은 반응을 보였다면 그것은 새로운 풍물에 대한 호기심과 즉흥적이고 자극적인 오락성, 새로운 극적 표현술에 대한 즐거움 역시 배제할 수 없는 것이기 때문이다. 다시 말해 표면으로 내세운 것은 계몽성이지만 실제 극을 지배한 것은 통속성이었다. 충과 효, 신교육의 필요성, 미신타파 등을 전면에 내세운 「松竹節」, 「親舊義兄殺害」, 「四民同權敎師輝志」, 「迷信巫女後業」같은 작품조차도 사랑, 음모, 복수 등 흥미위주의 오락극이었고, 계몽의 장치는 작품의 말미에 주인공의 몇 마디 대사에 그쳤을 뿐이다.

특히 상업연극을 지향했던 동양극장 시절에는 기생을 등장시킨 '화류비련극'이나 모성의 비애를 그린 '가정홍루극' 등이 관객의 인기를 독점하였다. 그것은 동시대인들이 목격했거나 풍문으로 들은 이야기들이 바로 눈앞에서 재현된다는 사실과 억압받는 자들의 소중한 꿈이 투영되었기 때문이다. 부유한 상류계층의 아들과 가난한 고아 출신의 여자가 만나 온갖 역경을 이겨내고 사랑을 이루는 이야기는 비단 어느 시대건 매혹적인 사건임에 틀림없다. 더욱이 그러한 이야기의 심층에는 근대적인 의식과 전통의 갈등, 자본주의의 도래로 인한 신흥계급의 발생, 여성의 사회적 지위에 대한 가정적·사회적 문제 등이 혼융되어 있지만 관객은 그것에 관심을 갖지 않았던 것으로 보인다. 이를테면 「이수일과 심순애」로 더 잘 알려진 「장한몽」의 경우, 고리대금의 문제, 식민지적 자본주의의 영향을 받은 배금주의 등이, 「홍도야 울지마라」로 유명한 「사랑에 속고 돈에 울고」는 배금주의와 여성의 사회적 지위에 대한 가정적·사회적 문제 등이 갈등인

---

34) 안종화, 『신극사이야기』, 진문사, 1954, 93쪽.

자로 기능하고 있다. 그러나 관객들에게는 격변의 소용돌이에 내재된 세계의 변화, 그것의 의미보다는 그들의 현실적인 소망과 호기심, 자극적인 갈등 등을 충족시키기 위해 극장을 찾는다. 영화의 경우도 마찬가지이다.[35]

한편 당시의 관객들은 연극이나 영화 속의 서사를 자기화하거나 그것이 불가능하다면 자기를 대신해 주인공이 온갖 고난을 이기고 꿈을 이루는 것을 보기 위해 극장을 가기도 하지만 현실 공간의 '또 다른 성(性)'을 응시하기 위해 극장을 찾기도 하였다. 아래의 글은 그러한 그것의 구체적 사례에 해당한다.

① 활동사진관에는 매일매야 오는 사람이 다 다른 사람이라 하면 경성의 몇 십 만 시민이 한번 씩은 다 가는 것 같지만 잔돈푼이나 쓸 수 있다든지 영화에 미친 사람은 전당을 잡혀서라도 가나 어째든 가는 사람에게는 영화를 보러가는 사람과 사람을 보러가는 사람이 두 패이니 사람을 보러 가는 사람은 의례히 위층에서 버틴다. B씨는 불을 켰다 껐다 하는 영화가 쉬는 순간에 부인석을 바라보는 취미로, 영화에는 그리 흥미가 없건만 하루 걸러 어떤 때는 좋다는 사진을 만나면 매일 밤도 갔었다. 그의 지성에 감은했든지 눈썹을 미묘하게 그린 여자의 시선을 받았다. 불이 꺼지면 그의 모양이 흑암 속에 파묻치지만 웃어 보이는 그 여자의 눈만은 B에게 초생달같이 꺼지지 않고 빛났다.[36]

② 나는 그곳에서 무슨 사진을 상영하는지를 알아보려고 하지도 않고 그대로 입장권을 사고 들어갔다. 어둠 속에서 움직이고 있는 화면은 관중들의 박수 소리와 함께 한참 잔바라가 전개되고 있었다. 나는 먼저 사진

---

35) 이영일, 「한국영화, 그 시대사적 고찰(2)」, 『영화』 7~8월호, 1978, 50쪽; 이중거, 『한국영화사연구』, 중대논문집, 1973. 5.
36) 「명멸하는 인생의 일루미네−슌: 은막에 뜬 초생달에 연애걸신병 환자」, 『조선중앙일보』, 1933. 9. 24.

의 줄거지를 찾아야할 조바심을 먹으며 손을 더듬어 자리를 찾든 서슬에 무더운 김 속에 흩어진 분냄새에 찔리운 쾌감과 함께 미끄러운 적삼에 부드처진태로 흐늑한 촉감에 기급을 하여 물러서자 "앉으시라요" 자리를 비켜주는 여인의 아연한 소리에 "미안합니다" 겸연쩍은 대로 그의 옆에 앉지 않을 수 없는 일이었다 (중략) '확실히 그의 무릎팍에 놓여졌을 손을 덥석 쥐어본다면 그럴 바에야 좀더 대담스럽게 망석한데를 쥐어본다면 부끄러움에 그는 눈을 감을까 그러치 않으면 짜장 소리를 지를까' 그에게 흉측한 생각을 품어 보면서도 조곰도 죄의 의식을 느끼지 않는 자신[37]

인용문 ①은 영화를 보러 간 것이 아니라 사람, 여성을 보기 위하여 극장에 간 사내에 대한 이야기의 일부로, 주인공인 B뿐 아니라 그의 시선을 받은 여자 또한 사람, 남성을 보기위해 온 여인이다. 영화가 끝난 뒤 여자가 먼저 추파를 보내고 그 추파를 받은 B는 '주저하지 않고' 말을 건네어 그들은 결국 '청요리집'에 가고 여자의 'XX여관에서 기다리라'는 말에 가슴 설레며 기다리지만 여자는 오지 않았고, B는 음식값과 인력거 삯을 뜯겼다는 이야기이다. 그리고 ②는 김이석의 소설 「환등」의 일부로 주인공은 무슨 영화가 상영되고 있는지도 모른 채 극장에 가고 그 안에서 여인의 뇌쇄적인 분냄새와 부드러운 감촉에 이어 여인의 목소리 등 후각과 촉각, 그리고 청각 등 신체의 여러 감각기관을 통해 매혹당하는 모습이 잘 그려져 있다. 더욱이 아무렇지도 않게 옆자리를 권하는 여인의 태도도 자연스럽거니와 그에 힘입어 온갖 수작을 상상하는 주인공의 모습은 '죄의식 없이' 가능한 일이었음을 보여준다.

남녀칠세부동석의 관습을 지켜오던 사람들에게 남녀가 같은 공간, 그것도 어둡고 사방이 막힌 공간에 앉아있다는 것은 과거에는 불가

---

37) 김이석, 「환등」, 『단층』 3, 1939. 2, 24-25쪽.

능했던 일이며, 당대에도 극장이라는 공간에서나 가능한 일이었기에 그것은 극장을 가는 또 다른 중요한 이유가 된다. 바로 옆자리는 아니더라도 시선을 교차시키고 교감을 불러일으키는 그 공간은 내밀한 욕망이 발현되는 공간이다. 위에 인용한 ①의 전문(全文)내용으로 판단컨대 그러한 일이 비일비재했다는 사실도 알 수 있거니와 오히려 그러한 사람들을 이용하여 사기치는 일이 빈번하다는 것을 보여줌으로써 그러한 사례가 이미 일상에 속하는 일이라는 사실도 확인시켜 준다. 관객들은 "오십 전 혹은 삼, 사십 전으로 세 시간 동안 어여쁜 여배우의 교태와 소름끼치는 자극과 노래와 음악과 춤을 싫도록 맛보고 게다가 서양 원판 예술을 풍성하게 감상할 수 있으니까 예서 더 바랄 것이 없다"[38]는 수준에서 한걸음 더나가 무대와 스크린 밖 바로 옆자리의 이성에게 관음적 시선을 보낼 수 있었던 것이다. 그 관음적 시선에 이은 욕망충족을 위한 구체적 행동은 극장의 스크린과 무대를 통해 이미 그것을 간접적으로나마 체험했기에 가능했다.

4. 극장 '안'과 '밖'의 거리

집필시기가 1920년대 말로 추정되는 김정진의 「약수풍경」[39]은 자유연애라는 명목아래 지금의 공원에 해당되는 약수터에서 "훤한 대낮"에 벌이는 남녀의 노골적인 수작과 그것을 본 청년들이 약수터에

---

38) 夏蘇, 「영화가 백면상」, 『조광』, 1937. 12.

39) 「약수풍경」(『현대조선문학전집』, 조선일보사, 1938. 1)은 김정진 사후 2년 뒤에 발표된 작품으로 그의 다른 작품이 모두 문예지에 발표된 것에 비하여 이 작품은 조선일보의 문학전집에 수록됨으로써 알려지게 되었다. 이런 사정 때문에 연구자들에게는 이 작품이 씌여진 시기가 1938년으로 오해되기도 하였다.

서 처음 만난 여교사와 간호사에게 접근하는 모습을 예사로운 일로
보여주는 대목이 나온다.[40] 많은 사람들이 있는 공원에서 젊은 남녀
가 보여주는 지나친 신체접촉도 놀랍거니와 그것이 촉매가 되어 처
음 보는 이성에게 수작을 거는 청년들의 태도도 거리낌이 없다. 연인
들은 일상에서 이탈된 공간인 공원이었기에 그렇게 과감한 행동이
가능했을 것이고, 그러한 풍경을 목격하지 않았다면 낯선 이성에게
노골적으로 수작을 거는 일도 쉽지는 않았을 것이다. 그것은 마치 극
장 풍경과 유사하다. 연인들의 애정행각이 무대와 스크린을 통해 보
여지는 풍경이라면 청년들은 관객이 되어 그것을 감상하고, 자신에게
도 그러한 일이 가능할 수 있다는 판단 아래 욕망을 실천하고 있는
것이다. 마찬가지로 동시대인들이 무대와 스크린을 통해 간접 체험한
연애 장면에 자극을 받아 자신의 욕망을 실현시키려는 적극적인 태
도를 쉽게 가지게 된다. 그것은 공원과 극장처럼 일상으로부터의 이
탈이 가능한 공간에서 더욱 적극적으로 행동화된다. 그러한 행동이
가능한 것은 공원과 극장이 자기방어기제(Self-defence system)가 약화
되는 공간인 탓도 있지만 그보다는 후상(Retention)의 힘이 크게 작용
하기 때문이다. 특히 서구 영화는 동시대인들에게 남녀의 연애뿐 아
니라 일상생활의 여러 분야에 영향을 미쳤다. 영화에 나오는 배우들
의 노출이 심한 옷차림과 헤어스타일, 교태가 깃든 몸짓 등이 장안의
화제가 되었고, 그러한 영화가 상영되면서부터 영화의 내용과 패션과
헤어스타일을 흉내낸 사람들이 거리를 활보하여 사회 문제가 되기도
했다.[41]

---

40) 김정진, 「약수풍경」, 『현대조선문학전집』 7, 조선일보사, 1938. 1, 280쪽.
41) "블란서 소위 레뷰—영화라는 「몽 파리」가 동양에 건너오자 모던보이, 모던걸의 신
　　경을 마비시킨 동시에 미쳐 뛰게 하였으니 소위 대중적이라는 의미에서 그 천박한

동시대인들은 극장 '안'에서 본 것을 극장 '밖'에서 그대로 따라 하기에 주저하지 않았다. 극장 안에서 본 낯선 서사의 주인공을 흉내 냈고, 그것을 자기의 것으로 만들려 했다. 이때의 관객은 이미 '유형' 극장에서의 첫 공연이 이루어질 때의 관객과는 달랐다. 궁내부 소속의 협률사에서 기획한 「소춘대유희(笑春臺遊戱)」[42]가 공연되었을 때의 관객은 과거의 각종 연희의 연장으로 다양한 '볼거리'를 원했지만 그들은 곧 과거의 것이 아닌 새로운 것을 원하다가 그 새로운 것을 자신의 것으로 만들려는 적극적인 관객으로 변한 것이다.

극장의 전성기라고 할 수 있는 1920~30년대는 국가와 개인 모두에게 질곡의 시대였고, 거기에서 빠져나오길 간절히 바라던 시대였다. 그들이 원하던 것은 시적 정의(Poetic justice)가 실현되는 곳으로 시련이 아무리 혹독하고 악인의 세력이 아무리 강하다 해도 결국 선인은 보상받고 악덕은 응징을 당하는 그런 곳이며, 현실을 현실로서가 아니라 그렇게 되었으면 하고 바라는 또 하나의 세계, 사람들이 원하기는 하지만 얻을 수 없는 꿈의 세계였다. 「사랑에 속고 돈에 울고」의 관객은 가치관의 대립을 보기 위해, 자신들의 몸담고 있는 세계가 얼

영화는 도처에서 갈채를 받았다./ 먼저 일본에서! 다음으로는 조선에서! 수십 수백의 벌거벗은 여자들의 관능, 충동의 변태적 댄스……. 그것은 잔인음탕한 현대인의 신경을 자극시키기에 족하였다. (중략) 「몽 파리」라는 영화는 조선 서울이라는 너절한 도시에도 영향을 끼치고 갔자./ 서울의 큰 거리에 더구나 백주에 한 야릇한 현상이 나타나 그것이 충동적으로 움직이어 극도로 퇴폐한 서울보이들의 감정을 흔들어 놓는 것이 있나니 (중략) 모던걸들의 몸뚱아리니 그들은 기탄없이 큰길거리를 벌거벗은 몸으로 질풍같이 쏘다니는 것이다."(안석영, 「몽파리 나녀」,『조선일보』, 1929. 7. 27)

42) 【광고】 本社에서 笑春臺遊戱를 今日 爲始하오며 時間은 目下午六點으로 支十一點까지요 等標는 黃紙上等票에 價金이 一元이오 紅紙中等票에 價金七十錢이오 靑色紙下等表에 五十錢이오니 玩賞하실 內外國僉君子 照亮來臨하시되 喧화와 酒談은 禁斷하는 規則이오니 以此施行하심을 望함. 光武六年十二月二日 協律社 告白.『황성신문』, 1902. 12. 4.

마나 부당한 세계인가를 자각하기 위해 극장을 찾지는 않는다. 그들은 당시의 광고문처럼 "세상은 언제나 새로운 길을 찾으라 하면서도 늘 오던 길을 되풀이하는 것 같은"[43] 자신들의 고단하고 슬픈 삶 속에서 벗어나 모든 것을 초월하여 오직 진정만으로 맺어진 사랑, 하늘이 무너져도 깨지지 않는, 만인이 부러워할만한 아름다운 사랑을 보기 위해 극장을 찾는다. 그것이 감상적이고 도피주의이며 대리만족에 불과하다고 해도, 오히려 그러한 속성 때문에 극장을 찾는다.

관객이 극장을 찾는 또 다른 이유는 주인공에게 가해지는 고통과 고난을 보기 위해서, 어떤 파국에 대한 긴장감으로 입 속에 침이 마르는 체험을 위해서다. 어려움을 이겨낸 홍도가 결국은 '잘 먹고 잘 살았다'라는 이미 잘 알고 있는 내용을 보기 위해서가 아니라 연약한 그녀가 가혹한 운명 속으로 던져지는 것을 보기 위해서이다. 그런데 극장 속에서 일어나는 사건들은 일상에서 얼마든지 있을 수 있는 것들을 이런저런 방식으로 변형시켜 놓은 것이라는 사실을 감안할 때 관객은 그것이 자신에게 일어나지 않았다는 것을, 주인공에게 닥쳐온 재난과 고통으로부터 비켜 서 있다는 심리적 안도감을 맛보기 위해서도 극장에 간다. 그리고 그때의 극장 체험은 사적 영역이 새롭게 배치된 공적 영역에 대한 은밀한 탐색이자 개인의 욕망이 상상적으로 충족되는 배설체험이기도 했다.[44]

그러나 극장 '안'과 극장 '밖'을 전혀 다른 세계로 인식한 관객들의 인식은 오래 가지 않았다. 관객들은 극장 안에서 보고 들은 것을 자신과는 전혀 다른 사람들의 삶으로 여기고 즐거움을 느끼던 단계에서 벗어나 텍스트 속의 주인공을 극장 안에서 따라 하다가 이제는

---

43) 『매일신보』, 1936. 7. 24.
44) 이승희, 『한국사실주의 희곡, 그 욕망의 식민성』, 소명출판, 2004, 62쪽.

극장 밖의 일상에서 그것을 모방하고 흉내내기에 이르렀다. 극장은 서로 다른 신분과 사회적, 심리적 자질을 지닌 젠더와 계층의 사람들이 극장 출입을 통해 새로운 것을 목격하고 그것을 자신들의 삶에 적용함으로써 비교적 동질의 내면을 형성하는데 기여한 것이다. 비록 당대의 지식계층들이 극장을 훈육의 공간으로 설정하여 국민으로서의 태도와 국가의 중요성을 작품의 내용으로 삼아 설파하기도 했지만 그것은 동시대인들에게 '공회당 연극'일 뿐이었고, 그것이 행해지는 공간은 '공회당'이었다. 따라서 그들 내면의 중심에 자리 잡을 수 없었다. 이렇게 형성된 '근대적인 삶'은 필연적으로 종래의 가치들과 직접적인 충돌을 가져왔다. 최초의 극장인 협률사의 폐지를 주장한 이필화의 상소문으로부터 당대의 신문에 이르기까지 극장의 폐해를 주장하는 글들을 찾는 것은 어려운 일이 아니다.45) 다양한 관객구성은 자연스럽게 관객들 사이의 싸움이나 수 백 명의 젊은 남녀가 한 장소에 모이는 데서 비롯되는 만남의 행위들을 불러오고 이는 당시의 도덕률에 비추어 문란한 풍기의 문제들을 야기시키기도 했다. 당시의 신문들은 "탕자야녀의 춘흥을 도발" 하고 "야간교학도들의 수효를 감소" 시키는 극장에 대해 비판하거나 독자투고란을 빌어 세태를 한탄하는 목소리를 높임으로써 이러한 현상을 바라보는 불편한 심기를 노골적으로 드러내고 있다.46)

그러나 헤테로토피아의 공간과 시간에서 인간의 내밀한 욕망은 억압한다고 소멸되는 것이 아니다. 오히려 이때의 관객들은 과거의 통

---

45) "젊은 여자들과 활동사진의 영향. 영화상의 사치스러운 생활을 배우고 본뜨려고 하기전에 하나의 예술로서 감상할 중 알아야 한다."(『조선일보』, 1929. 4. 5) "사회적 교화와 활동사진 검열. 소년범죄에는 활동사진의 영향".(『조선일보』,1921. 11. 30)
46) 박현선, 「극장 구경가다: 근대극장과 대중문화의 형성」, 『문화과학』 28, 173쪽.

넘대로라면 이질적일 수밖에 없었음에도 불구하고 자신들에게 저항하는 극단적인 공공의 시선을 비롯한 억압기제에 대해 적극적으로 대처하면서 하나의 동질적인 집단으로 여겨 자신들의 권리를 주장하기까지 한다. 이른바 '대중'의 형성이라고 할 수 있다. 젠더와 계급의 갈등이 혼란스럽게 뒤섞여 있던 당시 극장은 근대적인 가치와 전근대적인 문화들이 교차되는 과도기에 놓여 있었다. 관객들 간의 갈등은 끊임없이 표면적으로 외화되었으며 이는 또 다른 대중매체인 신문과 잡지를 통해 확산되었다. 아이러니하게도 이 현상은 당시 사람들이 자기 자신을 '일반대중들'로서 인식하기 시작했다는 사실과 맞닿아 있다. 당시 극장의 대중들은 특수한 지위나 신분, 계급을 넘어서는 평등한 개인들로서 스스로를 이해하기 시작하고 있었던 것이다. 당시 영화 관람을 둘러싸고 발화된 다양한 목소리들 속에는 대중의 권리와 역할, 기능에 대한 담론들이 형성되고 있었다.[47)

5. 극장 공간과 대중의 형성

근대 극장은 과거와는 전혀 다른 집단인 '대중'을 탄생시키는데 기여하였다. 비단 극장뿐 아니라 근대도시와 백화점, 공원 등 새롭게 등장한 공공영역은 새로운 계층을 만들어내고 또 그들에 의해 유지되는 공간이었지만 그 가운데 극장은 새로운 대중의 생산에 각별한 역할을 하였고, 자본을 매개로 한 문화산업 확대에 초석 역할을 하였다. 초기의 극장은 낯선 것에 대한 호기심과 일상으로부터의 이탈을

---

47) 박현선, 「극장구경을 가다: 근대극장과 대중문화의 형성」, 『문화과학』 28, 175쪽.

꿈꾸는 사람들에게 그 기회를 제공하는 장소로 대두되었으나 불과 10여 년 사이에 극장은 적어도 도시민들에게는 일상의 세목으로 자리잡게 된 것이다. 돌이켜 보건대 그것은 현대인에게 요구되는 '일상성의 혁명'48)까지는 아니더라도 당시 사람들에게는 생활의 변화였고, 일상에 보태지는 또 하나의 일상이었다. 사람들은 '일상'에서 벗어나려고 애를 쓰지만 실제로는 벗어난 상황에 대한 두려움을 지니는 모순 속에 있다. 그것은 곧 실직이나 가족 혹은 지인들과의 결별, 나아가 자신의 사회적 존재를 상실하는 것을 의미하기 때문이다. 그러면서도 이탈을 꿈꾸는 것은 자신의 일상적 삶이 무의미하고 만족스럽지 못하고 그 결과 공허감과 소외감, 무력감에 빠져있다는 생각 때문이다.

일상을 벗어나지 않으면서도 벗어난 것 같은 심리적 상태를 제공해 주는 것이 문화이다. 생존과 무관하며 내밀한 욕망의 집합적 결과물이기도 한 문화는 노동 시간 이외의 시간과 공간에서 향유된다는 사실을 감안하면 문화는 소극적 의미로는 일상 밖이지만 현대에 이르러 일상의 개념은 그것까지를 포함한다. 1920년대는 새로운 극장 문화가 생성되고 그것이 산업화로 이행되는 시기였다. 비록 그것이 상업적 이윤을 추구하는 산업구조의 형태이며, 도·농의 이원화, 식민지자본의 토착화를 부채질하는 공적 영역에서의 심각한 문제점을

---

48) 지식과 정보, 자본과 권력을 통제하는 기술 관료적 프로그램에 의해 조작되는 소비적 일상을 거부하고 스스로 주체가 되어 일상을 만들어 가는 것이 일상성 혁명이다. 결국 문제 해결의 열쇠는 삶의 주체성 회복에 있다. 기술관료 소비사회의 조작된 일상을 넘어서 자신이 존재와 운명을 스스로 만들어 나가는 주체적 삶을 꾸려 가는 일이 바로 일상성 혁명이다. 그것은 볼거리의 구경꾼이나 신상품 소비자가 아니라 자신의 삶을 생존의 차원을 넘어 의미의 차원으로 전환시키는 일이다.(앙리 르페브르, 박정자 역, 『현대세계의 일상성』, 주류·일념, 1995, 43-61쪽)

지니고 있지만 당시 사람들에게 오랜 세월 동안 숨겼던 개인적 욕망을 노출시킬 수 있는 계기를 만들어주었다는 점에서 문화사적으로도 의미가 있다. 아울러 극장 관람은 관객들로 하여금 전통적인 시공간이 아닌 근대적 시공간의 개념의 규율을 받아들이도록 요청했고, 상품을 소비하는 주체로 모이게 했으며, 안방에서 고소설을 읽던 사적 공간의 체험이 아니라 소비자로서 동참하게 하는 공적 공간으로의 체험으로 작용했다.[49]

'희대'라는 고전적 용어가 현재까지 통용되는 '극장'이라는 용어로 대체되었던 일제강점기 극장의 문화사는 결국 그 공간을 점유했던 '대중'의 탄생과 밀접한 관련을 맺는다. 당시 사람들의 새로운 내면이 극장을 통해 노출되고 소극적이었던 그들이 적극적인 관객이 되고 결국 그들은 대중의 생성에 토대가 되었던 것이다. 대중이 된 그들을 위해 극장은 문화산업의 중심이 되었으며, 그러는 동안 내면 공간이었던 극장 '안'과 현실인 극장 '밖'이 별도로 존재하다가 점차 그 구분이 희석되었다. 극장 '안'에서의 패션과 헤어스타일, 음악과 춤이 유행처럼 번지면서 또 다른 산업의 발흥을 촉발시켰고, 현실 도피처였던 극장은 오히려 현실을 주도하는 일상의 공간으로 자리 잡게 되었다. 오늘의 극장은 이미 연극이나 영화를 보는 '관람'의 장 이상의 의미를 지니고 있다. 그곳은 이미 도시인들이 형성한 하나의 헤테로토피아—패션을 위한 다양한 쇼핑 공간이면서 동서양의 다채로운 음식을 만날 수 있고, 다양한 오락을 즐길 수 있는—이자 유력한 문화 거점으로 자리잡았다. 그곳은 근대 초기의 극장이 생성시킨 대중, 일상과는 다른 또 다른 집단과 삶을 담지하고 있을 것이다.

---

49) 박명진, 『한국희곡의 근대성과 탈식민성』, 연극과 인간, 2001, 40쪽.

식민지 근대의 내면과 매체표상

2006년 5월 10일 인쇄
2006년 5월 20일 발행

지은이　　김 현 숙 외
펴낸이　　박 현 숙
찍은곳　　신화인쇄공사

110-320 서울시 종로구 낙원동 58-1 종로오피스텔 606호
TEL : 02-764-3018, 764-3019　　FAX : 02-764-3011
E-mail : kpsm80@hanmail.net

펴낸곳 도서출판 **깊 은 샘**

등록번호/제2-69. 등록년월일/1980년 2월 6일

ISBN　89-7416-162-1

※ 잘못된 책은 교환해 드립니다.

값 12,000원